雨探

Eckes
著

目次

一、雨探和少女和雨點

大雨下著。

姑且先認定故事的開頭由雨揭開序幕。不論是滂沱大雨、綿綿細雨或各種奇形怪狀的雨，總之我所待的城市就是所謂的雨都，或者說靠近雨都就那麼一點點的距離，導致雨水也一視同仁大把大把地灌進這座城市。

我很喜歡威尼斯那樣的水上都市，我想許多人都和我一樣幻想著自己有朝一日能慢步在那樣輕鬆、樂活又慢節奏的異國情懷。然而現實就像正拍打著我臉上的無情風雨，殘酷地摧毀這些空想。傘一支一支地被風折騰損壞。無止境的雨從酸澀的天空中降下，聚集著地上的髒污泥塊，當車輛呼嘯而過時讓桀驁不馴的髒水四處噴濺。

「嘿，別做夢了，這才是現實。」某個聲音這樣嘲諷著。

不談及這陰冷的天氣及濕成一片的襪子（還有內褲），我倒覺得沒那麼差。渺小的城鎮、偌大的夢想，總是讓人心裡頭的那股悸動歡舞著。只是遺憾的是今天巴士站又淹水了。ＯＫ，是糟了那麼一點。

被雨水滲透的鞋子內部光用想的就覺得倒胃口。襪子緊緊貼在泡水過久而產生皺褶的皮膚上，水的混濁及不知道是什麼的混合物讓附著在腳上的異樣感遍佈全身。若還泡在水裡倒無所謂，麻木了就好。不過一旦抬起腳，步上巴士的階梯後，原本麻痺的感官便隨著步伐的震動再度被喚醒。尤其冬天的凜冽寒風更是有得受的了。

還有其他更多更糟的形容詞，但我想還是先打住這話題比較好。不宜繼續，否則心情會更差。總之我就在這樣的城市生活了二十一年，所有的青春都溫存在這裡，不曾離開。哎，到底是誰在這種天氣還把巴士上的冷氣口打開的，神經病。這城市的大眾運輸工具除了火車再來就是巴士了，反正無一不老舊。先說巴士的部分好了，在我看來每台車都接近淘汰年限了。車裡頭總是彌漫著司機和那些討厭的老菸槍們抽過的二手菸味。雖然沒有到煙霧瀰漫這麼誇張，但看不見的味道分子其實就散佈在每一處。累積長年的惡臭氣味就這麼無謂地參雜在座位裡頭，形成了屬於這城市獨特的氣味，不過臭味就算了，他們粗俗的行為舉止更是讓人不敢恭維。

說到這裡我發現我還是在批評這座城市。

再來談火車的部分好了。雖然大家沒明說，但我們（我在這邊委屈地把大家概括性地統稱這座城市了）基本上像是雨都的附屬城市，所以在建設方面都註定比雨都落後。火車站方面就那樣子不用說，幾十年歷史的老舊建築，廁所永遠讓我如臨大敵。最令我不滿的無疑是作為支線的車站，轉車上麻煩就算了，就連時常派駐經過的火車也都髒髒舊舊的好像被百年來的髒污沖刷著至今都沒清洗過，而且連火車站務員身上都有濃郁的焦油臭，大家都很排斥那股味道吧？我這樣想。

好吧，從我已經有一種代入感便可得知其實我不討厭這座城市。該怎麼說呢，我想我是喜歡雨天的那種人吧。下雨天的氣味在這座城市是特別迷人的，不是下雨天本身噢，而是這座城市所散發的味道就像咖啡的濾紙一樣，只要一下起雨，那股特別清新的味道便彷彿透過濾紙散發出新的香氣般滿溢在城市每一處，說來真的很奇妙。

過了山腳下的大型傢俱行後再兩站，就是我的目的地。即便每每的洶湧雨勢，我還是會冒著風雨搭著臭氣熏天的巴士，忍耐著十來站的車程抵達山腰上的咖啡店，鳥不生蛋的鬼地方。然而對我來說卻是一切的原點，我意識到關於自己的事的原點。一下車只滿滿感受到無情低溫的歡迎，寒意狠狠地包覆著我的身體。

撐起虛弱的傘來抵擋這場暴雨是有點殘忍。幸好我本來就不是來登山的。我挺著身軀走向看起來快要被狂風吹走的山腰上的咖啡店。踏上木製階梯發出彷彿隨時要斷裂的趴嗒趴嗒聲，向內推開真的快裂成兩半的木製門。

「歡迎光臨。」

「門該換了吧？熊老大。」

這就是我雨天的日常，光臨名為「山腰雨點」的咖啡店。一坐上空位便拿出新買的書開始啃食裡頭的文字。一杯50元的美式可以無限續杯是這家店最棒的地方。但即使如此店裡還是時常門可羅雀。

「真沒禮貌，只是因為今天是雨天才沒什麼生意，我的店可不是什麼鳥不生蛋的鬼地方呢。」熊老大憤慨地說道。

熊老大是店長的外號，基本上會以這稱呼叫他的只有我。有著如灰熊身材般壯碩的他，講話其實很纖細，也因為他留著粗硬的鬍子，年紀看起來像四十歲，只不過他不曾透露過他的年齡以及情感狀況就是了。至於興趣我猜是擦餐具吧。

「嘿嘿，抱歉啦。」

「都快被妳說到要被連根拔起似的。」熊老大喃喃抱怨著。

「說不定是真的……。」

我繼續一面讀著盧梭的《一個孤獨漫步者的遐想》一面喝下一口一口酸澀的咖啡。

「孤獨嗎？孤獨才是哲學家的糧食啊。」熊老大邊擦著杯子邊說。

「為什麼一副很懂的樣子啊？我想並不是特別享受著孤獨或鍾愛一個人吧，只不過是面對眾人無法接受自己的困境，不得已把寂寥當成某種燃料類的東西。」

「不得不面對嗎。」老大用著裝出來的感性聲音說出很自以為的話。

突然，快裂成兩半的門又被推開，店門口的鈴聲發出半殘將毀的聲響。

「店長，我回來了。」

全身濕漉漉的女服務生小梓是店裡唯一的員工，目前就讀研究所。留著黑長髮的她有著清新的五官，櫻桃小嘴旁有顆招牌的美人痣，聽聞有許多客人正是因為她的美貌慕名而來。小梓也不單單只有美貌而已，做事也相當穩妥、負責，最好的證明就是這種天氣仍外出採購。

「辛苦妳了。」老大說。

「雨勢突然加劇，於是我變成落湯雞了。」小梓笑著對我說，一面把充當魚缸的安全帽放在吧台裡的架上後走進休息室。

「老大，下雨天你應該自己出門採買的，怎麼能讓小梓隻身前往外頭危險的世界呢？」

「妳再這樣寵小梓的話，她遲早會成為溫室裡的花朵了。」熊老大彎下腰檢查著杯具數量。

我看向外頭的露天桌，及更遠的山腳下，混濁的煙霧瀰漫在視野裡頭。那不安的粉色迷霧好像在釋放出什麼訊號，是求救訊號嗎？

「那麼，今天怎麼樣呢？有什麼意外性的發展嗎？2號小姐。」熊老大換擦起咖啡沖泡的器具。這男人真的很閒。

「2號小姐是什麼詭異的叫法？搞得像在什麼不良場合工作似的。」

「抱歉，我為我們三觀不正的店長道歉，心。」小梓從休息室探出頭說。

「原來妳默默地記仇了嗎？」熊老大露出驚愕的表情。

「今天嘛，一樣很微妙。巴士上都是那些傢伙的菸味，就是在那些人的常識裡頭稱做淡薄的揮之不去的臭味。今天也是很微妙的臭。我沒辦法在那難以辨識的味道分子裡頭找出『他』的味道。還有就是那些傢伙一如往常的猥褻感，身體莫名抽動著。」

「但還是有點不一樣。」老大看向外頭的暴雨。

「對，還是有點不一樣。好像有什麼在都心裡頭攪和著，我晚點要去探探，可能又有新的區域誕生了。」

很快的小梓便換掉原本濕噠噠的衣服從休息室裡走了出來說：

「那麼，心，今天的城市又有什麼突破性的變化呢？」

我想這是一個很深奧的問題。

這座城市除了味道特別外，還有另一個怪奇的地方。雨同樣是某種如感應般的開關，一旦打開了開關就有什麼東西被啟動似的，吸引著強烈的變化。那不是科學或常識能去解釋的領域，我認為那是被世界遺棄的多餘的不幸種子在墜落於無止盡的深淵後，獨自地蠢動著，並在因緣際會下綻放出如異次元般的裂縫且就這麼深深地連結在我們所不注意到的城市一隅。

是的沒錯，只要一下起雨，這座城市將會變成另一個模樣。與其說是變化倒不如說是被強制和那裂縫裡的世界結合成一個新的樣貌，唯有雨停才能恢復原狀。每一次的雨都可能產生出不同的視野，這座城市也會像被精湛的咖啡師不斷地沖泡而洗鍊出更加清新的味道。

可惜的是只有我能享受這樣的感官刺激。為什麼呢？為什麼只有我才能看見光怪陸離的朦朧雨景而其他人卻沒辦法呢？

於是像我這種在極低機率下能察覺到雨天變化的人，被裂縫裡頭的人稱為「雨探」。

其實我很不喜歡這種感覺，一股作嘔如錯覺般反覆的情緒湧上心頭。僅透過敘述才能分享我所看到的世界是一種極度壓抑的表現。當意識到我具有這樣的能力是在八年前，我十三歲的時候。當我和班上同學說起這件事時甚至被大大地嘲笑一番，說我是騙子，我的國中生活便這樣蒙上一層陰影。

而如今我能找到我的生存方向也跟「他」有關係。「他」是這座城市第一位雨探，或者說我所認知到的第一位，我都稱呼「他」1號先生。目前這城市我只知道「他」和我是雨探。我們都能在雨天看見那陰暗角落裡頭騷動著的不安。1號先生閒暇之餘就是在雨天清除那股惡意，避免讓不該出現的夢幻光影被參雜到原本平靜的城市裡，至少在其他人眼裡平凡的城市。

「他們有他們的城市，我們則有我們的城市。理應上各過各的就好，但往往有些危險份子就是想把觸手伸出那條界線。我的工作就是守護這座城市盡可能地不被外力侵擾。」1號先生說。「我想這是身為雨探的命運。」

這一句話讓我對自己及我所有擁有的一切有了新的認識。

「今天的城市有點像遊樂園，到處都充斥著縈繞在高空的雲霄飛車軌道似的東西。」我說。

「有什麼實際作用嗎？」小梓想必是十分好奇的疑問。她和老大都看不到雨中世界的變化，但卻相信雨探的存在，也會在我碰到艱深的難題時給予我建議及協助。我沒有偵探敏銳的判斷能力以及智慧，但卻必須在雨中做出正確的推理找出在兩者混淆世界中的一點不協調。

「我不知道。軌道上沒有任何在運作的東西。若有還比較有頭緒，但就如同擺設一般高掛在天空上頭。」

「其他的部份呢？」

「還有濃郁的焦油味。」

「那不是每次都有的嗎。」熊老大插上一句。

「是啊。所以我真的想不到。對了，空氣中瀰漫著粉紅色的煙霧，因為我看習慣了漸漸忘了這是這一次才有的現象。」

「這可真是難題了。」熊老大仍擦著器具。

我把書讀到一半後便將書籤夾在最後讀完的那頁放進背包。外頭的雨還是抓狂般地咆哮著，將所有難猜的變向都打在這荒謬的混合中。有一股牽制著我的氣息嘗試進到我的身體但卻有點窒礙難行，通不進去、被卡住似的。我拿起熊老大剛端過來的咖啡杯，將冰美式嚥下。

「所以還是沒有1號先生的消息？」小梓在我放下杯子時說。

「他就像煙一樣消失。」我聳著肩。

「這城市也就那麼大。如果不是離開這裡，就是在那個世界裡。」熊老大開始收拾雜亂的工作桌。

「店長。」小梓像是要制止老大似的語氣。其實我大概也知道這可能性很高。老大可能是希望我能盡快接受事實。「他」絕對不是去了什麼和藹的地方。

一旦在雨停後還仍處在那個千變萬化的裂縫裡頭會發生什麼事沒人知道。能不能夠回來也是一道謎。

「我出去晃晃。」我把剛好的零錢放在桌上後起身離開店裡。小梓好像又唸了老大幾句的聲音間歇地傳入耳裡。我沒特別在意，對我來說已經習慣了事情來了就接受的那種急迫性，既來之，則安之。

我從山腰散步下山，平常我不太會做這種事，因為就連下山時眼裡的世界都充斥著詭譎。途中冒出好幾家店，賣著我沒見過的噁心的肉的店、便利商店裡頭的人死死地盯著我、一家像洗車場的店，但裡面洗刷著人，人進去就被扭啊扭、轉啊轉，再平安無事地走出來並露出一臉心滿意足的表情。那裡頭的算「人」嗎？我也不清楚，但我姑且認為是人，至少有言語、情緒及某些算「心」的部分的東西。只是一方面對於他們的怪異行徑讓我感到不解而已。畢竟來自跟我們不同的世界，裂縫裡頭的人也有自己的文化，我某種程度上是尊重他們的。

剛開始適應兩個城市間的混濁真的痛苦不堪，但慢慢地去加強對眼前視野的容忍度後，也逐漸能自由於兩個世界間切換。容忍度，真是好用的詞彙，我想。不論什麼場合只要在談話裡加進「容忍度」三個字便能讓大家知道自己的程度所到之水位。「嘿，我對於你的容忍度還不錯高，所以你就自由地發揮吧。」之類看起來很酷的話也能操之在口。

我有幾次也和那些「人」接觸並談話過，很幸運的語言是能通的，其中也不乏富饒趣味思考的人存在。算人嗎？應該說是貓，穿著靴子的自以為是的貓。

「你說的是我嗎？」靴貓對我擠出貓特有的無辜表情。

「如果可以的話希望你不要再勉強擺出那不適合自己的表情。」我說。

靴貓放鬆那擠成一團的臉，恢復成原本的厭世臉後不屑地說：

「是啊，我也很討厭我自己硬要擺出討人喜歡的表情，但偏偏對人類很好用。」

「乞討的時候？」

「肚子餓的時候。」

靴貓自稱雷，是每當下雨時便會從裂縫裡頭溜出來的會講話、穿著長靴的妖貓，硬要簡述牠的品種的話應該是米克斯貓，也就是混種，不過我真的不太清楚就是了。同時牠是唯一被1號先生認可的裂縫裡的夥伴，他們曾一起攜手合作解決過不少事件。

「然後呢？心，這種雨天在這裡遊蕩可不安全呢。妳有什麼目的之類的吧？」

「我的工作不就是要在這種雨天到處巡視才對嗎？」

「如果是我就會選擇在家睡覺。」

「但你現在不就跑出來了？」

「因為我很無聊。」雷聳著肩並搭配一臉無辜的表情。

「你知道這粉紅色的迷霧是什麼嗎？」我問。

「很遺憾，誕生於混沌黑暗中的我也不清楚。每當我從裂縫裡來到你們這時，伴隨而來的也是我不曾見過的事物。」

雷接著說這件事牠總覺得很有趣。

我們一人一貓漫無目的地在大街四處閒逛，想找出些蛛絲馬跡。撲進眼前飄盪的粉色霧狀，有種被無形的手觸摸著的感覺。縱使穿著衣服卻又覺得自己是赤裸的，不時有敏銳的痠痛感遍佈全身。好像有不少的記憶流洩入眼底，是關於我，還是關於這座城市甚至是關於混合後的城市呢？

我輕輕地深呼吸，再吐了口氣，吐完畢的同時眼前的城市也恢復原樣，是平常的雨天（雖然是暴雨），幸好我們走在騎樓，否則此時難以避免被淋成落湯雞。我往左側撇過頭看著有點略模糊狀態的雷。

「怎麼了？為什麼切換了視角？我有種有趣的事情快來了的感覺。」雷笑著看向眼前。就路人的角度來看可能只是隻穿著靴子的惹人愛憐的貓在喵喵叫而已。

我閉上眼再深吸一口氣，迷霧又瞬間回歸填滿我的視野，我已經能如此輕鬆寫意地在裂縫的兩側呼吸著。當我看著正常城市的同時，在裂縫裡城市的我就會以一種脆弱的待機模式存在著。相反的，當我看著變化後城市的同時，在正常世界的我就會維持著呼吸然而卻是極不穩定的個體狀態，就像幽靈般的半透明感。雨探再怎麼說都不是輕鬆的身份，唯有讓身心進入完全的境界才能在這種類似陰陽的狀態間來回踱步著。

穿越過這條將近一公里長的馬路後再向左轉彎，過了兩個路口後會看到一家每次變化中都存在、招牌上大大地寫著「東方料理」的店。是什麼樣的東方料理呢？我每次經過時都左思右想著但從未走進去店裡。繼續往前會看到Y字路口，到這裡為止都和上一次雨天的街景相同。到這裡為止，也就是說接下來不太一樣了。Y字路口的右側是招牌林立的服裝街，逛街人潮絡繹不絕。我從未在這座城市見過如此熱鬧的場面，我指的是雨天的城市。另一側則被相對冷清的死寂籠罩著，兩者呈現強烈的對比。雙手突然起了雞皮疙瘩。

「有趣的事情來了對吧？」

「你是喜歡刺激的貓咪嗎？」

「百分之七十。」

「百分之九十八。」我嘆了口氣。

「太多了吧？」雷抗議著。

「我認為合理。」

「所以呢，走哪一條？」雷問我。

「左邊的，我有點怕人那麼多的地方。」

「我也是，我會被踩扁。」

明明走在無人的街道上我卻有種被深深凝視著的感覺，鮮少流汗的我都為這冷漠的視線逼出了不少汗水。汗液沿著脖子流進上衣領口再探索著內衣一路到腹部及牛仔褲的褲頭。我為了緩解緊張而再次吐了口氣，順便用手擦拭著額頭上的汗珠。

「雷，你有感覺到什麼嗎？」

「我們以外的氣息嗎？」

「是啊，好像還有什麼別的東西杵著，形容不太出來。」

「應該就在前面，我感受到不太尋常的東西，不屬於任何一方。」

越接近那令人在意的東西粉霧就越加濃郁，而兩旁的店家都僅關著門或是一副倒閉的樣子，死氣沉沉的。

「這該死的霧，太厚了。」雷斥罵著。

「不覺得這些霧好像被賦予生命的感覺嗎？」

「抱歉，我不覺得。妳是不是只是太多愁善感？」

「畢竟我正值可以耍點憂鬱的年紀。」

「幸好妳不是說青春年華，以貓的立場來說妳有點蒼老。」

「雷，閉嘴好……，」

剎那間我的直覺像警鈴般騷動著全身，我猛然回過頭直視眼前、緊急停下腳步。眼前是一道看不到的牆。定神一瞧，粉色迷霧正纏繞在這道牆上，牆的最頂端正是那些未知軌道的源頭，所有的軌道都連通到牆。腦海裡正嘗試連結出什麼似的無比頭痛著。

我對這道牆抱持著一點畏懼的情感，我由衷這麼感覺。

「要觸摸看看嗎？我想有心就能過這道牆。」

「我不太想。」我光只是看著就覺得有點喘不過氣。

「可是妳叫心耶？」

「等一下，這沒關係吧？」

我吐口了氣，面對著這異樣的氣氛我還是試著伸出手，牆上的粉霧好像作勢要歡迎我似的騷動了起來。然而眼看指尖就要觸到牆了，我卻仍縮回了手、縮回了我的感官。

「還是沒辦法。」我無奈地說。

「無所謂，想必還有機會的。」雷說。

我問雷你不自己進去嗎？他只回說：「我自己的話就算了。」

有時候具有太敏銳的直覺也挺綁手綁腳的，只要稍微感受到一點不同的徵兆就會產生相對的抗拒。

雨持續到第二天仍沒有停歇的意思。我穿著寬鬆上衣躺在八坪房間的床上思考著雨、雨探、裂縫、城市、那道粉色的牆還有1號先生。所有的事物都糾纏在一塊，分不清誰有理、誰沒理又或者誰在誰上、誰在誰下。錯綜複雜下一定有一條關鍵的線在交錯之中仍能保持著其顏色，不論深沉或亮麗。我不知道天生的命運是被勾勒成什麼形狀，至少現在的我所能掌握著的線索是若隱若現的，還有一點頭緒就值得為此苦思。收音機播放著最近流行的新歌，但我一句都哼唱不起來，果然還是老歌好。

就像雨天突然打起落雷的海灘，緊湊的手機鈴聲喚醒了我的淺眠，將我拉出水面。

「喂，哪位？」我此刻的聲音想必是糊成一團。

「是我。」老大的聲音從電話另一頭傳遞而來。

「老大？你怎麼有我的電話？怎麼了嗎？」

「小梓失蹤了。是真切地消失在世上的那種。」

「消失？」我能感覺到直覺正在蠢動著。

「你趕快來店裡一趟，情況緊急。」

「我知道了，你在店裡等我一下。」

這下不妙了。

老大的身份我不清楚，只知道以前1號先生碰到困難時都會去山腰上的咖啡店沉思，老大和當時的員工都會適時地給予他想法，就像現在老大和小梓對我那樣。我喜歡他們的溫柔及幽默，不會視我為怪人或異端份子。我享受在雨天咖啡店的氛圍，那是我存在意義的一半，如水一樣融在那裡頭。

所以要平安無事，小梓。我拿起放在桌上的鑰匙到地下室發動有點老舊的SR400。事態緊急的情況下我才會在雨天騎檔車上山，只有這樣才能讓意識相當集中在正確的世界裡頭。

大約十五分鐘後，我抵達「山腰雨點」。

「熊老大，所以情況是怎麼樣？」我喘著問。

「我原本正在店裡準備開店，忽然聽到門外的巨響，是東西掉下來的碰撞聲。我一開門查看就只在階梯上看到小梓的包包，她人不知道消失到哪去了。」老大惴惴不安地說。

「確定是消失嗎？」

「我想是不會錯的，小梓從來沒翹班過。她此時此刻並不在這裡呢，壓根不存在，這一點我能保證。」

「會不會是被綁架了？」

「沒有這種感覺呢，但確實有可能被綁架，只是是另一端的人所為。」

我從來沒想過那種毫無預警、瞬間化為塵埃般的消失會再度離我這麼近。我不經意地摀住嘴，此時此刻我變得無法順暢呼吸，我對於那種不祥的預感又湧了上來。

「不久前發生的事吧？」我試著讓自己冷靜。

「是噢，我想應該還來得及。」

我又深呼吸了一下。這是我緩解情緒時會做的標準流程，先大大吸一口氣後重重地將這股氣從胸腔裡頭給釋放出去。

「這種事以前有發生過嗎？」我問老大。

「我想從沒發生過。」老大坦承。

「謝啦，老大，交給我吧。」說完我便騎上SR400往山腳下駛去。

一路上經過那些既陌生卻熟悉的街景就覺得厭惡，那不屬於我這裡，也不屬於小梓那裡，然而裡頭有股惡質的傢伙在覬覦著我們。那是一直在鎖定著我們的氣息。我的專注力越來越差了，意識不斷在兩座城市間搖擺著。我越想越焦急，腦海裡頭千頭萬緒如跑馬燈般浮現，但無論如何都沒辦法在眾多模糊的線索裡頭找到重合處。

「看來情況很緊急呢。」雷不疾不徐地出現在機車後座。

「你沒戴安全帽。」我說。

「放心吧，就算是警察，對我們貓也是沒有抵抗力的。」

「但對我有。」我笑著並輕嘆了口氣。

這時候我確實需要一隻能讓我放鬆下來的貓。我們無方向地四處奔波，找尋一絲蛛絲馬跡。但極目所及都是籠罩著不明低氣壓的建築，並沒有任何善意。直到瞥見「東方料理」的招牌，我才停下車。我和雷交換了眼神，「東方料理」裡頭有著什麼的預感從內心深處滿溢出來。

「歡迎光臨。」

當我們走進「東方料理」，店員熱情地招待我和雷。店裡頭滿溢著昭和時代的日本味，復古的老舊味道。不論是牆上的破爛字畫或櫃子上的燒酒瓶及花瓶，無不釋放出一股長遠的情懷。但明明是叫「東方料理」，我還以為會更有中國風一點。

「貓沒所謂情懷這種東西。」雷淡淡地說。

「是嗎，但氣味裡頭總聞的出來吧？」我說。

「沒有，氣味只著重在敵人及食物上。」牠看向鄰桌上的餐點。

「您好，請問幾位？外帶還內用呢？」高聳卻又有點駝背的女服務生走向我們熱情地招呼。

「請問有看到一位不像是妳們世界的女生來到店裡嗎？」

「嗯……這有點考倒我了。」店員真的露出苦惱的模樣。

「或是跟我有相同氣味的人。」我說。

「喂，她可不是貓啊。」雷吐槽著。

「噢，如果是氣味的話倒是有類似的。」

「還真的有噢……。」雷不可置信的樣子。

「對吧？這位先生。」只見女服務生看向坐在店門口旁座位的一位顧客，年紀看起來約四十至五十歲左右的中年男子。他留著頗具文學涵養的八字鬍；戴著圓框的單片眼鏡，垂下來的鏈子繞過耳朵；羊毛製的西裝看起來皺皺的，不像有細心整理過。

「是呢，我和服務生小姐都有聞到那個特別的味道。」

「但不是在店裡呢，我們都是在A站聞到的，畢竟從未聞過那麼清新的味道，所以特別有印象。稍早才在討論呢。」女服務生一副努力回想的樣子。

「不過很快就聞不到了。」男子補充。男子對他的八字鬍似乎有著特別的情感，幾乎對話全程都在照顧他的八字鬍。

「對，幾乎是很短暫的時間。」

「也就是說，很快地搭上火車了？」雷撫摸著牠的下巴。

「或者是經過A站。」

我向服務生以及男子道謝後，和雷步出「東方料理」。離開前總覺得店裡的氣氛相當詭譎，似乎是我多慮了。

「線索只在車站會不會太攏統？」雷說。

「沒辦法。」我說。「這城市原本就有三座車站，如果一個一個找倒還好，但問題是我不確定這次的變化中城市會多幾個車站。」

「這確實是一大難題，先從熟悉的車站開始尋找吧。」

我走進如骯髒下水道的A車站，寂寥的車站，裡頭充斥著惡臭及閒雜人等的嘈雜聲。乘客們無不提著厚重手提箱或行李箱穿梭著，但不知道他們會去哪裡。偶爾會有人向我問路，問完也不說聲謝謝就逕自離開，所以我很討厭這裡的氣氛，就像汙水的最終匯合處。

車鈴響亮地迴盪在車站內。

「看吧，這裡的火車都那麼破舊。」我在開頭所闡述的骯髒車站就是指這裡。

「他們只專注在『目的性』，其他的事物就沒那麼在意了。」雷說。

我隨意地問了幾名職員有沒有聞過特別清新的味道，但都沒人有印象。然而眾多乘客裡頭有一名穿著大衣的女子向我表示曾在經過B車站時聞到一股清香竄過。

「所以小梓可能是在B車站上車，你知道那個味道的主人搭到哪站去了嗎？」

「不，我只有經過時聞到，之後就沒有了。」女子搖頭表示。

走出車站後我緩緩地看向紫色的天空，雷說平常裂縫裡頭都在下著雨，一旦停雨就是兩個世界交融的時候，也是我們的城市下雨的時候。裂縫會從陰影裡頭流洩出來，雨水沖刷的同時，平凡的城市也會如裹上一層外衣似的有著新面貌。

「有聞過的人都表示只聞到不長的時間。現在A站還有B站都有小梓的氣味，應該是她的氣味吧？畢竟他們都說是清新的味道。」

「這種形容方式讓我有點反胃，也太強調味道了吧。」

「妳明知道卻還是以味道為追蹤方式不是嗎。」

「因為這是唯一的方法。」我無奈地嘆口氣。

「我們來歸納一下吧？目前還沒辦法確定小梓的方向，只知道她的味道在兩站有駐足過，但究竟在哪上車及下車卻沒有確切的證據。」

「車站大廳有沒有聞到味道的人是關鍵，至少我們知道小梓可能只是經過A站。」我說。

「我們去B車站看看吧？雖然直接搭火車去也可以，但這會讓我的鼻子聞到太多混濁氣味。」雷摸著自己的鼻子說。

檔車奔馳在城市的波瀾中。B站位於城市的一隅，騎車過去大約需要十五分鐘。

「你要小心。」雷說。「我能給予的幫助有限。」

亂糟糟的車站招牌及以藝術般融合的多棟建築物讓人眼花撩亂。

「啊，早上確實有股清新的味道，我記得沒錯的話。」站務員忽然想起地說。

「確定是在剪票口附近聞到的嗎？」

「我想應該是吧，畢竟我一直都在這裡看著剪票口。」站務員說完便將腰往後伸展90度，發出像是骨頭斷掉的啪啪聲，聽起來實在有點驚悚。

「如果大廳聞得到就表示確實在這裡搭車，然後方向是A站嗎？不對，不一定，會不會是從別站來的，經過A站後於B站下車呢？」雷思索著。

「嘿，雷。你看這站。」

我指著火車路線圖上的「終端」這站。

「我看不出這站有什麼特別的。終點站而已不是嗎？咦？」雷仔細端倪著路線圖說：「不對，不能算完全的終點站。」

「『終端』是這條路線的終點站沒錯，但同時只要轉車便能到其他線的車站去，而且是和A站相反方向的路線。你覺得這站會是昨天看到的粉色牆壁嗎？」

「極高的可能性。」雷瞇著眼細細研究著路線圖。

高聳的粉牆頂端是許多軌道的匯集處。牆壁之後會是通往裂縫更裡頭的世界嗎？我對於未知的選項略感到不安，然而沒時間猶豫了，我們搭上了可能沒有回頭路的列車。

「試看看吧，現在只能豪賭了。」雷說。

若繼續四處打聽味道的蹤跡反而有種被引導至陷阱的感覺。

「這時候直覺果然很重要。」我說。

「我能幫妳的真的有限噢，心。」雷通過剪票口時說。

「是嗎？」我當時還不大清楚這句話的意思。

我很久之前便知道兩個城市之間的貨幣是互通的，至於原因我就不清楚了，我問雷這個深埋已久的問題。

「因為方便性吧？」牠說。

車廂裡頭空蕩蕩的，沒有任何乘客的孤寂列車在空中軌道奔馳著，流暢地橫跨半座城市。前額貼在車窗的強化玻璃上，俯瞰著窗外的城市，這是我不曾看過的角度。原以為能觀察到什麼不同凡響的景色，但終究被朦朧大霧遮蔽了大部分的視線。緊縮景緻的盡頭隨著被粉霧團團包覆著的詭異大牆而到來。透過車窗仍能切身感受那說不出的緊繃氣氛穿過玻璃附著在空氣裡頭進入到皮膚裡，那不是什麼舒服的感受，全身上下的毛細孔隨之產生波動，而我就像那波紋般的不固定。

我覺得我在座位上坐好久好久，屁股就這麼硬生生黏在椅子上離不開。時間被迫推移著而沉澱了起來，我正在那沉澱之下半睡半醒著。明明穿著衣服卻彷彿一絲不掛，明明我在這裡卻又疑似不在這裡的崩潰分裂感在我腦海裡頭縈繞著。

「終點站到了噢。」雷的聲音把我從幾度深沉的意識裡頭拉了回來。屁股好像磁力混亂的磁鐵突然被彈開，我毫不費力地起身離開。

「如果搞錯了就麻煩了，一切都要重頭來過。」雷說。

「確實。但更令我擔心的是他們抓走小梓想要做什麼呢？」

「不需要什麼理由，就只是任由欲望驅使而已。」

這裡就是「終端站」，出了站後依然一片死寂。我們沿著螺旋樓梯走到昨天止步的牆前，粉色大牆仍直挺挺地聳立著，沒有一點傾倒的跡象。然而我多希望它能倒下。

「要試看看嗎？觸摸牆。」

「也只能這樣了。」

「我想妳可以的。」雷笑著。

我深深吸一口氣，再緩緩地吐氣。我閉上眼去感受著森羅萬象，空氣裡頭滿布著污濁的味道，但正因為如此，小梓的一絲淡橘香才能順暢地流竄進我的鼻子。我很清楚她就在這片牆之後，粉霧正釋放著一種求救訊號般的電波，而我本能性地感應著電波。

我和小梓可能都是既曖昧又模糊不清的存在，所以才能輕易地被混淆、被迷惑。

我伸出手觸碰到牆。我已經是獨當一面的雨探了，不能總是仰賴別人的幫助，這一次不能再畏縮了，我在心裡告誡著自己。而在手指輕觸到牆的剎那，霧像抓狂似的亂竄，沒有任何預兆或固定軌跡，霧都散去了，彼此呼應著似的，連牆的氣息都不見了。原本瀰漫在整座城市的粉色迷霧都消逝殆盡。流進眼底的是一團如晦氣般的黑霧，正確來說是飄浮在消失的牆之後。黑霧往遠方飄去，我被那純粹的黑所吸引，向我所未踏及到的地方邁步前進。

「心，聽我說。」雷叫住了我。「我可能沒辦法再過去了，我的權限只能到這裡。就只能到這裡。」

「謝謝你。這樣就行了。接下來我會獨自處理好。」

但雷就像短暫的心電感應般的飄渺存在，牠消失了，這裡只徒留我的氣息。

沒有任何氣味，是我一踏出腳步就立刻察覺到的，我輕嘆了口氣，若聞不到味道豈不是真的掉入陷阱。這裡是這次雨中所產生的新區域，然而卻和以往的新區域有點不一樣，好像有什麼氣息以超出我想像的方式在流動著，而且流動在這座城市、渴望著吞噬掉這城市。一定有哪裡不一樣，我環視四周，想找出一點虎視眈眈的蠢動，抑或是明擺著的神經質。心跳隨著街景的變化而劇烈跳動著，不對，那不是我的心跳，是我正感受著誰的心跳，到底是誰？是小梓嗎？還是雷？但她們都不在。

「難道是城市的心跳聲嗎？」我自言自語著。

我一直思考著為什麼裂縫裡的世界只有在雨天才會攀附在我們的城市上形成新樣貌，雨天的城市對他們來說究竟有什麼好處嗎？這混淆感對誰有什麼利益存在嗎？

我找尋著心跳聲的源頭。沒有任何希望的世界太過於殘酷，我只能賭上自己。雖然沒有方向地胡亂尋覓著是具有風險的，但作為雨探，我們除了嗅覺之外就是憑靠著直覺，1號先生曾這麼說過。我們的直覺將是看破這些虛偽手法的關鍵。

滴水的聲音持續迴響在寂寥的街頭，這裡像極了被遺棄的城市，每一步都能感受到曾喧嘩著的鼓動聲響，但真實的現在卻只有我的腳步聲以及破爛磚瓦的老舊聲響，貨真價實的空無一人的城市。吞下口水經過喉嚨的聲音也如此清晰，我停下腳步傾聽，現在連一直發出清脆水滴落的聲響也消失在大氣中。所有東西如同被蒸發似的以一種無法被觀察到的角度存在著。我跑了起來。順應著直覺，我覺得風被什麼給阻礙著所以不太流通，譬如一塊石頭擋在水中減緩了水流的力道。少有的店家招牌幾乎都歪斜著，店舖的鐵門拉下還被誰噴了塗鴉，我總覺好像在哪裡曾看過這樣的光景，到底是哪裡的景緻呢？

暗巷裡頭終於流入人的氣息，就在陰影處的最邊緣，清脆的皮鞋踏在水泥地上的聲響不時躍動著。那是舞步，不停歇的舞步。穿著破爛西裝及頭戴七彩爆炸頭的小丑在徬徨的巷口踩著滑稽的舞步。他從西裝口袋掏出一條有點骯髒的手帕於空中竭力地甩著，好像兩者融合成一體似的。

「歡迎光臨，雨探小姐。」小丑喘著說。

「你是誰？你又怎麼知道我是誰？」

「畢竟這裡誰都不會來，只有危險份子呢。」

不知不覺小丑背後隱隱約約顯現出三道大門，門像吸血般吸取到光似的從黑暗裡浮現出來。我疑惑地看著那三道門，分別是黃色、綠色、紅色。

「妳認為，妳的朋友是在哪道門呢？」

突然間所有事情都開始有了聯繫，就像被指引一般。我肚子裡的怒火忍不住地宣洩出來。

「你們到底是誰？為什麼要做這種事？為什麼要對小梓下手？」

黯淡的無聲中只有我聽起來殘破的怒吼聲。

「可是，你又能做什麼呢？制裁我們嗎？」小丑露出驚悚的微笑，相當令人不快。瞬間冷顫蔓延全身。

我輕輕嘆了口氣，嘗試讓自己冷靜。並不斷思考著關於這三道門的線索，腦海裡的思緒全都像打了結似的緊湊在一起。氣溫突然驟降起來，我一邊摸著手臂一邊凝視著小丑，不，我應該是怒視著他。

「然後呢？我該怎麼做，選出一道門嗎？」我發現說話時嘴巴也吐出了白霧。

「一道，就只能一道。」小丑比出食指表示「1」的動作。「但你進去後可以選擇出來一次。」

進去後只能出來一次是什麼意思？天哪，總之只能選擇一道門。小梓喜歡藍色，然而這裡沒有藍色的門，看來無法從這點來判斷。結依然纏繞著，我該如何解開這鑲著艱困處境的一團迷霧呢？粉霧，到底粉紅色的霧是什麼，現在看起來那不是求救訊號，也不是攻擊武器。

「是一種預料性的結果嗎？」我說。

「什麼？」

我忽略小丑兀自思索著。

「紅色的門。」

「確定嗎？」

「小梓喜歡藍色，然後藍色加上黃色會變綠色，所以我選擇最無關的紅色。」

「方便問一下為什麼嗎？」小丑仍露出令人不舒服的笑容一邊問著。

「確定。」

「真隨便啊。」

「這是直覺。」我指著太陽穴的位置，此刻的表情應該相當臭屁。

紅色的門被小丑打開，裡頭刮著一陣風暴，真實的暴風雨。門在打開之後又被強勁的風吹彈回去而關上，小丑露出一副尷尬表情後再度打開。

「那個，妳還是快進去吧，不然門會被吹壞的。」

「真是夠了。」

我聳著肩走到門前，小丑此時正擺出誠懇的笑容看著我。我警戒著踏進門另一頭的風雨裡，想不到就這麼穿梭到風雨交加的島嶼上。關上門前看著後方的小丑面無表情地看著我，甚至有點失神了。

「咚」的關門聲很快地被風雨刮起的吵雜聲蓋去。

幾近拼命的強風粗魯地拍打在我的臉上，不留一絲餘地的殘忍。小梓真的在這裡嗎？我不禁這樣懷疑。我信步走向不遠方的海灘，海風猛烈地吹拂讓巨浪湧起、讓沙礫釁天飛騰。時間的沙漏同時也在流逝著。我想憑藉著小梓的氣味來尋找一點蹤跡，然而空氣中只瀰漫著狂亂的味道，那一絲絲分散的差勁氣味干擾著我。我被捲上來的海水淋個徹底仍找不到答案。凌亂的石頭及貝殼布滿沙灘，一再地被沖進海中又再被沖刷回來。我打起精神再次向前邁進。

稍微往樹林的方位移動，穿過海和陸地的交界處，沿路的椰子林無聲地被風的手施加了無形卻又不容忽視的力道，一下左一下右，沒有任何規律。風的走向也無法預測，我的頭髮也很輕易就被吹亂了。

在行走於島嶼上的沙灘及樹林的期間，我持續想辦法切換眼前的世界、嘗試更換視角，戮力擺脫無法突破的現況。但都失敗了。沒辦法切換也就代表這裡是屬於裂縫中無法被干涉的空間，也就是最模糊的地帶吧。我觀察著島上的一景一物，思考著這座島究竟是什麼樣的存在。到底是什麼樣的存在才會於這個時間點、就這一刻，被我觀測著、或觀測著我，我們彼此像是愛人，卻也像敵人，同時也是陌生人。

我注意到島上某個不起眼的地方，具體說明的話就在樹林的邊緣處，再往外走一點即能瞭望海，這樣形容好像也不怎麼具體，總之那個不起眼的地方有個凸出來的巨大石頭，石頭的表面有個看似自然生成的洞——荒野山林到處都有的洞穴，但卻充滿了詫異的違和感。我很明白我說不上來，無法形容那樣的異樣，如同某根巨大的刺插進心中，哽住了所有順暢的流動。我凝視著洞穴，不知道若走進去裡頭會通往到哪裡——是遠方，還是原地打轉呢？雨很和緩地融進了帆布鞋踩踏在濕泥土及落葉的聲音裡頭。周遭突然安靜了起來，風很配合地噤了聲，我只聽得見自己的呼吸聲。我彷彿走進了聲音被抽走的真空宇宙裡頭，是如此平靜，也如此安詳。

我帶點警示意味的搖了搖頭，離開了那不可思議的空間，我**不能再瞥向那個洞穴一眼**，我由衷地這麼想。

我坐在一根有點腐爛的倒下橫木上試著重新檢視小丑剛才說的話。

「進去後可以選擇出來一次。」小丑曾這樣說。

這句話有什麼含義在裡頭。三道顏色、彼此間毫無邏輯的門就像是眾多繁褥的結裡頭最顯目的線，但不論再怎麼用力都沒辦法抽出。唯有拋開錯誤的思維才能往下一步前進。可是這一切的錯誤又該從哪裡開始呢？雨依然逕自下著，風依然折騰著，在如此混亂的氣候下我又該如何檢視關於自己的思維呢？全身被雨水浸濕，雨滴不斷地從臉上滑落，我抬頭望向遠方的沙灘，我甚至不知道自己為何在這裡。

轉眼間風和雨和荒謬的小島都消失了。眼前是我熟悉的咖啡店吧台，熟悉的木頭味、咖啡香，只是這裡沒有任何人。我像被引導似的來到這裡，或者說被轉移到這裡。空氣中瀰漫著粉霧，我可以確定那是具有含義的象徵性。當我意識到時，身體卻覺得哪裡不對勁。

我無法動彈。

濕漉漉的全身將座椅還有吧台都給沾濕了，衣服緊貼著身體，彷彿被環環包覆住只是缺乏著溫暖及溫柔。似有似無的風拂過冰冰冷冷的內衣上浸濕的水，刺骨的寒冷再滲進身體，反射性地直打哆嗦。我看著一滴一滴的水滴滑過臉龐持續地墜往地面，然後時間像是停滯似的，沒有任何流動的感覺。緊接著黑暗出現了。至於是怎麼個出現法呢？我想是極盡無情又殘酷的出現。首先從我被上頭燈罩裡頭的光所映照出的長長影子中出現——悄悄地從地底爬出來的手，墨黑的手。然後影子被一股力量使力地拉長，那逐漸擴大的黑暗將周遭的物品全盤吞噬。餐桌、座椅、磨豆機、杯具、吧台、緊接著是我。我也被迫陷進那無止盡的深淵，一切都沒有任何頭緒，失控地走鐘著。黑暗中沒有一點光，所有失去靈魂的物品都沉了下去，沉進那看不見底部的黑暗，緊接著再次被更黑暗的黑暗吞沒。

風雨依然呼嘯著，當我回過神來發現自己仍坐在倒下的橫木上。那是夢嗎？還是什麼啟示？我分不出我臉上的水是汗水還是雨水，或許都有吧。我持續咀嚼著小丑的話，但依然沒有頭緒。這座島上什麼都沒有吧。不對，其實有個令我在意的洞穴。但我知道那才是最像樣的陷阱，因為當我眼睛深深地注視在那上頭，就好像從洞口裡面有什麼漩渦即將把我的靈魂給吸進裡頭，不留情地全都給吸進去。我想我不會進去裡頭，應該說我不能進去裡頭，這一點我還是知曉的。

我不知道我在這裡杵了多久，時間的靈敏度似乎在我心中失去了痕跡、失去了溫度，直到我再次回想起了這件事情的急迫性，我現在的處境。心裡頭有股不純粹的感官情愫毛毛躁躁地竄動著。我反覆思索著所有可能是也可能不是的線索，腦中的風暴和眼前的風暴或許正交雜著、混亂著、交疊著、混淆著，甚至牴觸著、也焦躁著，不過顯然焦躁的是我的心情。

進去後可以選擇出來一次。

小丑的這句話始終縈繞在我腦海，而思想的小船在渡過長遠的溪流也終於靠上了岸。

我起身往門的方向奔去。我為我現在才理出頭緒這件事感到愚鈍，怎麼現在才想到呢？紅色的門好端端地任由風雨肆虐，細看才發現碰舊的門上頭有不少生鏽及刮傷的痕跡。我握住金屬製的門把用力推開，脫離這嘈雜的呼嘯聲，回歸平靜。眼前一片靜謐的黑暗和剛才滿溢著虛無感的暗巷不太一樣，好像被一種俐落的視線給支配，無限延伸、找不到盡頭的冷酷。

「不愧是憑藉直覺的雨探。」

戴著紳士帽的中年男子不知道是突然現身在我面前還是一直都杵在這裡，總之他的話語像有靈魂似的讓四周的燈明亮起來，原本昏暗的巷子又恢復了光明。留著八字鬍的中年男子戴著那凸顯貴族氣息的圓框單片眼鏡，羊毛製的西裝依然皺皺的。他的臉相當面熟，我努力運用著已經力竭的頭腦，在記憶裡翻箱倒櫃。那充滿懷舊風味的餐廳以不明顯的片段像漂流木似地經過。相當寶貝自己鬍子的男人站在記憶的最中央。

「你是『東方料理』的顧客對嗎？」

「想不到妳還記得我，真是榮幸。」

小梓的味道好像正纏繞在他身上，明明之前從未聞到過。

「小梓在你這對吧？」我問。

「妳說那個人類女孩嗎？沒錯。」

「在哪裡？」

「在我的意識裡頭，就像串流平台那樣子讓意識四處游移著，很有趣噢。」

「有趣？你有沒有搞錯？你只是在傷害著無辜的人。」我忍不住發起脾氣，然而我認為此時此刻我應該發脾氣。

「這無妨吧？我們總是被迫待在裂縫裡頭，明明沒人規定過呢。憑什麼你們雨探可以觀測我們，而我們就不能稍微觀測人類、觸摸他們呢？沒有這種道理吧？」

「為什麼在『東方料理』時沒有聞到你身上的氣味？」

男子一面若有所思的樣子，一面撫摸著他的鬍子，他仍然很愛護他的八字鬍。「你有沒有想過你一開始就是被錯誤的訊息帶領著的呢？」他緊接著說。

「你是指味道的線索嗎？」

「所有、全部的線索。」

也就是說打從一開始這座城市的人就不值得信任。

「既然這樣，為什麼你要告訴我關於車站味道的事，這樣豈不是讓你置身於危險之中？」我問他。

「危險？現在嗎？我一點都感覺不到呢。我享受刺激，只要有一點刺激，再多的風險我也甘之如飴。也就是說我完全不認為妳能對我造成傷害，因為我還未感受到風險呢。刺激感倒是滿滿地流入我的腦袋。」他伸出他的舌頭用力舔了空氣。

「就是因為有你這種裂縫裡頭的害蟲，總是想要去挑戰那個界線。」我嘆了口氣。

「但問題就在我能夠做出行動，精準的行動。」中年男子從口袋掏出一把鑰匙並在手上把玩著。

「我認為妳能觸及的範圍有限。妳沒有我們這麼自由。」

我想他說的有點道理。雨探只能在雨天發揮用處，一旦雨停了，所有的事物都會被硬生生地拉回。如果我也有意識上的串流，那就像是中斷連線的概念，都發生在一瞬之間。我笑了，開懷地笑。

「我不太能理解你們，也就是另一頭世界的人的笑點呢。」中年男子摸著他的八字鬍，疑惑地看著我。

「抱歉，我的朋友們偶爾也說我很怪，不對，好像頻率挺高的，算了，不重要。話說該怎麼稱呼你呢？」我好不容易擦掉笑到流出眼淚的眼角。

「你姑且叫我辛席吧。」

說實在的，他的視線沒有集中在我身上，反而有點飄移不定，好像很在意什麼似的。

「辛席嗎?真是怪名字。辛席，我告訴你吧，我想你從未理解過自己以外的事物吧？」

辛席露出困惑的表情，這正是我所期待的。

「有了解的必要嗎？」辛席說。

「正因為沒有必要性，才能顯露出你和其他人間的不同，自傲而愚蠢。」

顯然這句話稍微惹毛了辛席，到剛才為止他那沒有那麼集中的視線終於聚焦在我身上，對他來說，我們現在開始的對談，在意識上才稍微接近平行一些。靜謐的巷口間飄逸著如死去般的短暫柔和，就像星星的死去，逐漸冰冷。

「我並不想掌握你，只不過雨探所追求的付出及結果讓我既期待卻又感到失望。若要用單字來形容你們，那就是失敗。你們代表著流動在雨和天空之間的神秘種族，能夠穿梭在兩種不同引力間的塵土。你們所造成的影響比想像中的大，一個波紋就能讓水泛起漣漪，你們卻仍無知地享受這特權。」

「沒錯，你說的對，我沒辦法反駁任何一句你說的話。然而，你又要如何在雨天不濺起水花呢？」

我從口袋拿出鋼筆，轉了幾下後，鋼筆便放大成手槍的大小，我吃力地打開筆蓋拋到一旁，沉甸甸的筆蓋落地時發出巨響，金屬製的外表水泥地上滾動著。

「嘿，我不是想強調我有多偉大還是有什麼權利、貪婪之類，然而對於除了囚犯之外的人比較所謂的自由，不覺得既可笑且無聊嗎？」我說。

「凡事不都是比較出來的嗎？妳們的城市和我們的城市，都是一樣虛偽的。」

「要比較虛偽的話或許也真的比較不出來吧，但真的，這樣好嗎？」

辛席似乎無話可說，他面露猙獰地怒視著我，即使我無法看透他心中所想，我也能感受到那股怒氣。

「接下來來確認看看我到底能不能這麼自由，好嗎？」我笑著說。我提起鋼筆，對準辛席。鋼筆的形狀變得柔軟，它正在調整它的外型，附加在鋼筆上、本身即為鋼筆一部分的線條被賦予了靈魂，沒多久鋼筆便像倒入咖啡裡的牛奶化開了。

「這我沒聽說過，雨探何時做得出這種事？」辛席瞪大著眼睛看著我的鋼筆。

「所以我說過了，你從未理解過自己以外的事物。」

我的鋼筆在平常會安穩地融入於我的身體裡，成為我的氣味記憶庫，裡頭深鎖著我所在意或討厭的氣味。雨探的直覺也是從那裡頭萌生的。當然並不是我天生有具備著那隻特別的鋼筆才成為雨探，而是因為我是雨探才擁有那隻鋼筆，不過還是先撇開這種先有雞還是先有蛋的問題好了。這支鋼筆只有在雨天時才會具現化，成為我的武器。稍微地轉動它就能放大。打開筆蓋後的筆頭尖端並非是我的攻擊手段，這支筆可怕的地方在於蘊藏在裡頭的魔力之類的東西吧。

我將正改變形狀的鋼筆對準辛席，並在意念裡頭驅使著那股力量。

「原來如此，果然是麻煩的雨探。」

辛席輕鬆地往地上一踏就跳到高處，並以相當敏捷的速度在建築物之間閃避著我的目光，使我沒辦法輕易瞄準他。

他還是搞錯了。這支鋼筆有沒有對準都無所謂，打從一開始裡頭的墨水就是由一種強硬的氣息組成，那正是骨氣。百年下來致力於兩端世界平衡的這座城市的雨探們（縱使我不確定1號先生之前到底有幾位雨探）所累積出來的一股無法被打破、堅強的骨氣，也是一直以來對抗著雨天縫隙的最原始的意志性能量。

墨水從仍保持著形狀的筆頭流出的瞬間，我彷彿被拉進深邃的黑暗裡，隨著墨水的流動筆直地流向辛席。雖然他嘗試閃避，卻還是被大幅擴張開來的液狀墨水團團包覆住，竄進他的腦袋裡，進入到所謂的意識串流中。這種方式果然和平多了。

我在辛席的意識串流中四處尋找著小梓，這裡頭有許多無法形容的奇醜無比物體正搖頭晃腦地蠕動著。

「這傢伙果然很謹慎，就算在意識裡頭也把戰利品藏得很好。」雷突然出現在我身旁說。

「為什麼你也在這裡？」我問。

「因為我一直在你附近，剛才你打開門的地方正好在我有權限的範圍內。」

「真不可思議。」我說。

即使我和雷拼命地尋遍了這一帶，卻仍然沒有小梓的蹤跡及味道。像是毛毛蟲的物體正自我纏繞著，十分噁心。

「到底為什麼？」我習慣性地咬起手指。

「這裡嗅覺似乎不管用，那些奇妙生物的氣味太過奇特，甚至能夠干擾我們的判斷。」

「混蛋。」我大吼著。

我仍繼續探索著，好不容易趁著對方大意溜進他的腦袋，所謂的意識串流，卻只能無能為力地盲目尋找著。然而時間的沙漏似乎快流失完了，又或許是基於某種機制，意識開始進入崩塌狀態，那些抖動著的物體剎那間碎成粉塵。周圍劃出一道一道的裂痕。

「難道串流到其他地方去了嗎？」雷大喊著。

「我不知道。可是雨應該快停了，我該怎麼辦？」我腦中充滿不解的疑問，結還是解不開。不知不覺淚珠已經滿布臉頰。

「不行，只能離開了。」雷拉著我的衣袖。但我本能地抗拒著。「聽我的，心，若繼續在這裡會永遠困在意識裡的。」

「但是小梓也是啊。」

「妳們兩個一起被困在這裡對事情沒有幫助。」

「難道我離開就會有所幫助嗎？」

「至少另一邊的妳不會死。」

雷強拉著我離開辛席的意識裡，混亂之中視野逐漸模糊成一片。然而有個朦朧的身影出現在意識的糾結之中，那個身影離我們越來越近。

「妳長大了，心，從那之後過了幾年？」

縱使眼前的身影不夠清晰，我卻能從那如靜謐間所流入的溫水般輕柔的聲音中認出那記號性的熟悉感，是1號先生。我驚訝地說不出話來。

「迪亞，你抱著的那個女孩是我們正在尋找的，還有，為什麼你在這？」雷不可置信地說。

小梓被1號先生溫柔地以公主抱的方式抱著。

「一言難盡。接著吧，她只是睡著了而已。」

「你認為這是貓能輕鬆抱著的重量嗎？」

「等一下，1號先生。」我試著喊他。

然而我就像網路斷線似地離開了意識。

一睜開眼發現自己臥倒在寬敞的室內。周遭圍繞著許多木頭製的書櫃，架上滿滿的書。就連呼吸也能聞到陳舊紙張的氣味。塵粒在從圓窗透進來的光之中舞動著。身體還殘留著一點疲憊感。我用手撐著起身，一股撕裂般的疼痛流竄過頭部。環視著四周聳立的書櫃，架子上的書相當有禮且安穩地並排著，沒有一處縫隙。這裡的藏書多到令我認為這裡是圖書館，但又是哪裡的圖書館呢？我尋找著出口，然而連樓梯都沒見著。椅子被整齊地擺放在長桌底下，長桌延續的終點是燃燒旺盛的壁爐。磚頭堆砌而成、具有北歐風味的壁爐上放著幾根燭台。有許多幅鑲框的畫作掛在牆上，每幅畫上頭都推滿了厚厚一層灰塵。其實不只畫，沿路經過的書櫃及部分幾張椅子都像是許久未整理過，灰塵相當死沉地覆蓋在上頭。壁爐的右側則擺滿著大小不一的木材。相對靠近壁爐的位置上放著一本夾著書籤的書，顯然地這位置和其他地方不一樣，具有人的氣息。我走向那本書，正想瞧個究竟時，男人的聲音響亮整個空間。

「噢，那是我的書，千萬不要看。」

我回過頭望向通往二樓的樓梯，剛才明明沒有任何階梯存在，男人卻從無中生有出現的樓梯上緩慢地步行下來。

「連瞄一眼也不行嗎？」我問。

「別鬧了吧，不要惹我生氣。」男子沒有直接走向壁爐，而是繞進書櫃裡頭，沒多久從裡頭走出來時手上拿本書。仔細一端倪，發現男子的肩膀上有隻貓趴在上頭，貓直盯著我瞧，隨後嘴巴張開說道：

「這是查理重要的學問所凝聚出來的資產，豈是妳這種從莫名其妙的洞掉出來的傢伙能觸摸的呢？」

「洞？」

「你說太多了，冰箱。」男人遮住貓的嘴巴說道。「容我自我介紹，我是查理，牠是冰箱，我的夥伴。」

名為查理的男人留有一頭褐色短髮，眼神雖然給人的感覺較缺乏溫度，但不具有攻擊性的視線。有道明顯的傷痕橫越他的嘴巴，他身披著黑色的皮革大衣，腳上的長靴踏過石地板發出響亮的腳踏聲。

「看來這傢伙看見貓說話一點都不驚訝呢。」灰毛的英國短毛貓冰箱歪著頭好奇地說。

「我就認識過會說話的貓，沒什麼。」我得意地聳聳肩。

「太跩了吧？」冰箱從查理的肩膀上跳了下來，四角端正地站在長桌上走向我，聞了聞我的味道。「正如查理說的，雨探身上都是雨味。」

「所以我才說你話太多了。」查理無奈地對桌上的貓說。

「你們知道我是誰，對嗎？」我問。「這裡到底是哪裡？」

「該從哪裡說起好呢？」查理抓了抓頭，一臉困惑地說。「總之這本書你不能看。」他一把抓起那本安躺在桌上不知道多久、插著書籤的書，堆在先前從書櫃抽取出來的書上面。

「不妨從最開始說吧？怎麼樣？」冰箱情緒很高漲地說。
「就是這樣才麻煩哪，冰箱。」
「到底是怎樣？」我不耐煩地說道。
「這樣說好了，我們是『觀察者』，觀察著妳們，也觀察著雨中城市的他們。」查理彬彬有禮地開口說。「然後再來該怎麼說呢，這本書，我剛才藏起來的書，請妳忘記這件事。那不是妳能看的，或者說，不是妳現在能看的。狀態不對，這樣說不太好，但要說時間帶不對，這樣也太過於露骨，我怕妳一時無法接受。」
「不如直接說不是現階段能看的就好了吧。看了會出事，這樣說她就懂了。」冰箱邊說邊聞著我身上的衣服。
「其實我沒特別在意，你們不需要特別著重在上頭。我只想知道為什麼我在這裡。」我說。
「這件事很簡單，我們需要好好觀測妳，但不慎觀察得太過入神，結果不小心把妳帶到這裡來了。」查理說。
「觀測？所以說到底就是你們造成的嗎？」
「噢，查理，你看看你，你直接把事實說出來，她生氣了啦。」
「是你要我從最開始說的啊？」
「我才沒說。」
「你有。」
「夠了，我不想聽你們鬥嘴，這裡到底是哪裡？」我忍不住插嘴，以相當不耐煩的口吻。

「這裡是我們的秘密基地。」一人一貓異口同聲地說。

「我想說的是，我們剛才觀測著妳的行動，確實覺得妳十分有趣，還有妳的能力，別看我這樣，我也曾經是雨探。」查理說。

「你是指你曾經是這座城市的雨探嗎？」我問。

「不是噢，查理和你來自不同城市。」冰箱大聲地喊道。「他只是轉換了跑道，就像你們人類會換工作，查理也換了工作，只是是從『雨探』轉換成『觀察者』而已。」

「兩者之間有高低之分嗎？」

「原則上沒有。」查理拉開其中一張椅子坐了下來，並示意請我坐在他的對面。我走向不遠處和他面對面的位子，拉開彷彿幾十年沒被拉動過、像是靜謐的融合體似的椅子坐下，這張椅子上面也鋪滿了厚厚一層的灰塵。「抱歉，我除了我坐的位子外，就沒有清掃其他地方了。」

「沒關係。」我說，隨即拍了拍滿布灰塵的椅子，不情願地坐下。

「我倒是常常因此過敏。」冰箱甩頭抱怨著。

「雨探的工作性質大概是職場上的最前線，時常得應付迅雷不及掩耳的危機。但『觀察者』就不一樣了，我們能毫不慌亂地觀察所有情況，就像是後線，那團火焰永遠不會灼燒到我們面前。」

「這樣聽起來不是高貴許多嗎？」

「是和妳們比起來安全不少，但同時也十分無聊。」查理兩手交疊，誠懇地對著我說。

「你剛剛提到了我的能力，對吧？」

「是的，我對妳的鋼筆，或者說妳們這座城市的雨探們所傳承下來的能力感到興致勃勃，我很喜歡那種超出我思想範圍的東西。」查理的口氣確實也高昂了起來。

「我其實也沒特別想過那些，只是很單純地順著感覺走，不知不覺就變成這樣了。」我說。

「因為都是前人為妳安排好的，不是嗎？」冰箱發著呼嚕聲，靠近我並且把鼻子蹭向我。

「冰箱，對客人不得失禮。」

「我沒關係。」我看著冰箱有點灰灰的鼻子，繼續說著。「我不會這麼覺得跟誰的安排有關係，因為能感受到力量的流動不大一樣。」

「流動？」查理不解地說。

我因為實在不知道該怎麼解釋便有點語塞了。

「沒關係，這不是我們要探討的重點，我想說的是妳現在的狀態。」

「我的？」

「是的，妳現在很危險噢。妳的身體由於得不斷地適應妳的城市還有雨中的城市，也就是兩個不同世界的差異性，所以正在變得虛弱，或者說正在變得透明。當然也可能是其他無法解釋的原因。」

「透明……嗎？」

「透明是很有趣的狀態，正因為如此妳才能出現在這裡。」冰箱在長桌上繞了繞，亢奮地說。

「是啊，這個中立的空間，必須得向我們這麼透明的存在才能立足。」

查理邊說邊將桌上未點燃的蠟燭給點上了火，緊接著他起身稍微環視著周遭的燭台，確認是否有熄滅或是未點著的漏網之魚。被點燃的樸素的蠟燭正緩緩地流出蠟油，我注視著上頭的火光，突然間有點不確定我現在所具備的真實性。我究竟為何在這裡？

「我們都很透明。實體和心靈上的透明。」冰箱又過來蹭著我、聞我的氣味。

「那我接下來該怎麼辦？也成為『觀察者』嗎？」我問。

查理和冰箱都不約而同地噗滋笑了出來。我不解且不悅地看著他們。

「抱歉，那不是我要傳達的本意。這個職位我建議妳不要有太多想法，該怎麼說呢？」查理抓了抓頭。

「簡單來說，『觀察者』是一種滿滿宿命性和悲劇結合的存在，查理的意思是不希望妳落得跟他一樣的下場。」冰箱笑著說。

「總覺得我像某種悲劇英雄。」查理笑著。

「你太美化你自己了。」冰箱則無情地吐槽。

「所以我要怎麼阻止透明呢？」我有點按捺不住地問。

「這是雨探不得不面對的危機，你要去理解透明背後的意義還有那不太穩定的構築性。」

「有說跟沒說一樣嘛。」我說。

「畢竟妳和我們不同，妳能透過鋼筆穿梭到另一種精神層面裡頭，那是更高的境界，所以妳的身體需要適應三種狀態，我想我無法給妳什麼建議。」查理聳肩說道。

「看妳的樣子應該也知道不是每位雨探都有辦法像妳一樣，能讀取別人的腦袋，或是串流空間對吧。」冰箱說。

我點點頭。

「也就是妳也稍微認識其他城市的雨探，對嗎？」查理問。

「真的是稍微，畢竟工作上偶爾需要互通情報。」我說。

「維持現狀也是不錯的選擇，但那是現階段的做法，隨著時間的流逝妳將會逐漸接觸到問題核心，也將摸索到關於選擇的重要性。」

「選擇的重要性？」

「是啊，選擇很重要。『抉擇』更是選項中較耐人尋味且沒有正確答案的一題。這攸關妳是否會遁入於我們的黑暗，抑或是在變得透明前安全下莊，很有趣的賭博。」

「我還是不懂。」我說。

「雨會告訴妳答案的。」冰箱說。「依循著雨的軌跡吧，妳是雨探哪。」

在變得透明前盡力讓自己不變得透明，必須得付出些什麼。

昏暗的日光燈投射在小而暖的八坪房間，我能聽見斷斷續續的鼻息。突然的一陣風拍打窗戶震出一聲巨大的聲響，我倏地睜開眼確認一下現在的情況，身體正陷在柔軟的床上。床頭邊忘了關的收音機正孤獨播放著〈I'd Really Love To See You Tonight〉，看來是我喜歡的美好年代金曲系列。我輕輕嘆了口氣把頭倚靠在枕頭旁望著下著雨的窗外，微弱的燈光讓雨沾上了光如遠方飛散的螢火蟲。

呆滯地凝視著雨才想起應該正要停的雨怎麼還在稀哩嘩啦地下著呢？為什麼我會躺在房間的床上呢？濕成一片的衣領緊貼在黏膩的皮膚上。好像有什麼不太對勁。我起身找尋手機但不見其蹤影，我手忙腳亂地翻找著凌亂的木製書桌，終於發現它被塞在最裡頭。

「七月？」我皺著眉頭看著手機螢光幕上顯示的日期。

我深呼吸再吐氣，無力地坐在地板上思考著令人匪夷所思的處境。氣候明明是寒冷的冬天，到底怎麼回事？我下意識地解開手機的鎖屏密碼，打給小梓。電話在響了幾秒之後接通。

「喂，心，怎麼了嗎？」熟悉的聲音鞏固在手機裡頭。

「小梓，妳沒事了嗎？」

「咦？什麼意思？」

「妳不是被一個八字鬍大叔抓到什麼意識串流裡頭去了？」

「心，這算是什麼新的笑話嗎？我不太懂。」電話那頭的小梓苦笑著說，彷彿我說出的是深奧的法文單字所組成的句子。

「總之，妳沒事就好。」我說完便掛了電話。

完全沒有頭緒。

我提起雨傘便跑到街上去看看街景的變化，然而這座城市沒有那個味道，特殊的味道。街景也沒有任何改變，簡單來說這是一座再平凡不過的城市，正常來說確實是這樣沒錯。雨點一滴一滴清脆地打在傘上，酸澀味流過感官再回歸空氣的混濁中。大街上沒有任何人，我有點害怕沒有一絲氣息的城市，而且不管走到哪，都有一種身體被架著的不自由感，就像是手腳被纏上了線成了任人操控的木偶。頭頂上有什麼聲音，抬頭一看滿布烏雲的天空突然開了個大洞，我深深地注視著那個洞，疑似有隻像是手的物體嘗試伸了出來，我想我正目睹著一件扭轉著這座城市的重要事件。那隻手是否有了新動作呢？當我再次抬起頭時，一陣深沉的低鳴聲把我拉到一段黑白相間的通道，這一次意識又更加暈眩，我氣力放盡地任由波動擺幅，進入了更麻木的睡眠。

雨的聲音流入意識裡喚醒了我。頭有點抽痛，我輕輕地摸著太陽穴。我意識到這裡是「山腰雨點」的員工休息室。雨透過紗窗一點一滴地浸溼著褪色的白牆。我躺在休息室裡簡單的拼接床上，這是老大有時候熬夜研發菜單時假寐用的木床。起身後我稍微折了下薄棉被，呆愣地望著窗戶外頭，聽著清脆的雨聲。不久前我還在辛席的意識串流裡頭，之後於謎一般的圖書館醒來，還遇見了駐足在那裡，號稱前雨探的「觀察者」和一隻會說話的灰貓，那是夢嗎？

「這攸關妳是否會遁入於我們的黑暗，抑或是在變得透明前安全下莊，很有趣的賭博。」

這句話在腦海裡立體地響起，我想剛才發生的一切都不是夢，只是如夢似幻間我快要搞不清楚真實和虛幻了。此外還有那座無人城市，和從天空的雲裡頭竄出的大手，

休息室外頭傳來一點嘈雜聲，我望了下頭頂的連鎖家具行販賣的灰色圓型時鐘，現在這個時段應該有不少客人。

「哎呀，妳醒來了啊。」小梓推開門，走進休息室。

「現在很忙嗎？」我問。

「總是得學會忙裡偷閒。」小梓兩手抱胸、得意地說。

「我怎麼會在這裡？」

「說來話長，不過簡單來說就是妳的貓朋友把妳和我送了回來。」

「雷嗎？」

「妳有很多貓朋友嗎？」小梓歪著頭問。

「這倒沒有，只有雷就是了，牠是來自裂縫裡的貓。」我無力地癱坐在木椅上，覺得視野正天旋地轉著。我想冰箱應該還不算是我的朋友。

「我知道，牠有自我介紹過，是相當幽默風趣的貓。」小梓伸了個懶腰後也於另一張木椅上坐了下來。

「妳能和牠對話嗎？」我詫異地問道。

「貓先生很驚訝呢，我也嚇了一跳，畢竟這是我第一次和雨中城市的人對話，不對，牠是貓，是和貓對話，感覺又是個更稀奇的體驗了。」

「真是夠了，奇怪的事還是不要發生比較好。」我苦笑著。

我不確定小梓有沒有聽出這句話的涵義。

「是心把我救出來的對嗎？」小梓沉默半餉後向我問道。

「不對，我和雷一開始都找不到妳。我想是……，」說著突然不知道該怎麼說下去，啞口無言。

「是？」

「沒事。總之妳也看到了，我也是昏倒被救回來的，挺丟臉的。」

「別這麼說，我想妳已經盡了全力了。」小梓露出燦笑後一手把我頭髮撥亂後起身。「如果妳還有點不適就好好休息一下吧，反正這裡不是旅館，不收費。」

好，我說。

小梓雖然一臉不願把煩惱擺在臉上的樣子，然而擔憂卻如流竄中的雲煙慢慢地湧上臉來。我給了她一個安定的表情後她才輕嘆了口氣乾脆地步出休息室。

我不知道小梓對這件事情的了解程度，但至少不能再讓她被捲進不屬於她的世界了。依稀記得朦朧中我看見1號先生在意識串流崩毀前救出小梓並交給雷，然後他說了些什麼，當時的我已經漸漸被抽離意識串流裡了，完全不知道發生什麼事。雨停了，雷消失了，沒有辦法有任何答案。至少我知道他還好好活著，這樣一想便覺得舒坦多了。

不過恍惚的身體似乎還在遲疑，可能有一部分的我也留在裂縫之後也說不定。究竟那段在房間醒來的記憶是怎麼回事？我在那沒有任何人存在的正常城市仰望著天空所伸出的不尋常的手，還有錯誤的節氣、神秘的圖書館還有一人一貓，所有謎團都層層交疊且接續蜂擁而至，等著我一一去解開。

1號先生當初送我的鋼筆還妥當放在口袋裡，不對，是已經和我融在一起了，往後還要再多多指教了，我在心裡這麼跟鋼筆說。

「希望妳能夠體諒他人的心，並成為支撐別人的力量，所以把妳取名叫心。」老媽曾經這麼對我說過，因此我很喜歡我的名字：心。

看透別人的心沒什麼意思，而是當有人痛苦時能夠理解他的心、分享我的心、並接納他的心。我想貫徹這個名字。我想只要還繼續努力著，總有一天勢必能再見到1號先生。

雨似乎停了，於是我稍微休憩後步出了休息室。正準備推開門之前我再次望向窗戶外頭那片以視野來說不是很完整的天空，還有雲。粉霧散去了。山上的白霧厚厚一層堆積成一團，雨氣很重，鼻子還能聞到沉重的空氣中所糾纏著的味道。

那片天空難道沒過多久就將被不詳的命運籠罩嗎？

二、銀髮和金髮和褐髮

我好像做了惡夢。

我會這麼說是因為我沒有認知到底自己做了什麼具體的夢。我的意識相當混亂，只知道當我一醒來，伴隨而來的是席捲全身的顫抖及麻痺感。我睜著眼靜躺在床上好久，我感到一陣麻木，覺得時間如何流逝都無所謂了。我的身體像被床單上的皺褶所萌生出的什麼肉眼看不到的鎖鏈禁錮著，我還搞不清楚現在的處境。又或者說——我只有靈魂在狀況內，但肉體卻彷彿被冷凍著，沒有任何反應。有股難受的感覺糾纏著我，我覺得我正持續下沉，不對，按照前面的說法，是我的靈魂本身正在我的身體裡下沉，一點一滴地被無底的黑暗深淵往下拖著，無限沉淪。外頭下著冷雨，雨勢挺大的，實在難以忽視。雨的流水聲在耳朵外沖刷，相當清晰且如海浪般捲動著。

我不討厭下雨，只要我的肌膚沒有和雨本身有一點交融和連接的話。

城市正流洩著適當的旋律和節奏，韻腳也穩紮穩打地深藏在每個段落的結尾裡。眾多的齒輪都在無意識間運轉著，說來奇妙，這件事卻沒有人能察覺。當然也不會有人抵抗，齒輪和這城市都理所當然地往前邁進著，規律而穩定地向前，不會回頭。當我一這樣想便察覺眼前的世界和無聊兩個字的形狀越來越接近，但我無法違反，也覺得沒這個必要。

雨的聲音仍持續，沉重身體裡的異質似乎正逐漸散去，隨著這感覺的流失我也覺得輕盈了不少。棉被和床單和我本身再也沒有關係，像斷絕關係的男女似的被我拋下。床的下陷聲叭嗒叭嗒作響，和情人的挽留呼喊聲或許有異曲同工之妙。我凝視這間房間裡的有形存在：我的木質書桌、被擺放十分凌亂的原文書、桌曆（桌曆上的時間沒有錯誤，是我所認知的正確時間）、手機也像睡著而沉默的刺蝟般靜躺在桌子上；望向另一頭的四散的紙箱，這些全都是網購的箱子，隨著對小小方格裡的商品介紹及優惠價格的抵抗力越來越脆弱，箱子就堆積越來越多，也因為懶得處理，後來它們都變成這間房間裡的擺飾之一。除了箱子外還有外表上的木頭紋路日漸淡去，看起來廉價的衣櫃、在二手超市因緣際會入手的實木書櫃。書櫃上頭的唱片及沒什麼在翻的書上積滿一層厚厚的灰塵，唯一比較特別的是新購入的咖啡器具因為沒空間的因素也被我硬陳列進書櫃裡。這間房間裡比較有系統性的有形之物大概就是這樣了。然而一種強烈的陌生感湧上心頭，所有的矛頭都指向那個空氣冰冷、彷彿所有溫度都被抽走的無人的城市，還有那隻置身在空中的巨大的手，這段經歷是夢還是預知性的回放？我不清楚，我仍在思考。

雨一連下了許多天，終於在某個週六停雨了。我決定遠離了被沉悶的雨籠蓋太久的城市，鼻子還因此有點不適地過敏了起來。

「太邪門了，妳的經歷真的太過於邪門了。」栗子姐一邊用金屬製的叉子切開香氣四散的烤鮭魚，一邊高呼著。

Outdoorcooking 餐廳裡門庭若市，擠滿了一組又一組假日無處可去的客人。有情侶、也有家庭，更不乏疑似大學生團體的雀躍狂歡。餐廳裡喧鬧的聲音此起彼落，栗子姐那高昂的驚呼聲不只不會和這空間格格不入，甚至可以說是相當融入週遭環境。

「雖然我很想表示妳的反應太誇張了，但我實在無法說服自己這麼說，因為確實很瘋狂。」我語氣顯露無奈地承認。

「我甚至有點搞不懂先後順序了。」栗子姐拿起桌上的紙巾輕輕地擦拭著嘴唇旁的醬汁。「妳有什麼頭緒嗎？」

「什麼頭緒？」

「我也不知道，大概是接下來該怎麼做的頭緒吧？」

「我連方向都沒有，或者說，具體該做什麼都不知道呢。」

「那就是沒有頭緒了，也難怪妳會找我商量。」

「就是這樣。」我低頭嗑著薯條。

栗子姐是首都的雨探，以前為了解決一起事件和她有所接觸進而認識。栗子姐留著中長髮、有著清秀的五官，年紀約三十出頭，雖然已經是兩個孩子的媽了，但從她的肌膚上一點都看不出歲月或操勞的痕跡。據她的說法，首都不只一位雨探，更何況不常下雨，所以閒得很。

「我想，維持現況確實是一個作法。」栗子姐說。

「名叫查理的前雨探也是這麼說的。」

「說真的，我擔任雨探近十年了，從沒聽過查理這號人物。別看我這樣，整個北部的雨探我都有一面之緣。除非他來自南部。妳說他外表大概幾歲？」

「我想雖然不能稱為少年，但應該也沒超過三十歲。」我說。

「褐色頭髮、臉上有傷痕嗎？還真的不知道這號人物。對方既然是在那麼詭異的世界裡出現，我想得在身份上打個問號，光是『觀察者』這個職位我就充滿存疑了。」栗子姐手撐著下巴思索後說道。

「還是那是夢呢？」我不禁這樣懷疑自己。

栗子姐閉上眼往後傾，將身體的力量完全釋放在餐廳的藤編製背椅上。我想她很專心地聆聽著空間裡流動的所有聲音，彷彿一點眉頭的抽動她都能聽見似的。

「心，聽我說，我們都是特別的存在。當然，特別的存在自然會具備著無法剖析的差異，就像靈魂被切成好幾片，每一片都有相呼應的感覺及符合的言語，只是我們找不出其中的不同，但是不代表這些情緒就應該順著時間之河的流逝而變得扭曲，對吧？」

我搖搖頭。「我完全不懂。」

「妳是聽不懂還是搞不懂呢？」

「我想都有。」

栗子姐想了想後開口說：「我想關於名叫查理的前雨探這件事情我們先擱著吧。眼前該著手的是如何讓妳的生活更貼近平靜一些。雖然雨探和平靜兩個字始終有點距離，但至少能朝這方向邁進著。」

我想也是，現階段如何維持住現況確實是一件艱難的事。有個方向能思考倒也無妨。

「話說關於『他』的事，怎麼樣了？」栗子姐打破了一小段時間的安靜說道。

「誰？」

「當然是指迪亞，妳就別裝傻了吧，妳明明對話語的掌握度很高的。」

我瞥向鄰桌的父母親正竭力哄著哭喊著的孩子，哭聲也拿捏巧妙地融進這被各種嘈雜聲音佔據的空間裡。若這些聲音能被肉眼捕捉，肯定會在眼前呈現出密佈的蜘蛛網狀。

周遭的聲音突然像對我低語傾訴般，很順暢且俐落地流入我的耳朵裡。也就是說，我的耳朵針對這些聲音的辨識能力變得靈敏許多。

「正如我剛才說的，他短暫出現在意識串流，救了小梓。啊，小梓是我經常造訪的那間咖啡店的女服務生。隨後我失去意識，緊接著被捲入到莫名其妙的空間裡，再來妳都知道了。」我說。

「短暫？」栗子姐重重地強調這兩個字。

「嗯？」

「妳怎麼確定是『短暫』呢？」

「不，我只是以我的觀點來判斷這件事的，我並不知道——」

這種感覺很令人不舒服，彷彿吞入一股滑溜溜的未知生物入口，身體裡有什麼正在搖曳著的強烈不對勁感。

「妳察覺了嗎？或許不是短暫，而是他一直在那呢？」栗子姐溫柔地啜了一口冰塊已融化開的紅茶。拿起的玻璃杯濡濕地透著冰鎮的水，水滴落。

「如果那是他的決定，我也無法說什麼。」我說。

「或許吧，但妳不好奇嗎？」栗子姐直視著我說。「妳別誤會，我並沒有認為妳該這麼做或是那樣做的意思，我是局外人哪，況且妳也是成人了。我只不過是提問，提問而已，妳不要放在心上。我想妳應該懂我要表達的，針對這件事情我認為無論如何妳都是了解的，只是妳不想再次觸及到核心，所以嘗試逃避著。如果妳認為我說錯了，或是我傷到妳了，妳可以告訴我。總之我想陳述的是我對妳在這件事情的立場及角度上的認知。妳具有一定程度的好奇心，妳也對自己如同被父母拋棄般的處境感到詫異及憤怒，還有悲傷。」

「詫異和憤怒我不清楚，但悲傷是真的。」

我沒再多說什麼。栗子姐品嚐著她的香烤鮭魚佐葡萄套餐。空間裡混亂的聲音仍躁動著。

「抱歉，我好像說得太過於直接了。」

「不，妳沒說錯。我確實在逃避。持續地遠離事實著實對態勢沒有幫助，但卻能緩和一點令人不快的情緒。」我手托著下巴，無力地說著。

「縱使這樣只是延後錯誤的結果嗎？」

「縱使只是延後錯誤的結果。」我說。

「那也不錯，都是選擇，但我想妳知道真正對妳好的作法是什麼。」栗子姐笑著說。

「我很喜歡栗子姐的直接。」

「真希望我以後不要傷到我家那兩個小鬼，最近的小孩似乎都不像妳具有如此堅強心智。」

「所謂的堅強其實也只是由脆弱的心堆砌的啊。」這次換我笑著說。

「那倒是。」栗子姐點點頭。

天空逐漸也佈滿烏雲，氣溫轉涼。一點點如負面情緒般不愉快的風從餐廳窗戶透了進來，我想起了意識串流裡的冷漠。

意識串流，那是正一步步吞噬著我、嘗試分裂著我的異樣空間，那是裂縫裡頭的世界裡的人所獨有的通道嗎？盡情地串流著實體卻又不是實體的東西，讓腦中的惡意能更無遠弗屆。而雨總是在各種荒謬的時分下起，有時候我連心理準備都還沒有，就這麼強硬地被拉扯進去，我那討人厭的直覺又總是讓我深陷於無意識的危險之中，我想，沒什麼人能和我一樣有這麼詭異的際遇了。

果不其然，當我回到熟悉的城市便下起了傾盆大雨。雨總是在令人意想不到之時荒謬地下起。回到我的八坪房間，霉味流竄於空間每一角。我連濕漉漉的衣服都沒更換，身體向後傾倒直躺在房間地板上。凝視著天花板，我認為白色的天花板中帶有某種暈眩、奇幻的因子存在。它們彼此互相凝視著，有時存在、有時消失，如原子般無法透過肉眼捕捉，但確實存在。我持續望著天花板，心情也跟著逐漸平靜，我想那些喜歡賴床的人和我應該有某種相同程度如病態般的依存性在吧？

栗子姐的話在我腦中環繞著遲遲無法散去。我似乎得直視這些事實但心靈上卻反射地往反方向固執而彆扭地對抗著。

我意識到了什麼。

或許該說有什麼東西正在暗示著，氣味在空氣間變化又變化著，具有難纏的多變性。雨仍然猛烈而熟練地敲打著不發一語的窗戶。陰鬱的天空被強風撕裂、狠狠地攪亂，而那破碎的靈魂碎片彷彿隨著雨點一同積累在窗外不遠處地板的水窪，和泥土、空氣分子均勻地混合在一起。

「雨啊，你是這麼想的嗎？」腦中突然有這樣的一個想法，我想我正嘗試和雨對話。

「怎麼樣呢？」我想這是我替雨的回答。

「我指的是你的殘酷及無趣。」

「那不是我擁有的。那是透過某些具有雜性的『介質』而投射反映出的虛偽的光吧？」

「但是以你，也就是以雨的外貌呈現的，不是嗎？」

「你太拘泥於我，所以你走不出你的執著還有困惑。」雨這麼說，或是我這麼對我說。

既然雨探透過雨看穿這個世界和另一個世界的交點並穿梭於其中，又為何我們無法和其中的媒介溝通呢？身上的雨水慢慢地滑落並浸到地板上，再繼續躺下去恐怕到時候會變得很難清理，我決定沖個熱水澡再躺到床上充分地思考有關這件事。我俐落地脫下上衣，解開內衣帶，將濕淋淋的衣物丟到洗衣籃，簡單地卸妝後走進淋浴間。能在如此拙劣的天氣沐浴在熱水之下，不論是身體還是心靈都如同受到治療般重新整理。更具體點來形容的話，就是過熱的機器也需要時間好好冷卻一番。水流過我的身體，那充其量是外在的情況，然而在身體裡頭也有一些灼熱的東西經過，可能平靜如止水，也可能掀起波瀾，同時有一股作用力穿過了我的身體，然後再流出我的身體，中間沒有一點猶豫。水溫有時忽冷忽熱，水柱也是忽大忽小，不太穩定，那些通過我這個「介質」的東西也受到影響似的變得波動擺幅較大，不太穩定。讓我想一想還有沒有其他更理想的形容。好吧，沒有。總之我會在洗完澡、穿上衣服時讓自己逐漸完整，就像是一個立體的拼圖遊戲，我藉此和自己溝通，只是不大順利。

思考是一件完完全全沒有盡頭的苦差事，縱使我正在思索的事情只需要對自己交差，仍然充滿難度，必須給自己一個精準的答案，一個就好。

我真的意識到了什麼。

這次不太一樣，不是意識上的架空思想存在，而是真切地浮現在眼前的詭譎事實。真要說有什麼不一樣，我想應該是我那台剛買沒多久的磨豆機被施予什麼魔法似的不自然地浮了起來，真實的漂浮。不只磨豆機，網購的紙箱也一一如灌入飽滿氦氣的氣球般緩慢地飄起直到被天花板侷限住為止。陸陸續續我的傢俱都浮上空中，簡直是一場華麗魔術嘉年華。

這次真的太超過了，我怒喊著。我又在不知不覺間陷入進什麼危險之中了嗎？目前房間裡安好的只有我安躺的床及棉被，但感覺也撐不久，它們劇烈晃動著，像是吸了什麼興奮劑似的震動。我一時之間實在不知道該如何是好，畢竟這是我從未遭遇到的事。就和意識串流那時候一樣，我驚慌失措著。腦海中千頭萬緒。我看著滯空的磨豆機，心裡頭喊著：「下來、給我下來！」可惜我沒有魔法，該死。

總覺得唯獨我的房間被獨立隔了開來，就只有這裡是維持著不穩定的狀態，獨特性被完整地保留了下來。縱使外頭刮起暴雨、塵土飛揚，這裡依然連繫著形狀無法被扭曲的樣貌，而我只是一個單體，在這個空間裡和其他物品一樣：單純的是一個有形體的渺小存在而已。物品四散成一團，這凌亂的漂浮感和太空艙有得比。

如果有人正透過無形的力量告知著我什麼，那現在應該就是最吻合的狀態了。然而我無法感受到其中的一絲軌跡，會是名為查理的「觀察者」還是名為冰箱的貓嗎？不對，我想不是，我由衷地覺得不會是他們所為。我從中感受不到任何惡意，但很明顯地這是我陌生的氣味。究竟是誰呢？渾身感到一陣冷顫，我實在無法想像自己的處境是如此危險。雨究竟還會透過什麼樣的形式展現予我呢？

雨中的城市似乎伸出陰暗的觸角，從影子的邊緣滲進了同樣陰暗的八坪房間。

我從小就喜歡胡思亂想。

我試想過風其實能化作為可愛的小精靈，和我在充滿晶瑩星光的森林裡共舞，那是小時候的微不足道的空想。即使長大了，我仍然喜歡一邊騎車一邊思考著有的沒的：沙子裡頭有一座城市，海裡頭沒有龍宮但有動物園，天空有漂浮的海豹，這世界有盡頭。只是沒想到更荒唐的事以我所無法設想的方式倏忽竄入我的生活，沒有任何一絲猶豫的餘地，我的空間便如此錯亂且無序。

雨沒停，仍無表情地下著。傢俱在不知不覺間恢復了原本的樣貌。沒有任何聲響、任何毀損，一切都像沒發生。網購的紙箱寂寞地平放著，磨豆機仍靜靜地守候在架子上。時間也是安穩地分散在空氣每一處，並沉澱在靜謐的房間裡。昏暗的燈光給人一種安心感，然而這種感覺也漸漸冰冷、逝去。

我起身打開收音機，廣播電台正播放著氾濫的小情小愛流行歌。我無耐性地轉著一個又一個頻道，然而始終沒令自己滿意的旋律。終於轉到一個不知名的頻道播放著曾聽過的歌曲，如果我沒記錯的話是Jonny Houlihan的〈The Road and the Radio〉。我停下轉動的手，環視著房間的平靜。深沉的嗓音仍迴繞著。我需要更多的感受、更多的input、更多的漩渦、更多的思考，才能看清楚現在的局勢。我無法忽視那些如粉塵般微小的線索，尤其是那些告知我事態有多焦急的頹勢。我望向窗外的風雨交加，外頭有些什麼吧？我決定外出探探，混亂的關鍵正暴露在溼冷的水氣中。

我還是搞不懂剛才發生的事。雨水打在傘上的聲音相當零落，彷彿我的靈魂也被隨之打碎，散落在被輕輕吹起的微風。經過招牌腐蝕的便利商店、沒什麼人的市場、連貓都不願駐足的濕淋淋的公園、冷冽的氣息還有一絲絲的孤獨。這是這座城市特有的闃寂感，我已經很習慣了，然而正面迎擊時卻又是如此束手無策，我想這是無可避免的。

「嘿，心，在想什麼嗎？」

雷彷彿從影子裡潛出，自後方神不知鬼不覺地向我搭話。

「你終於出現了，雷。有好多事想要問你。」

「妳想問我『觀察者』的事，對吧？」

「嗯，這個也想問，但其實我還有其他事想問，不過你怎麼知道呢？」

「氣味啊，我對這最敏感了。」雷露出得意的神情說道。

「『觀察者』的氣味嗎？」我問。

「不是，是妳的氣味，妳的氣味有那個空間的味道，這是抹消不掉的。」雷說。

「我也沒想過要去除那個氣味就是了。」我說。

「所以呢？你還想問我什麼。」

「我想問我現在到底遭遇了什麼？」

「對於自己的自我認同價值混亂嗎？」

「或許是吧？但感覺是更加龐大、沒辦法以肉眼直視的，如暴風圈般的壯大宇宙正吞噬著我的感覺。」

「我時常覺得妳說出來的話是超出同齡層範圍的。」雷淡淡地說。

「這我倒不否認，畢竟我經歷了許多同儕所沒辦法經歷的事啊。」
「這世界會以什麼樣的形式去呈現，是我們沒辦法去掌控的，只能坐以待斃，或是順著風勢向前。」
「不逆風嗎？這樣比較勵志。」
因為被大雨濡染著而導致行人寥若晨星的街道上，我和一隻或許不存在又或許存在於這座城市的會說話、站立行走的橘貓，正以第三人稱的角度去觀察、去頗析這個世界。說起來既荒謬且莫名，但我們可能也是能將這荒誕局面看得最清楚的組合了。
「何必讓自己那麼辛苦呢？」雷說。
我嘆了口氣一語不發地反省著。
「這個給妳吧。」雷不知道從哪裡取出了一個外觀簡樸的護目鏡遞給我。
「這是什麼？普通的護目鏡嗎？」我問。
「普通的護目鏡。」雷雲淡風輕地回應。
「咦？」
「開玩笑的，不過當妳提到普通，便表示妳對這玩意心裡也有點期待了吧？」
「總是會期待一下吧？」我笑著說。
「我不是要妳放棄對抗，對抗還是有必要性的。」
「真難懂你的邏輯。」
「這個護目鏡能夠讓肉眼以清晰的視角去觀察到惡意，雖然目前還在實驗階段，但我想讓妳來體驗看看是最合適的。」

「也就是說我是白老鼠？」

「我不否認。」這次換雷露出燦笑說道。

雷靠在拉下鐵門的五金行外粗糙不堪的水泥牆，五金行的鐵門上有明顯的鏽蝕痕跡。雷身上的貓毛像有自我意識似的與風共舞著。「至少妳得要相信自己仍在正軌上。」

皺著眉望向雷，我實在不確定正軌的定義是什麼，現在是在正軌上嗎？呼嘯得毫無猶豫的風雨把剩餘的怒吼聲響都傳遞到遙遠的漆黑烏雲頂端。時間依然流動著，豎立在街上角落的純白大鐘裡的秒針也沒停滯過一分一秒。十字路口的信號燈伴隨著零零落落的幾台樸素的轎車駛過，輪胎濺起了和污泥混濁在一塊的雨水。黃燈亮起，轉換成紅燈。剛才綠燈時的時間已經幻滅，化為灰燼，然後等候下一次的重生，無限循環。

雷消失了。我始終也沒有勇氣開口問雷關於我想知道的事。

＊＊＊

蜿蜒在沿海公路的壯麗海景上，所有的煩惱都被壓縮至腦中的最底處，暫時不用煩心處理。剛做完例行保養便決定好好跑一下北海岸，讓檔車的運轉能更加順暢。天氣也是正好的晴朗，已經一個禮拜都是這樣的風和日麗，對於快發霉的心情來說更是一大解藥。

從大學到我家要大概二十五分鐘的車程，若是在這段期間下起雨的話，所有的街景會在瞬間混成一團然後再有所變化，也可能是在我沒意識到的時候就已經進入到融合的末端，這些都是有其可能性的。

這座城市是無法和建設發達的首都相比擬的，說是城市卻幾乎可以說是被純樸的鄉鎮所暈染著、被周圍的山景給包圍著，而且必須跨區到雨都才能稍微聞到海風。

今天只有下午的課，於是我便利用空閒的時光好好繞了一下平常鮮少看到的海岸。無意間瞥到遠方群聚的釣客，其實我也挺想嘗試釣魚，但那些釣客的大叔有種難以親近的感覺。不對，倒不如說是他們看我腿的目光讓我不想靠近。難得天氣沒那麼濕冷穿件短褲礙到誰了嗎？我一邊喃喃抱怨著一邊在路邊停好車，沒有雨棚的大學停車場著實令人擔憂著下大雨時的種種麻煩。我踢了踢腳邊砂石地面的碎石，以為能讓它飛躍一旁密佈著雜草的矮圍牆，結果只是硬生生地打在牆上彈了回來。

往校區的方向走去，沿路和許多抱著教科書、背著沉甸甸書包熱烈聊著天的學生們擦肩而過，一個人孤單地漫步在校園實在會有點不太踏實。冷颼颼的海風乖靜地順著氣流流向吹拂到臉上。我從包包裡拿出以備不時之需的圍巾圍上脖子，也早就習慣了這變化多端的氣候。

穿越中堂，孤零零的銀色掛鐘上的時間顯示著12:30，午餐時間的中庭僅有零零落落的師生發出窸窣的交談聲。趁著平常聒噪的學生們各自享受著午餐時，寧靜統治了偶爾有脫落磁磚的校區。我打開教室的門時感受到一股更嚴寒的氣氛。

「嘿，心，早安。今天的報告準備得怎麼樣？」

大學的飯友小安在我一進教室後便立刻向我搭話，教室內其他人則無不擺出一副苦悶的表情，今天是期末報告發表，安逸許久的日常宣告終結的日子。

「完全不怎麼樣，或者說我早上才趕工完。」

「Wow，這樣背得起來嗎？」

「當然要有小抄才挺得過去。」我當然不能愧對我媽辛苦工作為我繳的學費。

鐘聲殘酷地打破努力掙扎的最後希望，附帶著教授的敲門聲還有一副「你們完蛋了。」的微妙笑容。

我嘆了口氣並拿起小抄準備著等一下的報告。小安用著毫無生氣的口吻說：

「我完蛋了、我完蛋了。」

幸好我的順序算前面，在報告完之後我就坐在後方的位置等著課堂結束。

隨著時間的流逝讓剩下的報告時間在半睡半醒間咀嚼完畢，又或者消化不良。大學就是這樣，知心的朋友可能只有一位或者兩位，也就代表大部分的時光都是和她們廝混的。既然彼此理解也就不會硬是把令人難以下嚥的想法灌注在彼此身上，這是我在大學所學到的最重要的精神。我特別看不順眼那群仗著自己聲勢大便四處叫囂著的蠢蛋，簡直像是大便。正因為學生們來自四方，在學校才更要接收不同於自己的思想，但有些人就是只活在自己狹隘的世界裡頭，真想把她們丟進意識的串流裡頭。

「終於結束報告了。」小安喝了一口學生餐廳販售的不營養的珍珠奶茶後，伸了個大懶腰。

「大學真是無聊。」我捲著髮尾發牢騷。

「但沒有上大學就沒辦法找到好工作也是現實呢。」小安搖頭說道。

「雖然社會上有不少人都說就算沒讀大學也有辦法賺錢，當然有，就只是累跟不累的差別而已，如果能更輕鬆又何必要選修羅之道呢？」

海的鹹味附著在海風飄逸過來，我和小安坐在岸邊隨意且恣意地抱怨著學校、還有社會裡那些無趣的人。空氣中隱蔽著一點濃郁的酸味，我的鼻子靈光地警告我。

「等一下好像會下雨。」我說。
「明明早上天氣還不錯的說，現在天空倒是有點轉陰了。」
不知不覺天空也佈滿了烏雲，看來即使沒有靈光的鼻子也無所謂。
「我沒帶到傘。」小安說。
「我也是，看來還是趕快回去會比較好。」
下雨天會很麻煩，對我來說各種意義上來說都是這樣。當我正準備起身時小安開口說：
「心，妳等等有要幹嘛嗎？」
「回家睡覺。」我說。
「這麼自在嗎？」
「當然啊，如果下雨的話更棒。泡一杯咖啡然後斷斷續續睡著，偶爾啜點咖啡因。」
「我實在太佩服妳享受生活的能力了。」
「那當然。我送妳回宿舍嗎？」
「我等等要打工，我自己過去就好。」
「還是買支傘比較好。」我說。
迎著下雨前濕潤的海風，安全帽裡頭的小世界正壓抑著破裂的時空。我被捲入一段悠遠的歲月，融化在崎嶇的山路裡成為柏油的一部分。

＊＊＊

「心，妳喜歡雨天嗎？」

穿著厚大衣裡頭配件羊毛材質的紫色毛衣、下身穿著樸素的L牌牛仔褲，留著清爽短髮、臉上還有一點沒刮乾淨的鬍渣的男人，也就是1號先生躺在青草地上問我。

我不太確定喜歡還討厭，我說。我想那時我十六歲。

「把雨濃縮成一粒膠囊，妳會服下嗎？」

「我絕對不會，這太蠢了。這是哪來的發想？」我笑著問。

「算是我的老師的人告訴我的。她說資深的雨探都必須有能耐讓雨成為膠囊。」

「那算是武器的一種嗎？」我側著身看向他。

「我想不算，那是一種對自身環境的掌握度。很難理解吧？」

「我比較好奇一定要服下膠囊嗎？」

「那或許只是一個比喻性的問題吧。」

「那真可惜。被你這麼一說，我突然有點好奇如果吞下這顆膠囊後會怎麼樣呢。」

手壓住草地的同時也能切身感受到泥土的柔軟。1號先生深邃的眼珠子裡頭好像藏著什麼不可告人的秘密。烏黑的頭髮一根一根地埋沒著那蘊藏許久的悲傷。

「我的老師，是在吞下膠囊之後就到了好遙遠的國度去了。」

「天堂？」

「這樣講好像真的會讓人誤會，是真的國度噢，只是是裂縫裡頭的。」

「是指另一頭的世界嗎？」

「可以這麼說，當膠囊溶解時被壓縮的雨會在身體裡如同核爆般擴展開來，她就被捲到那個屬於雨的國度。」

「雨的國度？」

「一直在下著雨的國度，永遠不會停止的雨。對她來說是最棒的淨土。」

我愣著望向遮住太陽的烏雲，時間好像就這麼驀然靜止。當時的我覺得我是持續流失的沙，連同心一齊參雜在扭成一塊的混亂裡頭。

「你有見過那個一直下雨的國度嗎？」

「有，但我很難跟你說明，因為那是一瞬之間發生的事。」

我倏地起身問1號先生：

「難道就在那一瞬間，你的老師就消失了？」

「是啊，就一瞬間。連聲道別都來不及。」

「那到底是什麼樣的情況？為什麼她要服下膠囊？」

「好難說噢。」1號先生抓著頭苦思。

「你該不會又要說一瞬之間吧？」

「我滿想這麼說的，不過恐怕是不行的吧。」

我點頭。

「雨探一直以來都在看著其他人所看不到的景色，所以很不幸地連看待未來也是如此犀利。我想，我的老師她肯定也是直視著朦朧角落中所綻放的閃爍光輝吧。」

我回答不出什麼便保持著沉默。我從來沒想過未來會是什麼模樣還是什麼光景之類的複雜幻想，我想在我心中未來是如此曖昧的東西吧。不想特地給它命名、也不想託付或是賦予什麼希望在上頭，總之跟雨一樣都是模糊的存在。

妳想的太多了，1號先生說。「就像是被遼闊星空包圍著，我們都是在繁星之下的一顆暗淡石頭，但不代表我們一輩子都會維持著那死寂的黑。眼前有著明亮的道路可以選擇，又為什麼偏要往暗巷呢？」

我不經意地搖頭，有時候黑暗不代表是錯誤的道路吧？就只是沒那麼好走而已，又或者比較孤單。妳不覺得孤單很可怕嗎？1號先生用著平淡的口氣問我。我說還好，孤單只是一個環節而已，我真正害怕的是連給予自己一點信心或者動力都感到麻煩的心，即使在美麗的星空下依然怠惰，只讓眼淚襯著夜，有時候甚至連自己是誰都有點遲疑了。老實說我正紮紮實實地面臨著這樣的窘境。

這次換1號先生沉默了。我們兩個人併著躺在公園的草地上，周遭不少家庭、情侶席地而坐或鋪著野餐墊愉悅地享受野餐時光。夾雜在滿滿的歡笑聲之中，我和1號先生以一個相當突兀的氛圍並存著。

「我想妳的年輕讓妳過於優柔寡斷，妳所看到的世界還太小、太狹隘也正被侷限著。放開心胸，去好好接受那些難以理解的事實，雖然我這樣講好像有點偏見，但前往雨中的世界對妳來說還太早。」1號先生偏過頭看向我。我想那是兩碼子事吧？我抗議著。

「妳的思想讓妳想趕快長大，想要離成為大人這件事再更逼近一點，然而那卻是災難的開始。**因為妳漸漸控制不了不平衡的自己**。」

1號先生的一字一句都是如此的刺痛著我。天空什麼時候才會降起雨呢？我思索著。

＊＊＊

紅燈的號誌亮起，我停下車靜靜地看著號誌燈的頂端。雨滴在我臉上滑落，看來要下雨了。我拋開那舊有的記憶，一同隨著也舊舊的引擎聲就這樣留在原地，好的壞的都一併留在這裡吧。一切換到綠燈我就用力催著油門奔往山路的終點。一點一點的雨滴持續劃著安全帽的擋風玻璃，焦慮的心情也反映在手握著檔車手把上的力道。我鮮少在這裡淋過雨，我對於這裡的雨天沒什麼記憶點，然而同時也產生一份好奇心，這裡又會是什麼模樣呢？

隧道近在眼前，看來目前雨下得還不大，還沒有什麼影響。隧道的黑暗寬容地對我敞開雙臂。駛進黑暗裡雨點也暫時沒了痕跡。我停下檔車，在隧道裡其實是不能這樣的，但眼前的光景讓我目瞪口呆：隧道裡人滿為患，大家歡騰地逛著一個又一個的行動攤販。燦亮的燈光照亮整個隧道。為什麼隧道裡面會有如此熱鬧的市集？

答案很明顯，雨天在不知不覺間改變了隧道、改變了城市，以一種神不知鬼不覺的速度竄改著城市的基因。為了另一邊狀態的我的安全著想，我將意識切換回來，眼前是空曠而昏暗的隧道。我催起油門便往隧道的出口駛去，雖然很想繼續觀察這光怪陸離的場景，我卻還是忍痛一口氣穿破人海人海的市集。我不時聽到一些慘叫，希望是錯覺。

穿梭出隧道後是一陣小雨迎接著我，原本的山路不意外地變成時髦的都市，或者說滿意外的這裡竟然有股世俗喧囂的味道。以往雨中的另一座城市總是充斥著如同死亡氣息的沉寂，走在街頭上的每個人臉上毫無表情，更不用說會讓你攀談聊天什麼的。我能理解他們和我們是完全不同的存在，但我實在無法判斷出如機器般的步伐是要通往哪條未知道路又或是真的迎接死亡。就像天生就要具備的神秘色彩讓雨天蓋上一層面紗。然而，這次顯然有所不同。氣氛愉悅、輕鬆許多。

我把車停在一處看起來較為安全的停車格後，便走向人潮絡繹不絕的中心點。眼前應該是陡峭的山壁，在雨的潤飾下成了平穩的階梯，讓我能毫不費力行走上去。沿路上裂縫裡的人們無不熱烈討論著最近發生的時事以及八卦，這是我第一次覺得他們如此有朝氣。同時我能感受到好幾股視線滾燙地注視著，不時帶有嘆息聲及些許的鼓譟，我狐疑地看著四周，原本看著我的人又撇過頭去，到底怎麼回事？樓梯的盡頭有一家酒吧，我走進酒吧裡頭，一坐上位先確認了一下菜單，看來和裂縫外沒什麼差異。我先點了份薯條及甜不辣，再向服務生加點了一份豬排三明治。好的，一份薯條、甜不辣跟豬排三明治對嗎？服務生說。我其實也想喝點啤酒，但說實在的我連我確切的位置都不清楚，到時候醉倒可就麻煩了，更何況我還騎著車。我對服務生點個頭便沉浸在特有的獨處中。我身處奇妙的區域還在莫名的餐廳吃飯，一旦切換視角，我可能會發現自己徜徉在山林裡也說不定。這時候還是保持原樣，讓另一頭的我以幾乎不存在的狀態存在會比較好。

仍不時有人投射出刺眼的視線，相當令人不自在。

「嘿，方便打擾一下嗎？」一名妙齡女子接近我並表達想坐在我旁邊位置的意願。

「歡迎。」我說。

「恕我冒昧，妳是雨探對吧？」女子拉開椅子坐下後突如其來地問道。

「我的氣味太過於獨特導致妳們都判別的出來嗎？」

「其實呢，真要說的話妳的味道已經快和我們差不多了。」

我深深吸了口氣。「真的嗎？」

「別誤會噢，並不是指妳有什麼異味，只是這很正常，妳穿梭在兩座城市，味道本來就會逐漸中合。」

我以為我的味道還和小梓一樣清新，晴天霹靂般的傷心情緒萌生出來。

「那妳到底怎麼知道我是雨探的呢？」

「因為妳最近很有名呢，是名人噢。」

「什麼？有名？為什麼？」我的聲音似乎又讓我更加受矚目。

女子從口袋拿出的菸盒裡取出一根菸，拿起桌上本來就放置的打火機點火。她輕輕地吸了一口後吐出滿天瀰漫的煙霧。仔細一看這名女子並沒有彷彿附屬在這世界的人身上所擁有的異質氣息，她面容姣好，披肩的金長髮及修飾過的眼睫毛，白皙的皮膚配上輕盈的妝感給人一種毫不在乎世俗眼光的冷漠。淡淡的香水味不時流進鼻子裡對感官造成不少的負荷，是連女生都會心動的那種類型，我看著眼前的美人還有遮蔽住她完美臉蛋的煙霧。

「現在大家都在傳這城市唯一的雨探緝捕了令大家頭疼的通緝犯，甚至妳的照片都被妳的擁立者們瘋狂傳閱著。妳有不少粉絲呢。」她優雅地把稍微遮住視線的瀏海撥到耳尖。

「什麼意思？」我問。難道剛剛這些人在討論的八卦主角其實是我？

「很簡單，或許妳把我們想得太像外星生物了，所以看待我們的眼光才會有一絲偏見在吧？」女子將菸灰點在菸灰缸裡笑著說。

「沒有，我才沒有歧視妳們。」我說。

「隨便吧。但其實我們也只不過是依循著裂縫的運作方式和妳們的世界有聯繫罷了，我們清楚這件事，但妳們的世界卻毫無知覺，只有身為雨探的妳知道，對吧？」

我同意地點了個頭。

「只要認知到我們也是人這件事的話就可以了解到我們也怕死，也不喜歡做傷害人的事，只要我們能偷偷享受到一點關於妳們世界獨有的文化，那倒是無所謂。妳的直覺應該很精準吧？能判斷搗亂妳的城市、來自我們這端的惡意及非惡意。」

確實，我只有一個人，要阻止這座城市所有越線的人實在太困難了，所以我的處理方式永遠都是以帶有惡意的傢伙為最優先。有些人只是想一覽我們這頭的海景或是品嚐著道地的美食我也就睜一隻眼閉一隻眼，畢竟我只有兩隻手兩隻腳。我同意，十分同意地點起頭來。

「所以我們並不喜歡為非作歹，畢竟我們的世界也有人會追捕我們。」

「原來如此。」

「是啊，只不過大家都很忙，往往就會有漏網之魚想趁機搞事，而妳就會迅速地解決他們。不是嗎？」

我聳肩表示不知道。我想我應該沒有那麼迅速。

「以前還有一位名叫迪亞的雨探在這裡監控著那些滋事份子，不過他後來消失了，然後妳就出現了。最近不是很活躍嗎？於是大家開始瘋傳新的雨探已經掌握了這座城市。」

迪亞是裂縫裡頭另一個世界的人們給予1號先生的稱呼，雷也這麼叫他。我兩隻手的手指彼此交叉著，大拇指焦慮地摩擦著食指，以略帶緊張的口吻問道：

「妳知道關於迪亞的事嗎？」

空氣被凝結似的以無流動的狀態呆板地被固定在周遭。

「很遺憾，我並不熟悉那名雨探，對於消失的人士已經沒辦法在掌握什麼呢，所以我很珍惜還存在的妳，我很想知道關於妳的什麼。」

「我也很想知道關於妳們的事情。」我說，我能感覺到那一瞬間女子的嘴角抽動，有什麼不尋常在那其中。

「不過妳必須要注意一下自己的安全。雖然妳受到不少我們的人的愛戴，但同時，也有一些人正商討著對付妳的手段。」

「這可真是麻煩。」我嘆了口氣。

服務生送來了薯條及甜不辣。女子毫不猶豫便拿起叉子大快朵頤。

「我叫艾莉絲。」女子邊吃邊說。

「我是心。」

「心嗎？滿有意思的名字。」艾莉絲很快又吐了一口如甜甜圈的煙。「希望妳別太小看那些人，他們是裂縫裡頭更黑暗的勢力，而辛席對他們來說是很重要的存在，因為你的緣故讓辛席被獵捕這件事使得他們對妳的不滿到了最高點，妳必須謹慎面對。」

我拖著下巴思索著，沉默不語。

「所以說，我認為妳需要同伴。」

「我有一個同伴了。」

「妳是說那隻貓嗎？牠很厲害沒錯，但還是不夠，妳需要更強悍的戰力。」

看來雷的資訊也被掌握得一清二楚。

「太過分了吧，竟然嫌棄我。」雷突然出現在空著的座位上，牠無辜的眼神正盯著桌上的炸物。

「雷？」

「說曹操曹操就到呢。」艾莉絲向雷吐出一口煙。

「喂，艾莉絲，別讓薯條變臭啦。」雷把煙揮散抗議著。

「妳們認識？」我來回看著艾莉絲和雷。

「不算認識。以前因為工作上有一點交情而已。」雷迅速撇清。

「真是無情。這樣也不算認識嗎？」艾莉絲一手摸著雷的毛一手把菸灰點掉。

「雷是從事什麼樣的工作？」縱使和雷相處已久，但我仍不清楚牠的真實身份。我對於神秘靴貓的好奇心一湧而上。

「我嗎？妳難得問起我的事。我什麼都做，但往往都是危險的工作。」雷眼神一瞥到服務生就舉起牠的小手點了一杯啤酒。「要喝嗎，艾莉絲？」

艾莉絲閉著眼睛微微地點了頭。

「我知道心騎車就不問妳嘍。」雷說完便悠閒地吃起薯條。

「回到正題吧，心。正如我說的，我認為妳還需要聘用更有力的夥伴。」艾莉絲接著說。

「聘用嗎？」

「當然，這年頭大家都需要錢。」

「那就沒辦法了。我沒有什麼錢。」我搖頭道。

「不，妳有很多錢。或者說妳即將得到很多錢，對吧？雷。」

「她沒說錯。心，辛席是惡名昭彰的通緝犯，抓到他是可以得到大筆獎金的。雖然妳可能沒什麼記憶了，但確實是出自於妳手。」

「噢，很多嗎？」我感興趣地問道。

「很多，至少有一百萬。」雷笑著說。

「一百萬？」我再次大喊著。鄰桌又紛紛投射視線對焦於我。

「正是一百萬。」雷肯定地說。

「太多了吧？看來我畢業不用找工作了，太好了。」

「妳最近在煩惱這個？」雷問。

「不行嗎？我也快畢業了。誰知道雨探可以賺這麼多錢。1號先生又沒跟我提過。」

「不過正因為這樣，導致妳也被盯上了。就如艾莉絲所說，妳確實需要用這筆錢去尋找更多能幫助妳的人。」雷口吻凝重地說。

一百萬嗎？一百萬能買的東西很多，像是可以買一台進口車、付房子頭期款（可能還不夠）還有買不完的衣服、鞋子，也可以買一台好一點的重機。但我竟然要拿來買夥伴嗎？這種感覺太過於真實，也太過於露骨，再說用錢買的夥伴真的能夠稱作夥伴嗎？

「說夥伴可能會讓妳有那方面的誤會吧？用比喻來說好了，像是那個護目鏡。」艾莉絲手指著我這一趟騎乘拿來試用，置放在桌上的護目鏡。「就好比妳花錢買了護目鏡作為追緝惡意的裝備，妳也可以花錢買人力做為妳的手下協助妳。妳花錢他們為妳做事，也就是老闆跟員工的關係。」

「這樣說挺有道理的。」我說。

「要開始了，那女人的招式。」雷一副隔岸觀火的口氣說。

「所以嘍，我現在要自薦了。我推薦妳聘用我，我協助妳的雨天任務，怎麼樣？」

「原來說了那麼多就是要我和妳合作嗎？」

「不然妳以為呢？」艾莉絲再拿出一根煙，敲一敲濾嘴好讓菸草緊實些。從她坐在這桌起，已經不知道抽了第幾根了。

「當這女人纏上人時，就是要來搶錢了。」雷嘆了口氣。

「雷，念在我們曾有合作過，好歹嘴下留人吧？」緊迫盯人的目光狠狠地投射在雷的倒三角形臉孔上，牠露出一點不自在的表情並嗅了幾下空氣。

「誰叫貓嘴總是無情呢。」

艾莉絲忽略雷的幽默後再次把頭擺向我說：「怎麼樣？五十萬就好。」

「五十萬？等一下，妳真的在搶劫吧？」

「才不會，工作時間一年噢，一年，很棒的合約吧！」

「四十五萬。」我說。

「妳要相信專業，妳這樣是資本主義的壞榜樣。」

「妳從哪裡學會這種這麼現實的詞彙啊？」雷說。

「迪亞教過我。」艾莉絲聳了肩，隨即察覺到不對勁，露出一副說溜嘴的表情。

「妳果然認識1號先生吧？」

由於我突然地把臉靠她十分近，艾莉絲反射性地抖了一下。

「四十六萬。然後要告訴我1號先生的事情。」我希望能用相當具有壓迫感的氣勢震懾住她。但艾莉絲果然不是省油的燈，她承受住那股壓力然後說：

「四十八萬，我告訴妳迪亞的事附加帶我去吃道地美食。」

「成交。」我說。我連有沒有被騙都不知道。但我認為或許有合作價值。

「好。」艾莉絲笑著說並握起我的手。

「魔鬼般的交易過程，真夠會討價還價的，兩位。」

雷不知不覺吃完所有薯條了。

＊＊＊

沒多久我確實收到一個包裹，沒有任何寄件人資訊甚至連郵局戳印都沒有的包裹，快遞員送來時也是滿臉疑惑。我把它拆開，探見裡頭靜靜放著兩張看起來是支票的印刷紙，一張四十萬元另一張五十萬元，是沒有到一百萬，但也夠多了。還真的是錢，要命。突然得到這麼多錢我有種飄飄然的感覺。所謂的支票輕輕地靜置在箱底，然而拾起時卻能感受到沉甸甸的重量，真的是如同妖怪般的可怕。我小心謹慎地一窺究竟，上頭僅寫著「歪斜聯邦探查局」，可能是裂縫裡頭的什麼單位吧？同時也注意到底下的一小行注意事項寫著：「僅限在區域歪斜時使用。」

區域歪斜？該不會是指這筆錢只能在下雨時的城市使用吧？這豈不是有跟沒有一樣？我在心裡吐槽著。在那一頭根本用不到什麼錢吧？算了，也行。說到底我本來就不該指望這筆錢的。

我把支票拿起來收進抽屜裡，把紙箱拆了拆扔在門口。熱水沸騰燒開的聲音透過水瓶的蓋口迴響出來了。我關掉瓦斯爐，把熱水緩緩地倒進咖啡沖泡壺裡，並拿出溫度計測量溫度。等溫度稍微降到約八十三度左右後，把濾紙套在濾杯上，再倒入研磨過的咖啡粉，小心翼翼地將熱水淋在咖啡粉的中央，香味一瞬間就瀰漫出來。熱水竄過咖啡粉、通過濾紙，從濾杯底部一滴滴地滲透，不時以旋轉的動作讓水柱能均勻地在咖啡粉的中央澆淋。我其實也只是參照書上所述的步驟依樣畫葫蘆，畢竟再更深入一點的差異我實在分不出來。

天氣仍是無法理解的陰天，我翻開尚未看完的《一個孤獨漫步者的遐想》，投入在思想的世界裡頭。Ikea購入的時鐘的滴答滴答聲就像是壞掉的玩具鳥所發出的不乾脆、模糊的聲音，世界以一種停滯的方式讓我的耳朵獨獨沐浴在一片無聲中。終究雨還是下了起來。

我覺得有種既視感。

對了。當我在辛席即將崩毀的意識串流裡的時候，瞬間性地被置換到一個我沒印象的記憶，那可能不是記憶，也許是夢。我當時就在季節完全不同的房間裡醒來，看著床外的雨點。那座城市在雨中沒有變化，同時也不存在任何人，雖然小梓接了我的電話（這一點語帶保留）。最令我驚詫莫名的是天空裡伸出了一隻大手，那到底是什麼呢？此外還有自稱為「觀察者」的人與一隻貓以及那間彷彿時間以獨立方式流動的圖書館。種種疑問仍埋藏在心裡頭，我想知道更多的事情然而總是止步在某個階段。無奈的心情似乎化作了雨，從天空不加遲疑地落下。

嘹亮的門鈴聲響起，我起身去打開門。這個時候會是誰來了呢？不由得感到一絲不對勁。

「嗨，我想錢應該到了吧？」

結果站在門口的是艾莉絲，她依然叼著一根煙、手上拿著罐裝咖啡擺出爽朗的笑容。

「妳怎麼知道我家地址？」

「妳的味道其實挺好認得呢，我也可以敲敲窗戶從窗戶進來，不過妳應該會生氣吧？」她做出敲門的手勢。

「絕對會大發雷霆。」我說。

「我知道，雷有跟我說妳是很注重這一塊的，妳很敏感。」

「雖然牠說的沒錯，但聽起來還是很火大。」

艾莉絲聳肩說：「牠有時候就是有點猖狂。」

「我是指妳。」

「別這麼說嘛，我們之後還有一年的合作時間呢，更何況我是來跟妳說迪亞的事呢。」

「是嗎？那趕快進來吧。」

「態度差太多了吧？」

小小的空間塞進兩個人大概就是極限了吧，還好雷沒跟來，不然擁擠感會更趨嚴重。

艾莉絲在我房間內左顧右盼地說著：「這張唱片我喜歡！」然後到處摸摸碰碰。

拜託妳別亂碰，我嘆了口氣說。

「現在這座城市是什麼樣貌？」我問。

「今天有點變化呢，妳晚點可以去看看，某些部分似乎被扭曲了一點，該怎麼說呢，或許跟妳也有關係。」

「我有辦法去影響城市？」我不可置信地問。

「沒人說妳不行吧？妳可是最具有特權的存在呢。」艾莉絲說。

這倒是。

「能在妳房間抽煙嗎？」艾莉絲詢問我。

我是很討厭菸味沒錯，但不知道為什麼眼前這個女人抽菸的樣子及散發出來的味道一丁點都不令我厭惡，反倒有種我甚至享受、沉浸在其中的錯覺。

「隨便，但妳有菸灰缸嗎？」

「把我喝完的罐裝咖啡切開就行了吧？」艾莉絲說完便把剛才放在地上的罐裝咖啡拿去水槽沖洗乾淨後，彷彿是在自己家似的自在地拿著我的小菜刀切開鋁製的罐裝咖啡。

趁著艾莉絲奮力切開鋁罐的同時，我去幫她泡了杯咖啡。熱水已經稍微降溫了，我又一次打開瓦斯爐將水煮沸，再隨意地將滾燙的熱水倒進滿布殘渣的濾紙上，我呆若木雞地注視著慢慢流出來的汁液。

「抱歉，我沒什麼好招待的。」我把咖啡端給艾莉絲，她接過我的咖啡後眉頭一皺地說了聲謝謝。

艾莉絲大大吸了一口菸後吐出一團煙霧，隨後把菸豎在鋁罐旁緊接著啜一口咖啡，將咖啡抿在口中品嘗那個苦味。

「所以妳有什麼想問的嗎？」艾莉絲看向我說。

我向後傾將背靠在牆壁上。「歪斜聯邦探查局是什麼？」

「簡單來說就是追捕我們的單位，更正確來說是緝捕那些帶有惡意的裂縫裡頭的人。一旦這些人想趁著兩邊的城市融合之際犯下違反規定的行為的話，歪斜聯邦探查局的人就會緝捕歸案。其實在妳所看不到的地方已經有不少人被追捕了，然而卻還是有些有心人士分割出探查局所找不到的空間來為非作歹，這時正是妳發揮能力的時候呢。」

「不過他們卻從未見過我或和我討論對吧？」

「也許他們只是在一旁觀察著妳並歸納出盡可能不打擾妳生活的方法。」

「如果是這樣就太貼心了。」我說。

「妳想問的才不是這個吧？」艾莉絲露出奸笑說。

我嘆了口氣，我甚至不太確定要不要開口探尋這件事。「妳和1號先生，不，迪亞曾經合作過嗎？」

「對呦，大概在九年前吧？很久了呢。我們合作的時間說長不長說短不短大概八個月而已。」艾莉絲說。

我沒說話，於是艾莉絲繼續接著說。「他是個很沉默且古怪的男人，有事沒事就說一些我不太能理解的深奧理論，我時常有一種他不屬於他那邊也不屬於我這邊的世界的感覺，要說中立也不算，應該說他彷彿就像是被夾在裂縫之間的存在，不屬於任何地方，尷尬的地位。」

煙霧無所不在，充斥在八坪小房間裡的每一角落，我打開窗戶讓空氣通風也避免讓火警探測器誤感應到，不過話說這煙霧到底能不能被這個世界的探測器所偵測到這種無意義的問題也隨之浮現。窗外的雨偶爾飄了進來，破碎的雨花輕輕地沾染到衣服上。沁涼的風拂亂了放滿講義紙張的書桌。我漠然思索艾莉絲口中所形容的1號先生，確實某些部分和我所認識的1號先生的影子有所重疊但卻又有種意外的陌生。也許那是我所不知道的部分。

「妳印象中的他是怎麼樣的人呢？」艾莉絲反問我。

「從我的視點來看總感覺有點不太客觀，對我來說他是在我迷航時救了我的英雄，他總是幫助我很多。確實，在我的印象中他也說了很多滿艱深的話，我似懂非懂地聽著、吸收著，然後是否變成我所憧憬的那個英雄的模樣呢？我常常會這樣問自己。」說完我嚥下一口苦澀的咖啡。

「少女的青春嗎？真是浪漫呢。」艾莉絲挑了一下眉，手托著下巴吐出置身事外的話。

「才不是。」

我歪著頭以埋怨的眼神看向艾莉絲，只見她兩眼瞇起來笑得十分燦爛，再搭配她標緻的五官就更讓我火大了。

「他實力確實很堅強，或者說身手矯健吧？雖然不至於飛天遁地但卻能夠有效地運用在守護城市的使命上呢。」艾莉絲說。

「同時智商也很高。總是能夠思考出相當出色的推理，對吧？」我說。

「是啊，這部分看來也是妳深知的，換句話說不是妳想要的情報吧？妳到底想知道什麼？消失的真相？」

「沒錯，我想知道的是他消失的真相。大概是三年前的某一天吧，他就這麼突然消失了。沒有任何徵兆或是留下什麼書信，不是離開我們的這座城市，而是人間蒸發那種程度的消失。」

「也就是說，基於某種判斷，妳認為迪亞可能在我們這裡，或是其他更詭譎的空間嗎？」

「就算是，我也認為有著什麼複雜的原因，畢竟是那麼猝不及防的不告而別。」

艾莉絲眉頭深鎖，好像在腦海中探索、構築些什麼的樣子。我直視著她，把所有專注力都放在她那彷彿滲入遙遠宇宙的思考之中，隨後她睜開眼不甘示弱地對我露出一個微妙的笑容。時間就這麼流失著。

「迪亞的事讓我想想，我在想現在告訴妳會不會太早。」

「不會。」我口氣堅決地說。

艾莉絲拿起抽到一半，忘了抽的菸，發現只剩下短短的一截後便扔進鋁罐中再抽出一根率性地點火。

「不管是妳們還是我們都不知道為什麼雨天是讓兩邊的世界、兩邊的城市有所結合的，而歸屬於裂縫裡頭的我們，到底在結合的時候是屬於裂縫裡頭還是裂縫外頭的存在呢？如果結合時的我們屬於裂縫裡頭的話，那所謂困在兩邊世界的夾縫，那個夾縫到底是哪裡呢？當時迪亞很想去探詢這個簡直是論文般深奧問題的答案。說實在我從沒想過這麼擾人的問題，但迪亞卻總是鑽牛角尖地想要啃食到那一點點微小的關鍵線索，好讓自己的疑惑能被消除。我認為他那固執的個性讓他活得很痛苦。」艾莉絲停止繼續訴說這段過去，她看向起了霧的窗外，將口中的煙吐向窗戶。

「然後呢？之後發生了什麼事嗎？」

「我們的合作很順利，直到最後一項任務。」她叼著菸把瀏海撥開，覆蓋於瀏海之下的淺淺的傷痕便清晰可見。「我之所以很猶豫要不要告訴妳是因為連我自己都不是很確定和這道傷痕有沒有關係。總之這道傷痕是在我們討伐長年來一直追捕著的強大惡意時被劃傷的。我們收到委託，一份給予我們明確指示及獎金的委託。我們開始抽絲剝繭，發現所有問題的答案或是線索都指向一座位在接近夾縫位置、可以說是惡意訊號源的城堡。到底夾縫是什麼樣的地方我到現在都還不太清楚，不過這都不重要，因為我們對峙的那城堡裡的惡意實在太過於強大，我們失敗了，我除了額頭有讓日後留下烙印般疤痕的擦傷之外，手也斷了，現在看不出來對吧？」

我點頭。

「迪亞也沒好到哪去，他斷了腳。但即使腳斷了他還是把昏厥的我給救了出來並逃離那座城堡，很強悍的男人對吧？不過對於敏捷身手的他可是一大打擊呢。而城堡由於受損嚴重，那股惡意便連同城堡將那個空間轉移到其他地方，就這樣逃跑了。」艾莉絲一口氣喝完剩下的咖啡。「那是我最後一次和迪亞合作，因為我的手實在需要長時間的靜養呢。」

「我都不知道有這種事……。」

「我自己甚至不太想回想呢。不是什麼好回憶。」

「但如今卻有可能有所關聯嗎？」

「不知道。我想這部分只能讓妳翻找妳的記憶來定奪了。」

「什麼意思？」這次換我眉頭深鎖。

「字面上的意思。畢竟之後我就再也沒見過他。而跟他有所聯繫的人，正是妳。」艾莉絲又讓煙霧漫天。

我思索著。

「妳可以試著把這些資訊、曾經發生過的事套用在妳跟迪亞的回憶，這樣是不是會有一些蛛絲馬跡呢？」

關於1號先生的事仍還有太多謎團，我甚至對他在我們的這座城市的身份是什麼都不太清楚。那些被隱藏起來的事物就像是被光照射、有點飄渺的影子，伸出逐漸腐爛的手想要抓住些什麼。我想要抓住那些即將被消滅的影子。

而我始終捕捉不到。

我起身把原先放在抽屜裡的支票遞給艾莉絲，她看著五十萬支票笑得樂不可支。

「不用找了。記得妳要一整年馬不停蹄地工作噢。」我提醒她。

「首先要有這麼多事才有辦法工作啊。」她毫不掩飾那副得意的臉孔繼續抽菸。當她把混在菸草裡燃燒的物質爽快地吸進去的同時臉頰也微微的凹陷並立刻撇過頭把白色的煙霧透徹地吐了出來，不知道為什麼我就是很享受看她吞雲吐霧。

「如果太閒可以來我家打掃，畢竟沒有限制工作內容吧？」我說。

「我真的應該寫一份合約書的。」艾莉絲嘆了一口氣後悔地說道。

我走出戶外看看今天雨天的情況。城市可以說是大幅度的改變，之前抬頭就能仰望到的空中軌道都消失無蹤了。周遭嶄新設計的科技大樓林立，許多建築物彷彿被翻修過，真是不可思議。到底是什麼讓裂縫裡的世界能像是轉盤似的不斷輪調著這些風景，面對眼前的物換星移我不禁嘆聲連連。

「太誇張了吧？又不是第一次看到雨天的變化。」艾莉絲說。

「但每次都讓我驚豔，至少從未看過重複的街景這件事讓我覺得充滿驚喜。」

「我是已經看膩了，縱使變化萬千，其實都只是以同一個模子去刻畫的景象而已。」

「真的看不出來。」我說。

「妳的眼睛能夠看到關於來自裂縫的視野才八年吧？不對，照妳真正擔任雨探並上手的時間來看應該還不到八年。反正慢慢地習慣之後妳就會發現混濁城市的一切都像是沙盒遊戲一般的存在。我們就像是被玩家所操控的小人偶，在這個行動範圍都被侷限住的城市裡存在著。那樣子的錯覺。」

「這也是1號先生說的嗎？」

「不是，這是我的體悟。好歹我凝視著這現象也快三十年了吧？」

「原來妳還沒三十歲噢？」

「沒禮貌，我依然青春。」艾莉絲抖了抖菸。「我肚子有點餓，想吃點什麼。妳呢？可別忘了我們的協議內容。」

「吃義大利麵吧。」我說。

「妳確定這是在地美食？」

「這附近好吃的就是義大利麵嘛。」

座落在巷口裡的老舊餐館，平日下午的慵懶盤踞在餐廳每一處，店內用餐的老饕屈指可數。當我一推開門便立刻被服務生帶位到居角落、周遭種植著茂盛花草的座位，這裡可以說是店裡面我最喜歡的位置，有一種享受著大自然的饗宴的華麗錯覺。

「兩位是嗎？」

「是。」

「菜單在桌上，需要幫您介紹嗎？」

「不用，謝謝。」

相當具有一貫流程的點餐模式。

「滿意外的妳能被注意到呢。」

「有什麼好意外的？就算來自裂縫裡的另一頭，我們都是真真切切的存在。」

艾莉絲看到餐桌上的標語後說：「這裡不能抽菸怎麼不先跟我說？真是糟糕。」她苦惱地抓著頭並喃喃抱怨著。點完餐沒多久，服務生就俐落地將餐點一一送上。不愧是平日下午，送餐不費太多時間。我點番茄肉醬口味並自行灑了些起司粉，艾莉絲則點青醬海鮮口味外加一杯紅酒。

「才下午就在喝酒嗎？」我說。

「有時候我早上起床就喝了。」艾莉絲歪著嘴角說道。

「我滿好奇妳平常都住在哪裡？如果我能觀測到的雨天城市也是來自裂縫的一部份的話，那屬於妳的那一塊區域又存在於哪裡呢？」

艾莉絲沒有理會我的話語逕自吃起了青醬海鮮口味的義大利麵，淡淡的一抹青色沾染在她的嘴邊，她一把抓起桌邊的紙巾擦拭著嘴角，相當認真地直視著我。「妳會有這種疑問就只是單純不了解我們的生態。妳把妳所認知的觀點拿來套用在我們身上當然會行不通。因為我們並沒有所謂區域固定的概念，妳懂了嗎？在裂縫裡頭，只有不停地變化才是不變的道理，裡頭的人都是親自去承擔那股運轉的力量，然後隨波逐流，所以才會產生不少惡意。」

「所謂的意識串流該不會就是為了能夠把那股念頭鞏固住的手段之一吧？」

「或許是。妳曾經有過這樣的經驗嗎？」

「是啊，和雷一起。」

「因為我沒去過，所以沒辦法跟妳說些什麼。不過只要能繼續和妳在一起探索雨天，我應該也能遇見吧？」

我搖搖頭說：「我希望不要再遇見了。」

然而那卻是我最近看到1號先生的地方，也是距離他最近的空間。我這才想到我一直潛意識地不向雷確認這件事，我對我自己的思維也越來越不清楚了。

「反正妳只會遇到越來越多的問題吧。從今往後的謎只會更加困難，像霧一樣，只要妳選擇的道路持續充滿崎嶇、又那麼不穩定。」艾莉絲說完擺出拿菸的手勢，然而她發現沒有菸，只好不甘願地抿一口紅酒。

「那倒是。」我說。

我們吃了很長一段時間，大概兩個鐘頭吧？有時候只是埋頭吃著主餐；有時候斷斷續續地說著一些關於裂縫裡、裂縫外的事；有時候彼此都沉默著什麼都沒做。終於，艾莉絲非常厭倦地起身走到外頭，她似乎受不了沒有菸的時光。我不由得好奇她的肺裡的顏色。我付了餐錢，走出餐廳外頭。

「我並不是非要抽菸不可，只是癮頭一來就覺得很空虛。」艾莉絲解釋著。嘴上說得好聽但手卻已經拿出一根菸用打火機點火了。

金髮的瀏海斜斜地蓋住她的左眼，較為緊繃的上衣給人一種毫不掩飾其出眾的身材的感覺。確實她的胸部滿大的，我再低頭往下看自己的便覺得無地自容。我為什麼非得和裂縫裡頭的女人做這種膚淺的比較？然而即使來自不同的世界，艾莉絲仍深深地吸引著路上男人的目光。我摸了下自己還不到肩膀的短髮，心想著我是不是也該把頭髮留長呢？

艾莉絲吸了一口菸伴隨著一種終於解脫的感覺，她伸了個大懶腰並看向我。

「妳感覺到城市裡的惡意了嗎？」

「沒有。」我說。

「那表示妳還不夠精準呢。」

因為我感受到了，艾莉絲說。

「我什麼都感覺不到。」

「妳必須讓自己處在能夠俯瞰這座融合城市的狀態及視角，很難想像嗎？」

很難，我說。

視野切換。依然許多高樓大廈林立，就像是集結同類型商務大樓的商業區。似乎有一群正下班途中的人們笑著說著終於停雨了之類的閒話家常，即使裂縫裡頭充滿了波動還是要上班嗎？我問艾莉絲。

「就像我很需要錢是同樣的道理。總是需要點錢買菸買酒解解饞哪。」艾莉絲露出略帶點埋怨的眼神。

高聳的建築物之間擁立著一股冷漠，那寂靜的空間似乎能把所有聲音都吸收進去然後吞噬殆盡。大樓外的窗戶像便條紙般脆弱地依附在上頭，眾多窗戶反射著光，彼此間耀眼地照映著。我看向其中一扇窗戶，裡頭好像有人正凝視著我們，但因為是位處很高的樓層我看得不太清楚，疑似有又疑似沒有，刺眼的光終究讓眼睛感到不適而下意識地閉了雙眼低下頭來。那是什麼？是某種惡意嗎？還是只是單純的視線。

艾莉絲踩熄了菸蒂，嘴巴想說什麼卻欲言又止。

「我們正被監視著。」這樣的感覺傳達過來。真的有種言語被擰乾、肺裡的空氣全被抽乾似的強烈猙獰感遍佈全身。裂縫裡的烈日曬著城市，影子被拉長。不對，與其說是被拉長，我反而覺得影子是被看不見的鐵鎚敲碎而散開到其他地方去。無意之間打了個冷顫，我知道我的感官終於領受到那股惡意蔓延，強大逼人的氣勢簡直不留給我任何餘地，無預警地突襲而來。我吸了一口氣又吐出，緩緩吐出的同時也在腦海中感應著遙遠的方位，究竟是從哪邊來的？然而遲鈍的我現在才發現。

就在正下方。

正下方有著什麼在蠢動著。彷彿被幾萬隻蟲子爬過身體的那種騷動感油然而生。我感受著腳底下那虎視眈眈的勢力，額頭不經意地流出幾滴冷汗。

「終於察覺到了嗎？」艾莉絲問我。

「妳是說下方的那些東西嗎？那是什麼？」

「對我來說很熟悉的感覺呢。只要一想到我那斷掉的手就異常地反胃。」

「九年前的強大惡意嗎？」

「沒錯呦。那是對我來說怎麼也忘不掉的恐懼。那股惡意在這一兩天突然出現在地底下，我想只有我能在第一時間感受得到吧？就像是相當痛恨蕁麻疹的患者在已經治癒的蕁麻疹又突然復發時，那令人感到歇斯底里的敏感一樣。所以雨一停我就馬上來找妳了，沒其他用意，只不過是很想聞聞妳身上殘留的那令人懷念的迪亞的味道，只要一聞到那股味道我便能想起在那座城堡被他所拯救的安心感，也能夠舒緩我的緊張。」

「但卻想不到意外地說出當年的事嗎？」我隨口說說。

「我只是自己想說而已。」艾莉絲聳了肩笑著說。

「妳果然和1號先生有過什麼關係吧？」

「算嗎？算吧。但我想我們間的關係用搭檔來稱呼會比較正確，私底下的關係只是附屬的、意外的。就像我先前說的，我跟他認識的時間就那麼短，終究還是沒什麼。」

「但我身上有他的味道？明明我已經有三年的時間沒見到他了。」

「可是我第一次見到妳時妳身上有那股味道，那是最近沾染上的味道唷。」艾莉絲說。

我想起在崩毀意識裡頭的模糊身影，那果然是1號先生。他從那充滿蠕動物體的空間裡頭救出了小梓。他似乎有些隱情，我對他的種種行徑仍無法理解。

「妳怎麼對這麼久遠的味道還那麼敏感？」我問艾莉絲。

「妳吃醋了嗎？」艾莉絲苦笑著。

「我本來就不是對他有那種遐想。更何況誰會糾結在那麼久以前的往事啊？」說是這麼說，腦中仍浮現著裸著上身的性幻想畫面。

「難說了。我就挺糾結的呢。」艾莉絲又再拿出一根菸。「所以雷才不太喜歡我吧？因為牠很喜歡迪亞，對牠來說或許會將迪亞的消失歸咎於我，縱使和我無關。」

「我知道雷本來就跟1號先生熟識。明明一起工作過好幾年，他也算是我的師父，我卻有種還不是很了解他的感覺。」

艾莉絲停頓了一下後說：「與其說每個人都謎團重重，倒不如說是我們本身就沒辦法那麼清晰地了解每個人所隱藏的自我，所以當妳發現原來那個人和妳想的不大一樣時也別太傷心，純粹是妳現在還在湖面上，距離湖底還有很大的距離而已。」

「我為什麼要被妳安慰？」我微微地嘴角上揚。

艾莉絲也一邊微笑一邊抽著菸，這女人真的沒菸抽就不行。

「所以呢？妳打算怎麼辦？下去嗎？」艾莉絲問。

「也只能下去了吧？反倒是我要問妳，妳可以嗎？這算是妳的心理創傷吧？」

「別太小看我。我已經跟妳簽合約了，雖然沒有合約書但我說到做到。」

艾莉絲好像抓著一條繩子，一條具有靈敏直覺的繩子。她沒有特別去思考就能夠順著那條看不到的繩子所引導的方向行走。雖然沒有特別突然，但街道漸漸地堆積不少白色的霧。這次是白色的。濃霧瀰漫的商業區好像有一個不顯眼的洞口，風和氣流都順著同一個方向流動，連眼底下的建築物都彷彿被那些流動過去的重量給影響而產生了傾斜。會不會連靈魂的一點形狀都會為其吸引呢？我忍不住這樣想。

一走進高樓的背面便開始有些嘈雜的聲音流入，明明是完全沒有人煙的黑暗巷口卻有著不尋常的聲響。艾莉絲毫不畏懼、筆直地朝著前方走去，沒有任何猶豫也意謂著對自己的方向感十分篤定。高樓大廈的背面沒有引進那種先進的科技感，髒污及從水溝蓋跑出來疑似老鼠的生物盤踞在嶄新外表的陰影面裡。城市的黑暗面，眼前的景緻或許就是這樣的象徵吧。冷氣的運轉機發出轟隆轟隆的吵雜聲；排油煙管外滿是溢出的硬化黃色油塊；厚厚的灰塵幾乎能夠取代油漆作為第一層的表面，蜘蛛網上都能看到一點灰塵勾纏著。我從剛才就有種這裡具有著無限接近真實的實在感。空氣裡頭只能嗅到死沉的黴味。若要選擇一個隱密的入口，這麼一個流洩出討人厭氣息的地方確實合適。

「妳曾經來過這裡嗎？」

「沒有。我才不會來到一個這麼無趣的地方。」

「但妳卻十分熟練。」我露出狐疑的表情。

「我只是對我的心理創傷感到特別敏感罷了，歇斯底里性質的敏感。」艾莉絲自嘲地說道。「憑著那股感覺，即使沒造訪過的地方，我也能夠找出那個源頭。」

沒多久她停了下來。周遭並沒有門之類的入口。

「下去後要有上不來的準備。現在的妳做得到嗎？」艾莉絲的口氣像是教室裡的教授詢問著學生：確定沒問題？要收考卷了噢的感覺。

「反正繼續待著也沒有幫助不是嗎？」我說。

「確實。」她說完便扔了菸踩熄，隨後蹲下把地上的圓孔蓋使勁地從地面拔開。

「原來就這樣下去嗎？」我說。

圓孔蓋之下是一個看不見底的洞口，打開的同時真的能強烈地感受到外頭所有的東西包括塵粒都被吞噬於無盡深淵的感覺。

「這樣比較快，我覺得。」

或許這句話意謂著還有其他的入口，然而艾莉絲似乎不打算考慮其他方式。仔細一看洞口裡有著鏽蝕的梯子，艾莉絲小心翼翼地確認鏽蝕斑駁的梯子。

「看來沒問題，跟上吧。」艾莉絲不加思索地鑽進洞口裡，我也隨後跟上。

好像正一步一步踏進深淵的感覺。由於專注力都在手腳上，實在無法費神去留意時間，但感覺爬了相當長的一段時間，我都懷疑終點是不是地心了。每扶著一根腐蝕的梯子總不禁覺得隨時會斷裂的可能。艾莉絲攀爬的聲音仍在我的腳下潛行著，深不見底的黑暗中彷彿她隨時都會消失。

聲音真的消失了，同時腳也踏到地面了。

「到了。」艾莉絲說。

眼前仍是一片黑。艾莉絲拿出打火機點火，微弱的火光浮現在一團墨黑之中。她謹慎地前行，我也以相同戒慎的步伐跟在她背後。那股惡意的感覺就在不遠方，我也能感受到了。我們好像直接撲進猛獸的血口大嘴，被那股尖銳的敵意狠狠包覆著。我嘗試讓自己冷靜下來，然而恐懼感卻遲遲無法停歇。

「感到害怕是正常的。」

艾莉絲似乎從我的腳步中聽到了一點顫抖的軌跡。

「但在還沒實際目擊到之前都不要做太多假設及想像。那裡頭不是那樣簡單，也不是什麼不堪入目的東西，更進一步來說反而是有點神聖的存在。」

「神聖的惡意嗎？」

「有時候我覺得這種反差才是最可怕的。」艾莉絲不屑地了嘖一聲後說。

我同意，我說。這麼說來神聖的惡意應該是伸縮自如、毫無拘束地延展著那股氣息的存在，好像帶有意圖性地針對著所有闖蕩進這荒蕪地下的入侵者。身體有一種被觸摸、極不舒服且覺得自己是赤裸的感覺。在粉霧裡頭也有同樣的感覺，所以粉霧到底是什麼呢？求救訊號？武器？預料性的結果？我唯一知道的是和這死寂的黑暗有著相同亂數般、能夠互相平衡著的外與內在糾結過後所產生的突兀氣息。

我嘗試切換視角。

不太妙。我由衷地覺得不妙。不該切換的，眼前竟是仍兀自吞噬所有氣氛的兇狠漆黑。我以為可能是在我們城市裡頭的某個下水道之類的地方，然而眼前所呈現出來的是扎實而真切的黑。沒有任何聲音。水流的聲音、老鼠的聲音、蟑螂的聲音、一點點建築物碎裂的聲音都沒有，除了我的呼吸聲。我緩緩吐口氣，然而黑就像短暫前來造訪的過客，絲毫不修飾的臨場的一幕，緊接著無盡的白倏地佈滿在眼前。

看來我確實在切換過程中來到了一個不屬於任何城市的地方。這難道就是所謂裂縫之間的縫隙嗎？1號先生消失蹤跡所追尋的地方嗎？這裡難道是一個不是黑、就是白的極端區域嗎？我想我愣了好長一段時間，我甚至無法切換回去原本的視角。所有恍惚的光影都交織著，最終成了沒有盡頭的潔淨的白。我好像在說話，又好像沒有。過度的安靜讓我對自己的聲音是否能從聲帶發出、甚至耳膜是否還安然無恙都起了疑心。頭腦空空的、晃晃的，我正漸漸被吞噬。我有這種感覺，這是一種有什麼正在甦醒的感覺。

「喂，心，還好嗎？」艾莉絲拍著我的背詢問我。

剎那間我意識到我不只滴了不少口水，連鼻涕也從鼻孔裡滑落而出，丟臉極了，幸好周遭只有艾莉絲。喉嚨乾乾癢癢的，我乾咳了幾聲，吐出不少黏稠的口水（應該是口水）之類的東西。我試圖讓呼吸漸緩，讓意識能明白現在的處境。我還在地下，深黑的地下，每道聲音都如此清晰了，沒有問題。

「我剛剛，切換了視角。」我慢慢地說。

「然後呢？」

「然後就到了一個一下深陷闇黑下一瞬間又全然潔白的奇怪地方，我在想那會不會是所謂的……，」

「裂縫間的縫隙，對吧？」艾莉絲打斷我的話。

「對。」我說。

「不無可能，畢竟我們很接近了，接近那股東西。」艾莉絲抬頭往上一看。

我拿出袖珍包的衛生紙輕輕擦拭著我臉上的鼻涕還有口水，我說沒問題，繼續走吧，艾莉絲便徐行走進漆黑裡頭。持續以打火機上的小火為光源向前探索。偵查在一陣寂靜中的移動中取得了一個深長句點般的停滯。

「接下來要往上。」艾莉絲說。

「往上？」

艾莉絲把打火機的火光映照向前方的斑駁牆壁及鏽蝕梯子，原來已經到盡頭了。艾莉絲吹熄了打火機的火，然後摸黑爬上梯子。每向上爬一階我就有種自己距離不該觸及的禁忌越來越近的恐懼，手在滯空接觸到鐵製梯子前都是無法抑制的顫抖。口袋裡還沒有鋼筆，我想目前還在可以應付的範圍內吧。遍足在雨天的城市這麼久，我還是第一次深入所謂「地下的底洞」裡頭，就像是井或是深淵，那種正在墜落的失重感以某種形式存活在地下的某一處，等著蠶食鯨吞掉某個大意的驢子。

這種時候真希望雷在，牠總是會在我緊張不安的時候說些吐槽我的風涼話，這些話總是能夠讓我不再迷惘。俗話說得好，千金難買貓貓好。往往像這種時候一想到牠，牠就會出現。但過了好久都只有孤獨的手及鞋底持續攀爬著鐵梯所發出的生硬聲響及老舊梯子的啪嗒啪嗒聲。空氣裡混雜些無畏及某些說不出的矛盾心情，不論是我或艾莉絲都一樣吧。

我的頭撞到艾莉絲的鞋後跟，驚詫之間發覺她已經停止了動作。艾莉絲正頭頂上的圓孔蓋的邊緣縫隙讓那一點點的光溜了進來，看得出艾莉絲的緊身牛仔褲讓她修長的下半身得以完美顯露，被緊貼包覆著的臀部擋住我眼前的視野。艾莉絲什麼都沒說。

「不打開嗎？」我問。

「要。」艾莉絲回道。

「嘿，我是雨探。」我不知道哪根筋不對便說出了如此無邏輯的一句話。

「所以呢？」

「相信我一點吧。」

「那是因為妳不知道上面的是什麼樣的存在。」

「就算不知道也要打開吧？沒有回頭路了，這時候再跳下去，往回頭的路已經被吞噬殆盡了噢。我們只有眼前這條路了。」

艾莉絲發出笑聲。而且是發自內心的那種。

「想不到有時候你的直覺也挺厲害的。什麼時候發覺的呢？」艾莉絲問。

「不知道，反正就是這樣覺得。」

「是，或許我應該更加相信妳。那我推開嘍。」

「悉聽尊便。」我說。

隨著蓋子的打開，光從縫隙如洩洪一般強烈地流入，刺眼的瞬間讓我下意識地放開握著鐵梯的單手遮住眼睛。為了爬上去我只好閉上眼睛專注地爬著梯子，直到脫離了梯子的冰冷，接觸到柏油地面的粗糙灼熱感時，我微微地睜開眼睛，從地底爬了上來並翻身遠離地洞。

「到底怎麼回事？」我說。
「我不是說了嗎？那可是不一樣的東西。」艾莉絲說。
「妳可沒說過我們爬出來會在異國的大馬路上。」
眼前是沒見過的風格建築、街道；金髮碧眼的男子、女子一個個經過我們身旁時無不露出怪異的神情。也是，兩個髒兮兮的人從熱鬧街道的下水道裡跑出來，不論是誰都會嗤之以鼻。
「不，別傻了。不覺得這裡的天空不太一樣嗎？」艾莉絲說。
我不太能理解地仰望天空，兩顆月亮高掛在空中襯著溫潤的夜晚。確實是不太一樣，難道這裡是別的星球，我說。
「不是。」艾莉絲說。
「但這裡不是雨中的城市吧？沒有那種感覺。」
「所以我們中計了。」艾莉絲左看右看，旋即穿越過絡繹人潮，而我緊跟在後。
「中計？什麼意思？」我追到她身邊問。
「那股惡意正在避著我們。」
「為什麼要避著我們，那不是很強的惡意嗎？」
「也許我會錯意了。」艾莉絲手邊摸著下巴邊思索著說。「有可能正在恢復力量而已，又或者，」
艾莉絲頓住沒說完。
「或者？」
艾莉絲似乎在審慎挑選詞彙。

「那股惡意在躲避的是妳。」她說。

「我？」

「妳的存在還有那股力量是妳現在最重要的資產。那神聖的存在也懼怕著妳的潛在性。」

「所以乾脆躲起來？」

「說躲也不對，應該說，那股惡意用些伎倆把我們引導到被創造出來的這個虛假空間。」

「這也算是裂縫的邊緣嗎？」

「位置上來說也許很接近。就跟我當初說的那座城堡一樣，是同性質的東西，或許都是那股惡意所建造的區域，這正是我們所潛入的黑暗地下的真面目。」

地洞能直通到這樣遼闊的空間確實論誰都想不到。

「更何況妳不覺得我們在一路上都沒有遭遇到任何陷阱及阻礙，太過於順暢嗎？」

「我哪會想這麼多？」

艾莉絲突然停下腳步，她看向腳底下的圓孔蓋，別的圓孔蓋。她抓住可施力的邊緣用力拉開。周遭異樣的眼光不時投射過來，如果說這些外國人也是被那股惡意所建造出的存在也就太過於真實了吧？

「不要管他們。他們可能是真正存在的人，只不過是透過某種意識程度上的方式竊取他們思想的一部分取樣而投影出來的反存在。」

「反存在是什麼？」我毫無頭緒地問。

「存在的相反。」艾莉絲把圓孔蓋稍微往旁邊一堆，露出一半的洞口就像是上弦月。「看似存在卻又不存在。」

看似存在卻又不存在。某種程度上和我真像，我又想起了「觀察者」查理口述的透明化。

圓孔蓋裡頭只是不深的水溝，和爛泥攪和成一塊的垃圾堆像井然有序的螞蟻般規律性地橫躺漂浮著。

艾莉絲看向那惡臭的水溝直搖頭，緩緩地將水溝蓋蓋上。突然間她像是感應到什麼似的往前奔去。她似乎掌握到什麼線索了。我跟著她穿梭在人潮中，她好像用眼神在追蹤著誰但漸漸地慢下腳步最後停下。

「混障！」艾莉絲大喊著。

「怎麼了嗎？」我問道。

「那股惡意可能具現化了，並且就藏在這空間裡。正用那冷漠的雙眼監視著我們。」

「從我們還沒進入地下時就監視了嗎？」

「起碼我是這麼覺得。」艾莉絲說。

「我們能精準地感受得到它嗎？」我問。

「至少要相當前衛的直覺才做得到。」艾莉絲再度從口袋拿出香菸盒，裡頭剩下最後一根菸。

「呿，這根享受完就勢必得要有所突破了，否則我會難耐而死。」

我再次理解到雷口中的麻煩女人了。

我們信步在充滿歐式風格的建築物之間找尋著蛛絲馬跡，然而沒那麼容易，一點違和感都無法從一磚一瓦的縫隙中察覺。於是我決定從好幾雙空洞的雙眼中探詢，我試著向他們搭話，然而都被給予一個厭惡的眼光後完全無視。他們就像從角色扮演遊戲裡頭冒出的空泛路人角色，不理會任何事物，就這麼活在零碎的世界裡。而我們現在是否也在一步一步墜落到那沒有溫度的沙盒遊戲裡頭呢？

走出擁擠狹隘的街角，遼闊的河畔便映入眼簾，不少人就地坐在草地旁望著粼粼波光的河面閃爍著夕陽餘暉。河岸中央被一座極具歐式風味的鐵橋分割為二；橋上也有不少人呆楞痴望著四處飛揚的鴿子；父母牽著愛憐的孩子，一家人笑得合不攏嘴；草地上情侶有的相擁著；有的則一話不語地沉浸在一天剩餘不多的時光裡。怎麼看都覺得是如此溫馨且平淡的畫面，難道這些光景都是虛假的嗎？艾莉絲含著最後一根菸也坐在草地上，她示意著我跟著坐下。

「一瞬間感應到，然而卻又於瞬間消失殆盡，好像在玩弄著我們。」艾莉絲無奈地說。

我看著燃盡的菸灰掉落在草地上，稍微帶點溫度的灰讓一旁的草也被波及，像是病毒傳染般一同化作灰。艾莉絲一副毫無力氣去理會的樣子，露出疲憊的神情。我望向波光湖面卻不禁想起我憧憬的威尼斯：夢想造訪一趟的乘載在水面上的城鎮。可是此時此刻我卻只專注在水面下被淹沒的部分，而不是光鮮亮麗的表面。如果要遮掩什麼當然是藏在人所看不到的地方。我再次望向湖面還有橋，總覺得有股肉眼看不到的光正在水面之下醞釀著。

「艾莉絲。」我說。

「嗯？」原本低下頭的艾莉絲抬頭看我。

「接下來我要做什麼妳都不要感到意外，然後跟著我做。」我說。

「這句話聽起來充滿著危險。」艾莉絲歪著頭說。

「我也不知道成功率有多高，妳剛才不是說了？憑著前衛的直覺。」

「前提妳要有。」

「我至少比妳有更高的機率有，對吧？」我起身。

「無法否定就是了。」艾莉絲搖搖頭。

我們離開熙熙溫情的氛圍走到能容納不少人的大橋上，不意外的所有人的目光都在自己的世界裡，沒有人注意得到我和艾莉絲，彷彿我們是來自不同世界，事實上可能也是如此。正確來說，這些人都是被那股強大惡意所竊取的一部分小意識。這些意識雖然被分裂了卻仍如鏡子般映照著原先主人的狀態，維持著無意義的延續。那些鄙視的眼神正是在在透露著「別侵犯我的生活」的內心最裡層的精神意向，並非針對我們有任何攻擊性。我想我該來終結這錯誤的世界，雖然前提要我有辦法，而且我挺沒自信的。我兩手撐在橋的欄杆上，看向閃耀著光芒的湖面。

「心，別告訴我妳是這樣想的，好嗎？」艾莉絲的口氣略帶惴惴不安。

「我跟妳說，我認為秘密都在水裡面。」

「哎，好吧。」艾莉絲嘆了口氣，相當乾脆地說。

我深吸一口氣說：「數到3就下去。1、2、」

想不到我還沒喊完，艾莉絲便輕盈地跳下去了。我兩手以欄杆為施力點用力撐起從橋上一躍而下。為什麼不等我數完？

那些視線的動向已經不再重要，我雙眼只看得到越來越近的湖面，撲通一聲墜入那反射著高空月光的透明中。湖裡頭相當深黑，除了因為我們跳下水導致的劇烈水波震動外，大量的泡沫也向上湧起，此時水裡頭只能用雜亂來形容。由於太過於緊張不小心吸進一口水，沒什麼比在水裡頭嗆到還要慘的了。我用手完全遮住嘴巴，看向四周，當我抬頭仰望湖面時，發現湖面並不存在，我被放眼望去都是黑暗的水底包圍。艾莉絲的蹤影隨著泡沫一同消失。這是正解嗎？我閉起眼睛去感受我的直覺。首先感應到口袋裡鋼筆的現形，然後還有什麼呢？我拿出鋼筆，但我還沒打開筆蓋就已經被吸了進去，或者說我的意識很快地便被鋼筆帶往到某個地方，某座無人的城市。

清晨，視野被憂鬱的藍色所覆蓋著，冷冽的低溫縈繞著衣服底下的皮膚。正北方聳立的大鐘正發出整點聲響。我於陌生的建築物間小跑著四處張望，渴求能找到艾莉絲，但始終不見其身影。難道是因為我有鋼筆才有辦法來到這裡嗎？弔詭的是我的鋼筆既不在手上也不在口袋裡頭。依據先前的經驗，即使順應著墨水穿梭到意識的空間裡，鋼筆都能以獨立的型態存在。所以如今的狀況顯然不大對勁，這部分我無法解釋。當我意識到我能穿牆是在我思索到一半，對於即將迎面撞上大牆這件事毫無知覺時。我嘗試緊踩煞車、停下腳步，然而剎那間我便察覺到自己確實在牆裡面。由於裡頭的感覺十分噁心，我趕緊離開牆、跑了出來。冷靜下來後，「或許我能夠穿透這裡的實物」的莫名自信因而萌生。我再次試著伸出手觸摸著磚瓦，就像是什麼奇異的魔術，手硬生生地從另一端跑出來。這裡究竟是什麼樣的空間？

我再次感受到那股惡意。我戴起雷給我的護目鏡去找尋那股不尋常的力量，直到我看見那外溢出的黑霧。我穿梭著那股惡意所隱蔽的城市巷口裡頭，一間房子一間房子地穿透著。它在逃。可是為什麼要逃呢？難道正如艾莉絲說的它懼怕著、又或是還在復原中呢？總之我拼了命地直線追捕著它，沿路的建築物都被我一一穿透。眼前的視線幾乎都匯集成一道模糊的藍。這感覺實在太有意思了。但我想我真的太大意了，為什麼我不多想第三種可能？像是可能是陷阱之類的。

這是個陷阱，該死的陷阱。

那股惡意在一座寬敞的廣場停下來的那一刻我就覺得自己中計了，護目鏡突然崩裂。我環顧廣場四周所纏繞的黑暗氣息再凝視著眼前也正凝視我的惡意。一團相當密集的黑霧正逐漸化為人形。

首先嘴巴成形。

「我時常覺得那過分的信心就是你們衰敗的原因。」嘴巴這麼開口說。緊接著身體漸漸具體化，最後一刻完成的部分是帶有輕視意味的雙眼。眼前站著一位身材削瘦、披著英倫風大衣，梳著油頭、年約四十歲的銀髮男子。男子從大衣口袋拿出一副眼鏡戴上，沒留任何鬢鬚使他的臉看起來清爽多了。

「你是人類嗎？還是什麼特別的存在？」我開口問。

「算，也不算。我倒是沒特別在意我到底是什麼。但我可以說我是渴望凌駕一切的存在，不論是裂縫裡還是裂縫外。」銀髮男子囂張地張開雙臂，像是要擁抱什麼似著猖狂地說。同時周遭發出許多譏笑聲，那些四散、纏繞著的氣息果然也是某種惡意，也就是說眼前的男子是具有集團性的強大惡意，而他必定就是這個集團的首領。

艾莉絲、雷、甚至1號先生都不在，我摸起口袋卻感受不到鋼筆，不安的神情恐怕早已顯露在臉上。

「找不到妳的武器嗎？」銀髮男子詭笑著從口袋拿出我的鋼筆。

「為什麼？」我大喊著。譏笑聲又更加嘈雜。

「從妳進入地下開始，我就很注意妳的武器了。那真是危險，足夠讓妳傷害到我。所以我早就把我的手伸進妳的肉體裡悄悄地取走了鋼筆，意外吧？妳毫無知覺。」

我驚恐地說不出話，我恐怕是不敢相信自己是如此遲鈍。

「最可笑的是妳竟然認為自己有著良好的直覺，明明妳完全中計了，蠢蛋。」

周圍的吵雜聲我已經聽不太見了，我到底算什麼？我根本距離我所謂的英雄還差太遠了，1號先生不會這麼有負雨探之名，是我太愚蠢。

「當妳選擇相信那女人說的話時，一切就結束了。」

「什麼？」我想我發出十分脆弱的聲音。

「我一直都擁有那女人所看見的視野，早在多年以前我就在她身上植入了我的眼睛，所以她見證了什麼，我也就和她一同見證著。」

被長時間壓抑著的邪氣不斷地從銀髮男子身上外露出，艾莉絲所說的強大又神聖的惡意正一步步釋放出足以讓1號先生斷腿的力量。我的思緒早就亂成一團，像是颱風過後的殘破小鎮。

「所以我們才會被監視嗎？」我說。

「可以這麼說，那女人已經沒價值了，於是我就把她處理掉了。妳原本也將面臨相同遭遇，但幸運的是，我對妳產生了不少興趣。」

「興趣？」

「除了這支鋼筆外，妳身上確實有著我所畏懼的東西。我很想親眼看看那股力量的真面目。妳願不願意加入我們？」

「加入你們？」

「沒錯，在這裡的空間可以自由地讓妳操控，妳的意識也能輕易地去串流到其他人的腦海中，也就是所謂『意識串流』，只要妳有足夠的力量。」

「為什麼要讓我加入？」

銀髮男子嘆氣說道：「我剛才不是說了嗎？妳身上有我感興趣的東西，更何況我本來就不排斥妳這種強勢的人，而我現在正需要許多力量來替我達成某件事。」

「什麼事？」

「喂，妳問太多了吧？想知道更多關於我們的資訊就趕快下決定吧？」尖銳的男人聲音從後方的氣息裡發出。

下一瞬間，銀髮男子踏了下廣場的石頭地板，皮鞋接觸到地面的清脆聲音迴響著，僅僅是輕輕踏了下卻能發出這麼嘹亮的聲音實在不可思議。

「我有允許你說話了嗎？」

銀髮男子面無表情地瞪向我，又或者該說是朝我的後方投射出戰慄的冰冷視線，厚重的肅殺感填滿空氣。銀髮男子再次化成黑霧極速竄過我身旁往我後方，也就是聲音的源頭流去。我甚至尚未轉頭，充斥恐懼的慘叫聲便如潺潺水流般流入我的耳朵裡。發出膽怯聲響的氣息被銀髮男子震懾在地，周遭的團團黑色霧氣見狀通通敬而遠之。

「我有說你能插話嗎？」銀髮男子的聲音在寂靜中十分清晰。

「沒……沒有。」被壓制在地的氣息只能發出孱弱的應答。

「為什麼你要搶在我前面回答呢？」銀髮男子具現化的右手掐住那股氣息，貧弱的惡意慢慢化成人形：顫抖的矮胖男子正被掐住脖子。「你想取代我？你果然想取代我對吧？」

「不是的！」矮胖男子還沒說完話便被銀髮男子的左手倏地插進身體，他的哀號聲只維持一秒鐘左右，甚至更短。他以悲嘆的眼神看向我，隨後翻白眼口吐白沫。矮胖男子死去了。

冷汗從額頭不懈地流出，我漸漸地不再認為自己是不常流汗的人了。我注視著銀髮男子，但他卻已經在我身旁不到十公分的距離，我下意識地反射往後拉開距離卻被他一把抓住，哪裡都逃不了。

「妳不用緊張，我不會那麼粗魯地傷害妳。只要是我的人都知道禮節是不可或缺的。我為剛才那傢伙的無理向妳道歉。我相信妳是聰明人，不會幹那種傻事。」

「我覺得我現在站在這裡和你對峙已經夠傻了。」我口氣無畏。但其實這樣的逞強不是長久之計，其實也毫無意義。

「我知道，所以我正在阻止妳那危險的念頭呢。」銀髮男子笑著，眼鏡底下的眼睛有一道橫跨的傷痕。

我想起艾莉絲額頭上的那道傷痕，那會不會就是被植入了什麼東西的疤痕呢？所謂的眼睛。恐懼正如滾燙的胃液般湧了上來，吞沒著我的肌膚、汗毛還有那關鍵性的眼睛。天哪！雷，你應該從未想到好死不死你唯一沒登場的這一次我就這麼入了虎口。毛細孔正排放出熱氣，我的感官神經已經被穩穩地駕馭住，即將連體溫都要狂亂了嗎？這種不吉利的事情什麼時候在腦海裡浮起都可以，就是現在的窘境不行，然而我卻又無能為力。

「原來如此，褐色的短髮、小巧的臉蛋以及那看不透的眼睛嗎？沒想到妳連眉毛都是褐色的。」

不行嗎，我說。銀髮男子抓住我的右手。「想轉移注意力好竊取鋼筆嗎？我可沒這麼愚蠢。」

我的行動被預測得很徹底。周遭原本的沸騰氣氛在一瞬之間便收斂起來。靜謐已經掌控了廣場的氛圍，看來就算是惡意也很怕死。

「好了，該抉擇了吧？但其實妳也沒什麼選擇，只有加入我們而已。」

「總會有另一個吧？」我勉強笑著說。

「是啊，但我們總不會特別去提，就像是生存的選擇除了活著外不會有人提死亡，因為好像顯得多餘。還是妳特別喜歡這樣的方式？」

「我更傾向揍你一拳。」我豪邁地用空著的左手揮向銀髮男子的右臉頰，但只是打到四散的黑霧而已。我重新站穩腳步瞪向銀髮男子，應該說是咆哮著捲起波瀾的黑霧。廣場石地面的磚瓦被強勁的風吹得四散；原本聳立的圓柱也應聲倒下，如颱風過境般的斷垣殘壁活生生呈現在眼前。那些不安好心的氣息通通捲成一團包覆著正上空，細細的震動聲從腳底下傳到身體裡，所有事物都在鼓譟著。

「這城市的雨探啊，如果妳乖乖的不要向自己不熟悉的暗處出手，就不會失去曾經擁有的寧靜了。」銀髮男子的聲音在颶風中迴盪著。

「如果我是這種默不吭聲的人，就不會想當雨探了。」

「不對，這不是想不想當的問題，而是打從誕生的那刻起就必須承擔的命運。很浪漫吧？」高亢的聲音使得我有種身處音樂廳的環繞感。

「完全聽不懂。」我說。

如果直覺能夠立體化成為一道筆直的箭頭，那我想此時此刻我的頭頂上勢必有無數個箭頭在互相穿插著，每一個箭頭都有不同的顏色，哪個顏色才是正確的呢？至少我能抓住其中一個，好像可以做到的感覺，這就像徵兆般的雷鳴，以預感的形式在雨中呈現，如果硬要把雨探眼中世界裡的所有事物都做出合理的解釋的話，這樣的形容倒不是不行，還頗貼切的。

彷彿要呼應我的想像似的天空傳出一點一點轟隆轟隆的聲響，一開始我以為是聽錯了，然而聲音越來越大聲、越來越具真實感，響起的是毫無疑問的打雷聲。

「雨？怎麼可能？」銀髮男子的口氣似乎感到意料之外。

沒錯，天空下起了雨，這是我完全沒意料也認為不可能會發生的事。潛藏在霧裡頭的惡意碰到了雨無不發出嘆息，為什麼是嘆息呢？邪氣如冰淇淋融化開似的剎那間都不見了。

「是那個女人嗎？」銀髮男子微弱的聲音不知道從哪裡傳出來的。到底是哪個女人呢？

一陣不小的雷陣雨下在這座偏藍、帶點倫敦氣味的城市。破碎的廣場不少凹陷處都積起了水窪。大顆的雨點重重地打在我身上，不用幾秒鐘的時間我就淋成落湯雞了。剛剛還充斥的異樣感全都消失無蹤，只徒留似乎以某種形式存在的銀髮男子的一點靈魂而已。耳邊傳來布鞋踏著水窪啪滋啪滋的聲音，我撇過頭望見艾莉絲從橫倒的圓柱後方走了過來，她那被雨淋濕的濕漉漉的頭髮緊貼在肌膚上，更不用說上衣已經透出一點內衣的顏色了。艾莉絲的表情和這座城市一樣摻了點憂鬱，如果要我把她的臉孔形容成一樣食物，我想肯定就是藍莓吐司。

「弱點是雨，很有趣對吧？」艾莉絲抬頭仰望那看不到的惡意說。

「妳利用了我嗎？」男子的聲音在雨中遊蕩。

「是你利用了我才對噢。我可是忍著沒菸的每一分鐘呢。」

「妳怎麼可能做到這種事？我一直在監視著妳才對。」

「早在我跳入湖畔的那一刻，那就已經不是我了。」艾莉絲說。

「什麼意思？」銀髮男子的口氣流露出些微的不解。

老實說我也有相同的疑問。

「該怎麼說呢？當我一來到這座城市，我就知道我們被你監視著，我也有明說吧？我故弄玄虛，讓心主導一切，再趁機擺脫你的監視。跳到湖水的那一刻我就已經更換了我的眼睛，並且把在你意識裡的空殼留下，把我自身的意識在這限縮的空間裡再縮小，依附在雨探小姐，也就是心的意識裡。」

「咦？」我不可置信地說。「有這種事？」

「當然有，抱歉，我也只能瞞著妳，因為我知道這傢伙打從一開始就是為了引誘妳出來而現形的。」艾莉絲說。

「原來如此。妳為了報仇竟然連雨都能背叛了嗎？祖先們可是無法原諒妳的。」銀髮男子以一個相當不悅的口氣說。

「去你的祖先，我才不是你們的工具。」艾莉絲也怒氣沖天地反擊。捲起的風暴也漸漸趨緩，相反的雨大到連眼前的視線都分裂了起來。

「很快的，我很快就能聚集好那股力量，妳們就慢慢等著那一天吧。再會了，心。」強勁的風、黑霧、邪氣都消失了，他離開了。惡意的氣息完全消失無蹤。我和艾莉絲在雨中凝視著彼此。

「所以這裡也算意識的串流嗎？」我說。

「看來應該是，我真的很幸運跟著妳馬上就能接觸到核心。」

我想這句話有許多的含義。

「我一點都高興不起來。看起來妳還瞞著我許多事。」

「抱歉，真的抱歉。」艾莉絲搖搖頭。「雷吩咐我不能說的。」

「雷？我以為妳們的關係不融洽。」

「確實不大融洽，但約定還是得要遵守。」

好像是已經結束眼前這麻煩的事情似的，我無力地癱軟在地上。

「妳們到底要把我瞞在鼓裡多久啊。」

「我想到極限了，經過今天的事件後牠也會認知到沒辦法再欺瞞妳了。」艾莉絲搓著自己的手腕，一副很冷的樣子。

「但強大的惡意走了對吧？為什麼這裡的意識串流沒崩毀呢。」我說。

「正因為編織這裡的結構相當穩定，這傢伙創造出來的空間具有絕對性，不會輕易崩毀。那時的城堡應該也被他藏在某個地方。」艾莉絲說。

「城堡也是意識串流嗎？畢竟妳說過妳從未見證過，但妳去過城堡。」

「城堡不是，城堡是更特別的存在。當妳親自抵達那裡，便會理解我所說的意思。」

「我其實之前就想問了，妳好像很強調城堡，有什麼關鍵在城堡裡頭嗎？」

艾莉絲沉默不語。

「這也是不能說的部分嗎？」我說。

「不，或者說這是我希望能讓雷說明的部分。」艾莉絲再次搖頭說道。

「九年前的事物也有份嘍？」

艾莉絲點頭代替回覆。

「好吧。」我說。

「妳會生氣嗎？」艾莉絲笑著問。

「早就。」我瞅著她說。

「阿，對了，妳的鋼筆在這。」艾莉絲像是突然想到一般從牛仔褲口袋裡拿出鋼筆。

「怎麼會在妳這？」我問。

「打從一開始就在我這，那傢伙拿的鋼筆從一開始就是假的。」

「所以我從一開始也是帶著假的鋼筆嗎？」

「從妳和我分開開始，正確來說是你脫離湖水、來到這個意識串流的那刻起。」

「這也做得到嗎？」我訝異地說。

「這種程度還可以。」艾莉絲得意地笑。

大雨仍不懈地下著。

＊＊＊

我以為原本的城市已經放晴了，結果還沒有。艾莉絲和我趕緊抱著頭躲在拉下鐵門的店舖前方的遮雨棚。艾莉絲似乎做了什麼讓意識串流裡頭下起雨，銀髮男子說過那是背叛雨的行為，那到底是什麼呢？我開口問艾莉絲。

「我呼喚了雨，就這麼簡單，再來我也不知道該怎麼形容了。」

「這算是特殊才能嗎？」

「這是與生俱來的一種本能，我不確定是不是特殊才能。」

本能嗎？我心裡想著這是什麼超現實的本能。

「沒什麼，我能夠呼喚的雨本身並不具備什麼特殊意義或是傳送功能，甚至有時候只能在這種奇特空間中使用。總之都是一些無法實用性不高的場合。」

「這樣好像公平了一點。那妳知道銀髮男子叫什麼嗎？」

「我是知道，不過我們幾乎都以代號稱呼。」

「什麼代號？」

「我想我會稱他『銀色惡意』。」

雷從遠處撐著傘漫步過來，手上還拿著兩支傘。

「遜透了。」我說。

「看來妳已經習慣我的登場時機了嗎？我今天可是穿雨鞋噢。」雷興奮地跳著踩踏水泥地面的水攤。

「應該說是我等不及要問你一些事情了。」

「我想也是。」雷看著地面上一塊一塊的坑洞說。

「艾莉絲說你吩咐她一些不能說的事情，我想知道那些事情，還有城堡的事。」我說。

雷看向艾莉絲，只見她無表情地點頭。牠眉頭深鎖著似乎在想些什麼，沒多久把原先手上拿著的兩支傘遞給我和艾莉絲。

「首先，我想吃點好吃的貓食，可以嗎？心。」

我嘆了口氣。我真的不知道今天倒底嘆了幾次氣。為什麼這隻貓總是在撒嬌的時候肚子特別餓呢？不對，或許正是因為肚子餓才需要撒嬌吧。

雨依然沒停，冰冷而寂寥的雨總是不經意地下起，下個不停，然後總是在不留意時停雨，我完全沒有頭緒。

果然是荒謬的下雨時分。

三、宅邸和陷阱和觀察者

雨持續了一個禮拜。

濕冷的天氣也伴隨著如分裂般的七天。凍氣彷彿凝結住身體裡每個器官，所有的機能運作陷入了毫無效率的暫緩，甚至思考都變得頹靡。連我一個不抽菸的人這時候竟然莫名地想跟人借一根菸來抽，我想這都是艾莉絲害的，為什麼她總是能把菸抽得這麼美味呢？現在我的腦子裡只能想這些瑣碎、沒意義的事情。身旁站著不少詭譎的人類，他們的外套上沾染著濃郁又臭的焦油味，有時候我不禁在想他們的臭味會不會跟菸沒有直接關係，只不過是從出生那一刻起便和這個難聞的味道為伍罷了。還有兩站便能抵達山腰上我所熟悉、名為「山腰雨點」的咖啡店，我不知道有多少次向老大抗議應該要改名了，但他老不聽我的諫言，如今店舖仍冷清清的，和山上的氣溫有異曲同工之妙。

通常在山腰前一站這些怪人便會魚貫而出地下車，然而今天沒有。眼看快到咖啡店正前方的那一站，我急忙地按下車鈴，同時，那些怪人也將目光紛紛放在我身上。現在是連下車都有意見？我回瞪回去並擠開這些擋住我路線的寬大身軀準備下車。

「歡迎光臨。」小梓溫暖且軟綿綿的聲音流入耳裡。

「果然只有小梓的聲音能療癒我的心靈。」我愉快地說。

「怎麼聽起來好像聽到我的聲音就會衰一整天的感覺。」熊老大說。

「肯定不只一天。」我笑著走到我專屬的座位一屁股坐下。

老大似乎不滿地抱怨著我總是喜歡損他。

「心，總覺得好久沒看到妳了呢。」小梓親切地說。

「我最近碰到了點事，所以比較沒空閒。」我說。

「果然是跟男人有關對吧？」小梓激動地靠了過來，突然的舉動讓我有點不知所措。

「男人？也未免說得太露骨了吧？」我說。

「畢竟小梓對於愛情的憧憬總是浮濫到極致。」

小梓露出極度厭惡的表情瞅向老大後轉過頭來看向我熱情地問道：「所以，是這件事嗎？戀愛、愛情、歡愉。」

「歡愉為什麼莫名地混了進去？」

「歡愉是某些害羞舉動的代名詞啦。」小梓遮著嘴巴上的笑容羞怯地說。

「我想應該不是。」我無奈地搖頭說道。

「那是什麼？」

時間可能要拉回到幾天前，和艾莉絲在地底下，也就是從銀髮男子的意識串流裡回來之後的事。

＊＊＊

我狹小但溫馨的房間頓然間擠滿兩個人一隻貓。艾莉絲仍一副興趣盎然的樣子不斷窺探我房間的每個角落，雷則專心在品嚐牠的鮪魚條貓糧。

「這次的牌子還不錯，我挺喜歡的。」雷用力擠著含在嘴裡的鮪魚條。

「你喜歡就好。」我說。

外頭天氣清冷蕭瑟，雨聲和雷聲重疊在一起融成一塊。往往雨勢一猛烈，鄉鎮淹水的新聞也就見怪不怪了，這在在凸顯出一座城市排水系統的重要。我側耳傾聽著雨點分裂、四散，各自匯入到地上的聲音，這細細琢磨且具規律的聲音對於現在我的心境來說確實具有撫慰效果。我也想嘗試一同混入在髒水裡頭。我從冰箱拿出兩罐灌裝啤酒，一罐給了艾莉絲，她一臉吃驚貌問我：

「我的？」

「難道是給一隻貓喝嗎？」

「我也能喝。」雷分心地說。

「我還以為妳還在生氣呢。」艾莉絲露出羞澀的笑容，緩緩地盤腿坐在狹窄的地板。

「生氣是生氣，但我總不能對夥伴太差吧？」我坦然說道。說完的同時也覺得渾身怪肉麻的。

「夥伴嗎？」艾莉絲呵呵笑著。我難為情地轉頭看雷，牠無辜又無奈的眼神有時候特別令人火大。

「首先先從我開始吧。」雷一邊說著一邊含著鮪魚條。

艾莉絲打開罐裝啤酒並從剛才在便利商店新買的Salem菸盒裡拿出菸點火。我也打開我的啤酒，我不確定接下來我能準確接收到多少資訊，頭腦不知道會不會混亂，所以啤酒可以幫助我以最輕鬆的狀態來應付也說不定。

「我是『歪斜聯邦探查局』的副局長。」

「咦？等一下，這麼快？」艾莉絲不可置信地說。

「什麼這麼快？原來你是副局長？」沒想到這麼快就開始混亂了，我一口啤酒都還沒喝。

「你之前明明只是基層而已，雷，你騙人吧？」艾莉絲怒拍桌子。

「會吵到鄰居的。」我連忙制止艾莉絲。

「我其實也沒做什麼，都是迪亞的功勞，我只是享受結果而已。」雷說。

「爛貓。」艾莉絲說。

「放尊重點，爛女人。」雷不甘示弱地回擊。

艾莉絲吐一口煙在雷臉上，濃稠的煙讓雷不慎吸進一口就咳個不停。

「果然爛透了妳。」雷甚至流出眼淚。

「這隻爛貓在我之後幾乎都是迪亞的合作對象，能出人頭地都是靠卑鄙的個性，妳說對吧，心？」

「妳可別忘了九年前妳能和迪亞合作可是我介紹的，我看妳身無分文剛好他那邊也缺人手。妳也藉此賺了不少錢吧？」

「就只會賣弄這點小恩情。」艾莉絲不屑地說。

「這就是雷參與九年前事件涉及的部分嗎？」

「基本上是，牠是湊合這起事件的貓。」

「所以打從一開始就是雷核發給我獎金的？」我說。

「不完全是，我只是把妳抓到的犯人依照他們通緝的金額去兌領相對應的金額而已。」

「聽起來挺合理的，但牠應該有抽成。」艾莉絲說。

「那是業績獎金。」雷把吃完的貓食包裝袋甩向艾莉絲，一人一貓之間點燃了我所看不到的火苗。

「兩位冷靜一點。所以雷你是裂縫裡頭追捕那些惡意的單位的長官？就像艾莉絲說的那樣。」

「我不知道這女人說過什麼，但就如妳說的那樣，只是實情更複雜。『歪斜聯邦探查局』目前處於一個內鬥的狀態，光是應付那些更強大的惡意就來不及了，內部竟然還亂成一團，甚至不單是我和局長能輕易處理的狀況。我需要更多的資訊及手段來面對眼前這棘手的局勢，所以才來協助妳，並冀望從妳身上得到什麼靈感。」

「這樣我就大概了解了。之前你給我的護目鏡被銀髮男子弄壞了，抱歉。」

「沒什麼，只是妳現在才說啊？」

「因為剛才在賭氣。」

「妳真是太有意思了，心。」艾莉絲一把抱住我，我拼命地想掙脫但她的力氣實在太大了。

「難為情啦，艾莉絲。」我喊著。

「會吵到鄰居的。」艾莉絲用氣音說。

「艾莉絲，換妳說一些心想知道的事情了吧。」雷在一旁冷眼地說。

「說的也是。」終於艾莉絲放開我，嚥下一口啤酒後說：

「有些事情我其實不太想講，可是在這樣下去實在不是辦法。」她隨後吸入一口菸。

我和雷都沒有說話，沉默在空氣裡持續膨脹著。外頭的雨聲從頂樓開始滲透，流過窗戶、陽台，一滴一滴流入我的身體裡。世界持續運轉著，縱使同時可能有兩個或者更多的世界在運轉、相互影響著，時間的流逝性就如同我身體裡的水一樣以某種形式流失，不論是眼淚還是汗水。

「我是挺想念他的。心，因為我不想讓妳討厭我所以沒跟妳說實情，但我可沒說謊過。總之我們有發生什麼關係嗎？我也不大確定，那八個月對我來說一晃眼就過了，所有事都是，導致我不敢相信我眼前發生的。

「我有時候會這麼覺得：『我晚上睡著時肯定跟他做過什麼吧？』但那不是我的本體而是某種凌亂的靈魂，我在那裡頭感受不到有生命的氣息，但事情確實發生了，只是我不太清楚這件事到底會以什麼形態的事實存在，所以我什麼都說不出來。」

更混沌的事實以那具衝擊性的的外表填滿了整個房間。我完全一頭霧水。

「妳可能會覺得我是那種隨便的女人吧？雖然我說出口挺沒說服力的，但我不認為是那樣，因為我真的沒頭緒事態是怎麼發生的。一切都糊成一團。自從手斷了以後，我每天都躺在病床上思索著自己經歷了些什麼，而我到底成為了什麼樣的人。」

「所以到底是有還是沒有？」雷不耐地問道。

「可能有，可能沒有吧。現在回想起來仍是一團亂噢，像被攪成一塊的爛泥。我甚至懷疑我在那段期間從未醒過，一直都在睡覺。」

「別傻了，迪亞沒有這樣的能力。」

「或許他沒有，這可能歸根於我想這麼做。」

「妳想這麼做？」我挺起腰讓筋骨能稍稍舒緩。

「潛意識下的產物。」

「真可疑。」雷說。

艾莉絲點熄了菸，留下了團團白霧及滿滿的沉默在八坪房間內。我實在不知道該說什麼。啤酒被我飲盡，沉澱的時間壓著我喘不過氣。

「我之前就說過我對1號先生本來就不是抱持著那種程度的情感，所以妳們間發生過的事我毫無興趣。我想知道的是關於城堡還有銀髮男子的資訊，另外還有1號先生的下落，這才是最要緊的事項不是嗎？」我還是擠出了些話說。

「妳說得對。」艾莉絲凝視著菸灰，似乎有種她的記憶仍被鎖在那悠長的深遠裡頭。

「城堡，不只是那傢伙的藏身地，也蘊藏著這座城市變化的關鍵。」雷說。

「關鍵？」我附和一遍。

「簡單來說，迪亞認為正是那座城堡導致裂縫的產生。」

我沉默半餉後說：

「產生裂縫是多久以前的事？」

「這不可考了。或許從妳們文明誕生以前裂縫就存在了。」艾莉絲說。

「所以銀髮男子創造了城堡並讓裂縫產生？」

「不是，正確來說是那座城堡存在的空間劃出一道裂痕、讓裂縫產生，他只是意外找到了那個特別的空間而已。銀髮男子親手打造出能防止空間被摧毀的媒介，簡單來說那座城堡是最後一道防線。」雷說。

「城堡能夠間接讓裂縫產生，1號先生該不會是要摧毀城堡讓雨中的世界消失？」

「也許他很積極地想要斷開跟我們的情誼，」艾莉絲手托著腮看著窗外的雨點。「但事實往往殘酷。妳認為銀髮男子的目的是什麼？」

「不知道。」我說。

「持續地產生裂縫。」

「持續地產生裂縫？」我不解地複誦了艾莉絲的話一遍。

「讓城市的分裂處多點開花，兩座城市間的平衡便會逐漸崩潰。」

「這樣做到底有什麼意義呢？本來城市的每一處都能通往另一頭的城市不是嗎？」

「妳可能誤以為是表面上的裂縫吧？但我們說的是看不見的、更深層面的裂縫喔。目前城市只有一個裂縫，因此妳對於兩座城市間的互通也習慣了對吧？但如果妳試想銀髮男子持續地製造出裂縫後，妳眼前的世界會變得充斥混亂，就像是失序的產物，城市間的混濁可不一定只是影響到我們還有雨探，可能連一般人都會受波及，妳想想小梓。」雷語重心長地說。

確實，先前小梓的事件令我餘悸猶存，辛席抓走小梓的目的真的只是為了對付我嗎？還是隱蔽在裂縫深處的貪婪惡意在作祟呢？如果裂縫的產生失控了，難免會發生更多憾事。

「這種事目前發生的多嗎？」我問雷。

雷閉上雙眼橫躺在地板上，空氣中我能看見幾根橘色的貓毛。

「我必須說，仍然是有的，而且不少。我不希望妳太苛責自己，沒有人有辦法獨自應付這些亂象，當然我們也很努力在防止這種情況了。」

「很努力結果在這裡混水摸魚？」

雷不悅地瞪了艾莉絲。「我可是一心多用。」

「所以1號先生他早就知道這些黑暗中的計畫並且捨命地對抗他們嗎？」

「我們不知道他真實的想法，畢竟他是個不太會吐露自己心聲的男人。或許他只是單純想見識凡人這輩子都無法用肉眼納入的視野而已。」雷說。

「1號先生曾說過，雨探的眼睛毀了他的一生。」我說。確實這部分的記憶一直縈繞在我腦中，怎麼拋都拋不開。雖然他總是告誡著我雨探的責任及重要性，但他的這句話卻也讓我對他產生透明的矛盾感。他無時無刻都在壓抑著某部分的自己，會不會這才是致命性的影響？

「一生嗎？很符合他的思維也說不一定。」艾莉絲苦笑著。

「討論著不在我們身旁的男人也無濟於事，現在最重要的是銀髮男子。他在計畫著什麼，而且是真真切切會危害到所有人的闇黑。」

雷起身走向窗戶用牠小巧的貓掌推開窗。雨和風結合的沁涼從窗外拂上我的側臉。艾莉絲的頭髮被一陣風吹亂，亮麗的金髮尾遮掩住她的精緻五官。流竄的風的碎屑像被堵塞般停留在我的房間。所有的往事被吹成一團亂，我的記憶、艾莉絲的記憶、雷的記憶，三個記憶之間橫跨著共同的區間，我拼命地想要找尋能清楚辨識的顏色，終究還是撲了空。

「對了，雷。」我開口。

「什麼？」

「你知道雨探的透明化嗎？」

「你從哪裡聽來這個詞彙的？」雷蓬鬆的毛正被風正面拂過而飄逸著。

「『觀察者』查理告訴我的。」

「是嗎？」

「這和1號先生的消失有關係嗎？」

「妳也正面臨這個危機嗎？『觀察者』所透露給妳的警訊。」

「我想脫不了關係了，我和雨探這個命運。」我說。

「我不敢說迪亞是否是因為透明化或是被迫性的消失而離開我們，但我可以保證他並非如一團煙般的蒸發，正如妳所說，他也有自身必須面對的命運。」

「那我會怎樣呢？」

「放心吧，」雷走向我看著我。「有我在，妳沒事的。」

「再怎麼拼湊也找不到答案，先觀望吧，雨中的城市自然會揭露自身隱藏的秘密。」艾莉絲說。

我口中說著希望如此，然而腦中的電波正像某台失控的心電圖般雜亂。

＊＊＊

「也就是說，那個叫艾莉絲的女人和1號先生有染？」這是小梓將食指貼在下巴思索許久後得出的結論。

「我不確定，感覺她自己好像也不太清楚。」我說。

「那肯定是心虛吧？」

我沉默不語。

「不太可能，就我認識的迪亞應該不是那種人。」熊老大說。

「店長，雖然你說得一副你很懂他的樣子，但你連他為何失蹤都不了解，對吧？這就表示他是相當深藏不露的男人。」小梓說。

小梓是在1號先生失蹤沒多久後才來「山腰雨點」應徵的，所以她從未接觸過1號先生。不過他確實不是個會把心事攤出來的人，他不是那種個性。熊老大想說些什麼辯解又欲言又止，看來被小梓完全說中。

「今天的每日咖啡還不錯，酸澀感的平衡抓得剛剛好。」我說。

「是吧？果然只有心懂我。」老大安然的面容這才浮現於臉上。

「總之我不認為事情會和男女間的情感拉扯無關。」小梓說。

冬天的氣溫被隔絕在咖啡店門外，暖氣毫無埋怨地運作著；規律的雨點聲讓我有點想睡，明明咖啡喝到一半而已。

粗糙的門被推開發出彷彿撕裂著木板的聲響，難得的客人上門。映入眼簾的是一位高挑而壯碩的刺蝟頭銀髮男子，由於實在太突兀，不禁吸引我的目光。他帶有一絲特殊的氣息，我嘗試切換視角看看另一端，此時融合後的城市仍維持著一部分原本的樣貌，也就是說咖啡店仍是咖啡店；味道也保持完整，只差在店裡頭空無一人，剛才的銀髮男子也不在視野中，這意謂著他是屬於「我們這一端」的人。我不由得安心下來，這段時間的遭遇讓我太過神經質，尤其對銀髮這特徵。

「歡迎光臨。需要什麼呢？」小梓熱情地招呼他。

「一杯特調拿鐵。」男子坐到距離吧台最遠的靠窗位置，似乎想保有自己的空間。

「沒問題。」老大開始勤快起來，再多勤快點吧老大。

在繁瑣的思考中我被柔軟的意識包覆住，沉沉的眼皮無法承受地心的拉扯終究垂下。視野被黑暗填滿。也許我太久沒好好睡一覺了，一醒來便已經接近傍晚時分了。首先我呆滯約五分鐘的時間才讓自己把身體的自主權帶回來。在慢慢掌控身體及腦子裡的亂象後才注意到剛才的銀髮男子坐在一旁和老大聊得正熱烈。細看才注意到他的眼神相當銳利，嘴巴上有一道細長的傷痕。

「妳醒來了啊，心。向妳介紹一下這位客人，他是席爾佛。跟妳讀同一所大學呢。」老大精神奕奕地說。

「席爾佛？外國人？」

「只是綽號而已。」

席爾佛羞笑著說，隨後起身禮貌性地伸出手。或許是一種示意的友好方式吧，我不假思索地伸手回應他的握手邀請，然而握手的同時總覺得源自於他的手的那一頭正捲起什麼，我彷彿被浩瀚宇宙中的星海沖刷著，意識斷斷續續的。

如同斷片般的我的意識似乎沒有那麼牢固地連接著身體，也反映在現狀上，席爾佛矯捷地撐住沒站穩的我，扶我回座位上。

「沒事吧？心？」小梓連忙說。

「喂，還沒睡醒嗎？」老大的聲音也有點慌亂。

我撫摸著太陽穴說：

「沒事。別擔心。可能最近都沒睡好，所以身體需要點時間適應。」

「最近在學業上太操勞嗎？國立大學的壓力確實不小，我是今年入學的，目前也還在適應。」席爾佛說。

「你大一而已？」我問。

「我以為你大四了，看你講話挺沉穩的。」老大說。

「大家都說我很老成，其實有時候挺傷心的。」席爾佛笑著說完啜飲一口咖啡。

「心，累了要不要先回家？」小梓臉靠過來溫柔地說。

「小梓，沒關係。我剛醒來都是這樣。」

我注意到席爾佛的視線停留在我身上。

「怎麼了嗎？」

「沒事，我在想我是不是曾在哪見過你。」

「這是多麼老套的搭訕手法。」小梓嘴角上揚笑著說。

「倒是你，銀髮是天生的？」

「有人天生是銀髮的嗎？除了外國人以外。」老大疑惑著。

「不是，我這是自己去染的。」席爾佛摸著自己的頭髮有點不好意思地說。

「話說你們剛才在聊什麼？好像挺投機的。」小梓問。

「我們在聊成熟大人的話題。像是經濟、政治之類的。就因為他也聊得上來，讓我一時覺得他的心智應該比心成熟。」

「真是火大的比喻。」我說。

「因為家裡經商的因素從小就耳濡目染，但其實我也只是懂一點皮毛而已。」

「原來如此。」小梓說完便走向席爾佛剛才坐的窗邊位置擦拭桌子。

木頭潮濕的味道被雨淋濕過後又更加濃郁。這間咖啡店其中一個令我感到心曠神怡的理由正是這老舊的木頭材質，被懷舊氛圍給包圍著的感覺大概就是這樣，所以說我是真的滿喜歡門推開的啪嗒啪嗒聲，還不賴。

正當老大聊得正暢快（也是最煩）的時候，席爾佛瞅了下手錶的時間後說：

「我差不多要走了，回家還要預習明天的課程。」

「你也太認真了吧？心可從沒預習過呢。」老大說。

「那只是你不知道而已。」我說。

「學姊應該是屬於在家裡偷偷讀的類型吧？」

「妳說呢？」老大問我。

「好啦，我確實沒什麼讀書。」我攤手坦承一切。

席爾佛起身往門口的方向緩步走去。

「你也要搭巴士嗎？」小梓問。

席爾佛頷首。

「心，不然妳跟席爾佛一起搭車回家吧？我想他應該不是什麼壞人，我看人很準。」

「哪有人如此評論初次見面的客人啊？」老大歪著腰喊道。

「沒事，正因為初次見面，如果有疑慮，我可以出示我的學生證證明我所言不假噢。」席爾佛說。

「沒關係，我只是剛好也覺得有點累了，不代表我是病貓。」我擺出露肌肉的強壯手勢，示意著小梓無須擔憂。

「心，回家好好休息吧。」小梓說。

「下次再來。」老大高呼著。

回程的車上空無一人，那些怪人上山是要做什麼？我越想越覺得好奇。司機一副無所謂的模樣開著車，或遠或近的鳥啼聲從窗外清晰地傳了進來，當然，是晴空萬里的另一座城市的鳥啼聲。不知道從何開始我便覺得時間的流逝稍微、些許地停滯了。沉澱的碎屑以某種方式殘存下來，並以我想像不到的模樣和我一起呼吸著。確實有點令人猝不及防。

「學姊，妳們系上的課都好過嗎？」席爾佛開口問。剎那間，我的意識從看似遙遠的另一座城市被呼喚了回來。

「還可以。不然我也不會這麼混還能讀到大三。啊，還有叫我心就好，我不太喜歡學姊這種稱呼。」我瞥了一眼外頭風景說道。

「沒問題。」席爾佛說。「我光讀不到一年就覺得我是不是選錯學校了。總覺得這裡跟我預期的不一樣。」

「很無聊嗎？」

「與其說是無聊倒不如說沒我想像的那麼盛大的感覺。」

「你要追求盛大的什麼？系上活動嗎？」

「不是噢，是某種學術上的偌大沉重感。不單單只是課業上的壓力，而是有種我身處在殿堂的感覺，沒有這樣的氣氛實在是有點可惜。」

「那你確實讀錯學校了，你應該去國外讀書。」我說。

席爾佛輕笑著把頭撇向窗外，凝視著大雨淋濕著城市。

「這座城市真的很會下雨。」席爾佛說。

「對啊。」我無精打采地回應著。

「我很討厭雨。雨總是讓我渾身不舒服。」

我看向席爾佛。縱使我離他兩個位置之遠，我卻能感受到這句話背後無意識的荒涼及沉寂感。他不再開口說任何一句話，這反而令我更想知道關於眼前的銀髮男子的事。

「你老家在這裡嗎？」這次換我開口問她。

「不是。我是從南部上來求學的。所以也是第一次自己在外生活，要習慣的東西可多了。那妳呢？跟家人一起住嗎？」

「不，我跟你一樣，也是自己在外租屋的，不過我老家其實沒離那麼遠，只是我爸媽希望我能自己去外頭闖蕩不要太依賴家人，所以還是有幫我支付學雜費、房租，我並不需要擔心生活這一塊。」

「是噢，這樣也挺不錯的。那家咖啡店是妳打工的地方嗎？」

「我只是常客。話說你是怎麼發現那家店的。」我說。

「單純坐巴士隨意繞繞，結果意外地發現了。」席爾佛手托著下巴。

「還真是愜意。」我沒有任何諷刺的語氣，只是很單純的形容這件事。

「畢竟我也想熟悉一下大學附近的地理環境。」

但就地理位置來說，「山腰雨點」和我們學校可是相差一個城市間的距離，這一點我並不打算戳破他。

「有交到朋友了嗎？」我問。

「沒有，我想我還在熟悉。」

「再等等吧，有時候時間的進展會讓你訝異得閉不了口。」

「就像我認識學姊這樣？」

我斜眼看向他，他才一副說錯話的臉聳著肩說：

「就像我認識心這樣？」

「總覺得好像我在欺負人，照你喜歡的說吧。」

「了解。」他的口氣聽起來刻意營造得很做作。

巴士一下左轉、一下右轉，穿梭著熙熙攘攘的城市一站又一站，街景是如此熟悉同時卻又感到陌生，雨天的視野總是一片紊亂。郵局、書店、警察局等沿路必定經過的建築物就像是重複看了幾十遍的電影，每一刻預計會出現什麼都能準確判斷。我陶醉在自己的漩渦裡頭。然而，一旦演了幾十次同樣的一幕卻突然出現意外的場面時，那又會是什麼樣的徵兆呢？

當巴士經過區公所前的一站準備停車時，窗外某個熟悉的身影晃過，一時之間我無法確定是不是看錯了，然而身體已經反射性地起身，拿出悠遊卡觸碰感應機扣款下車。我跑向那身影轉過去的轉角，筆直的街道擠著單純的行人及下雨天裂縫裡駐足的怪人，塞滿的人群中我探尋不到那令我失去語言、觸動著我的身影。不論多麼喘不過氣，我依然繼續搜索著。時不時看見的身影一隅總是在要轉彎之際才透露出一點點線索，來來回回下我最終還是跟丟了。

突然間，肩膀感受到被物體抓住的觸感，我驚嚇地猛然轉身，眼前一位氣喘吁吁的銀髮男子彎下腰，一副痛苦的模樣。

「你怎麼在這？」我說。

「我才要問妳，突然跑下車幹嘛？嚇我一跳。」

「所以你也跑下車？」

「我很好奇嘛。」

「你是黏在姊姊屁股後面的弟弟嗎？」

「什麼東西？」

「沒什麼，發個牢騷。」我說。

我看向遠方，直到不久前還隱隱約約露出馬腳的身影就這麼消失了。那到底是什麼樣的預兆呢？還是我的神經質已經到了產生幻覺的地步了呢？不過我眼底下的世界確實很像幻覺，且變化多端，如果向他人坦露出我的感官世界，我想十個人裡面會有九個人覺得我在說些什麼瘋言瘋語。沒有切身經歷過的人永遠無法理解這個世界，莫名的優越感竟然這時候湧了上來。

「走吧。」我開口的同時察覺到不對勁。很強烈的不對勁。

席爾佛一臉愣著看著週遭事物的停滯，時間像被某種東西抵擋著停留在原本的位置，所有於街上行走的路人都一一停下腳步，或者說被迫停止。高速運轉的汽車周圍彷彿成了獨樹一格的藝術品，除了速度被困在原地外，連被捲起的塵土、油煙都成了這獨特作品的一環。

時間被停止了，這是我第一時間的直覺感受。在場只有兩個人保持著原樣，我跟席爾佛。

「學姊，現在是怎麼回事？」席爾佛慌張地說。

「我怎麼會知道？」我說。

切換到另一座城市的樣貌則更令我大吃一驚，另一端的街道甚至連人都不見了，所有另一端的怪人或稍微不怪的人都不存在，空無一人的大街。我把視野切換回來，回到這靜止的城市。到底怎麼回事？最近我從未遭遇過的事件接踵而至，顯然我正處在那不穩定的中心之中。不過，我身旁的席爾佛又是為什麼和我一同被捲進來了？難道是因為我的關係嗎？我想起了小梓，我實在不願意再有其他人因為我而被牽扯進這怪誕不經的世界裡。正當我百思不解時，周遭城鎮被一層如白色帷幔般的濃霧纏繞著、覆蓋住視線。萬籟俱寂的這座城市被無形的防護罩籠罩住似的，邪門的霧則遵循著那半圓防護罩的範圍讓罩裡頭被其濃郁地填滿。如果真是這樣又會如何？我和席爾佛終究會成為靜止時間的陳列擺設之一嗎？

總之我先毫不猶豫地拔腿狂奔，席爾佛即使一頭霧水也察覺到了異樣跟在我後頭。根據經驗只能從雨探的眼底去找出那不對勁之處，我四處張望著，眼前的霧越來越濃，似乎意謂著我們的時間相當有限。用眼過度讓我感到一陣頭暈並踉蹌跌了一跤。

「喂！學姊，還好嗎？」

「抱歉。」當我想起身時，身體卻被壓抑住的沉重感佔據。

「等我一下。」說完席爾佛蹲下將我的右手繞過他的後頸，手抓住我的雙腿將我背起。「可能有點冒犯，但來不及了。」

「你肯定是班上的萬人迷吧。」我笑著說。

「那肯定是惡夢。」

「現在已經是惡夢了。」我說。

席爾佛背著我往前奔跑，但霧很快地變從腳下掠過。街口左邊的公園流洩出大量的白霧，席爾佛再緊急改往右邊疾奔。十字路口僅有最接近我們的一條路沒有被霧盤踞，於是席爾佛往那裡走。與其說是我們選擇逃跑路線，倒不如說是我們被迫選擇。偶然間聽到了皮鞋踩踏於水泥地的聲響，這聲音又是從哪傳來的？味道全亂成一團，咖啡味、泥土味、草味、磚頭味、咖哩味，真不可思議，如此多不同的味道竟然能夠被濃縮成一塊。從巷口穿越出來映入眼簾的是一座壯闊的庭園，我可沒印象這一帶有庭園。

「原來這裡有庭園？」席爾佛似乎也察覺到了。

我回應他說確實沒有，他則一臉錯愕地看著庭園兩旁的矮牆還有旁邊一棟洋房。

「甚至連洋房都有嗎？」我難以置信地說。

「這裡，正被什麼操控著吧？」席爾佛說。

「你怎麼會這麼說？」

「因為我們的行走路線好像是被誘導似的，不是我們意外目睹到洋房，而是洋房引導我們找到它。」

「會不會只是剛好而已？」我打趣地說，同時對席爾佛的冷靜深感不可思議。

「學姊是樂觀派的嗎？」席爾佛喘著問。

「至少不是悲觀派。」我說。

突然間，我無預警地騰空跌落在地，瞬間的痛覺甚至尚未跟上感官所承受的刺激。席爾佛消失了。正當我對眼前的狀況感到疑惑時，我的眼睛自動切換了視角。一座廣袤的平原如拼圖般鋪天蓋地包覆住我周遭的空白。迎面而來的舒服涼風滲透進毛細孔每一處，這次空氣裡頭是很單純的草跟泥土的味道，聞起來很清爽，但遠方是沒有盡頭、一望無際的一片綠油油草地。原本的城市呢？雨中的城市呢？這裡是別的空間嗎？

仔細想想，我總是在毫無心理準備下被強硬地拉扯著。

我回頭瞥見一名身材相當修長的男子在我後方凝視著我，我也確實大吃一驚，因為他的氣勢十分震懾著我。他的身高至少是我的兩倍，詭異的高度甚至給人一種怪物的錯覺。他留著一頭蓬亂的長髮、臉上滿布傷痕，無精打采的眼睛正藏在傷痕之中。他投射出令人難以言喻的視線，渾身釋發出一種顫慄的氣息。說來奇妙，我無法從他身上感受到任何東西。

他開口說道：「妳的老師是怎麼教導妳的？竟然這麼簡單就中了陷阱。」

「陷阱？」我回道。

「妳已經進入復仇的連鎖了。每人都覬覦妳的性命，而妳神經竟然這麼大條直接走入虎口。」

「我根本不知道發生什麼事了。」我兩手一攤無奈地表示。

「所以我才說妳的老師到底在幹嘛？沒教妳如何預防或是應付這情況嗎？」

我搖頭。說到底老師到底是誰呢？

「那叫做『迷霧轉移』。」男子說。

「什麼？」

「妳不是遭遇到霧了嗎？那陣霧正是媒介，妳是不是有被什麼類似幻影的錯覺給吸引呢？」

我當時瞥見1號先生的身影。我點點頭。

「那正是陷阱。」

「可是我又該怎麼避開呢？不論我怎麼切換視野、探尋著蛛絲馬跡卻沒有任何詭異之處，我也是第一次遇到這麼荒唐的事情，你要我該怎麼反應？」

「真正有實力的雨探是不會提出這種疑問的。」

「那你是誰？你不是我們這邊的人類吧？」

「你姑且叫我史帝吧。我不是你們那頭的人類，同時也不是另一頭的人類，我來自夾縫。我跟雨沒有任何關係。」

「來自夾縫？」我沉思一會後說：「所以你也是『觀察者』嗎？」

「我跟那種自以為中立的傢伙不一樣，我只是單純地在夾縫無所事事罷了。」

「所以你是來幫助我的嗎？」

「算是吧，但這不是我的本意就是了。我只是受人所託。」

「誰？」

「這不能說，你真煩哪。」史帝怒吼著。我傻眼地看向他。「總之避開的方法說起來很簡單但其實有點抽象。你要能擁有『第三雙眼』，也就是第三種視野。」

「第三種？」我嘆了口氣，面對著越來越搞不清楚的狀況我不禁想關了腦袋的機。

「那是夾縫的視野。」

「夾縫的視野？」我驚呼。「那不是夾在兩個世界間的空間而已嗎？難道還需要切換視野才看得到？」

「可以這麼說，距今為止能看到夾縫的人並不多。」

「是1號先生，不，是迪亞的夥伴嗎？」我問史帝。

夾縫、老師、受人所託。所有線索重合成線並聚焦在一點。

「你就當作是這樣吧。如果這樣能讓妳比較舒坦的話。」

我從剛才為止就一直抬頭看著史帝所以脖子的肌肉感到些微痠痛，但我還是一直盯著他。「他在哪裡？迪亞他在哪裡？他在夾縫嗎？」

「現在最重要的是這件事嗎？妳應該還有非做不可的事吧？」史帝說。

「我不知道什麼該做，什麼不該做。但如果1號先生就近在咫尺，我就非得找出他。」

「縱使他不願意見妳？」

我不知道，我說。頓然間又一陣微風拂上，心也感到一陣荒涼。史帝彎下身來對著我說：

「妳現在該做的是看清楚眼前。第三種視野沒那麼容易能看見，一切都取決於妳的決心。」

「夾縫是什麼樣的地方？」我沉默半餉後說。

史帝竟笑了。他止不住那股笑意，原本彎下的腰又挺直。他捧著腹部開懷地笑。

「有什麼好笑的？」我有點火大地說。

「沒什麼，那個人也曾經這樣問過我，你們還真像。所謂的夾縫是這樣的存在，也就是混亂中的混亂哪，像這裡，這裡也是夾縫的一塊區域。」

「那我看得見也就表示，」我說到一半時史帝打斷我。

「不對，現在是憑藉我的力量妳才能看到，因為妳已經迷失在陷阱的空間中了。」

「那到底是誰想加害於我呢？」

「誰知道，那些被妳阻止計畫的殘黨吧？他們恨妳恨得牙癢癢的。」

我看著史帝，但我也不知道該說些什麼了。我環視四周的平原，這裡就是夾縫嗎？然而看起來一點都不混亂，反而有種令感到安心的寧靜。「總之，我該做些什麼呢？」當我再次將頭轉回來、望向史帝時，他已經不在我視野裡頭。整個遼闊的草原裡頭只徒留我一人的身影。真是莫名其妙，我喃喃抱怨著。

時間的流失性好像都流轉到「夾縫」裡頭，草原的香氣裡傳遞著一股警告的意味。我嘗試找出源頭卻一無所獲。所有知識的產物都累積在這裡了吧，我想。

遠方的草原伴隨著襲來的黑暗消失無蹤，僅留下我腳下的一片荒蕪。我注意到眼前一棟高大的宅邸及身旁的洋式庭園，是不久前在城市出現的突兀洋房。正門口的巨大金屬門自動地對外敞開，簡直是暗示著「邀請我入內」。我不疑有他地接受邀請，親自踏入門裡頭的陷阱。一走進門裡頭金屬門便逕自關上，我依循著燭台上的火光深入前方的黑暗。幽靜的宅邸內飄著熟悉的氣味，那是什麼味道？我很快就意識到是平原的清草味，或許還有一點泥土味。這裡和那裡有什麼關聯嗎？我想著。從玄關筆直地走到底，橫幅廣大的樓梯在黑暗中默默地現形，就像是觀察者查理所在的圖書館那種的無中生有。樓梯的盡頭只有一扇門，我伸出了手卻有點遲疑——猶豫著打開那扇門後的光景會不會是威脅著我的危機呢？

空間明顯被眼前的弔詭感左右了佈局，別無選擇下我仍打開了門，門裡頭是明亮的餐廳。長方型的餐桌無限延伸到不知道哪裡去了，整個餐廳也像是為了配合餐桌而很有默契的無限延伸，是個無止盡的房間。我又再次聯想到圖書館，只是那裡沒那麼極端。餐桌上坐著兩個人，一男一女。男的雖然身高不及史帝，卻也大概是我身高的一點五倍高，不是正常人類的身高。頭戴著一頂Bowler帽、著貴氣十足的正裝；女的戴著草帽，應該是巴拿馬草帽，另外也穿著洋裝、戴著首飾。光看外表及渾身散發的氣場會令人覺得他們就是這間宅邸的主人。但我的直覺告訴我事實不是這樣。

「那麼，妳是哪位呢？」男子凝望坐在對面的女子說道。

我以為他只是不屑看向我，我思索一會後準備要回答時，女子開口說：

「提娜，納雅家的第三十四代代表。」

「原來如此，久仰大名，我是康，劉家第二十一代代表。」

「看來只有我們兩位到，其他人都沒遵守約定呢。」

「嗯，是死了，還是背叛我們了呢？」

「無所謂了，趕快把剩下該了結的事情都處理處理吧。」

「正合我意。」男子說。

「話說，你聽過粉霧裡的神仙嗎？」女子開口問。

「這是什麼？聽都沒聽過。」

「傳聞中，有一位活了千年的人類隱居在充斥著粉霧的山林裡，正等著人去繼承他的詛咒。」

「活了千年的詛咒嗎？這可真有意思。」

「怎麼說？」

「長遠的歲月只會磨蝕掉人的心，我可不想活這麼久。」男子雙手手指交疊托著下巴。

頭戴巴拿馬草帽的女子這時才像感覺到我似的撇過頭來對著我說：

「妳往後會慢慢接觸到核心的，回去吧。」

女子的聲音在我耳裡迴盪著，我被那具有衝擊力般的音波震懾，整身都被拖著走。男子和女子直愣愣地看著我，他們的身影越來越小、越漸遠去。而我又會被帶到哪去呢？

雨停了。我被席爾佛叫醒。

「學姊，妳要在哪站下車？」

我似乎還沒完全搞清楚狀況而茫然地說：

「時間恢復原狀了嗎？」

「學姊，這是妳做的什麼夢嗎？」

我看了下手錶，是我們剛離開「山腰雨點」的時間，難道我真的睡迷糊了？

「沒事，還有幾站就到了，謝謝你叫醒我。」

席爾佛露出沉穩的微笑。我好像又重複了一次之前和他的談話。

「有交到朋友了嗎？」

「沒有，我想我還在熟悉。」

「再等等吧，有時候時間的進展會讓你訝異得閉不了口。」

「就像我認識學姊這樣？」

我笑而不語。我和席爾佛說我在這站下車。他說再見。我點頭回應。我想這裡就是時間帶的分歧點了吧。然而，正當我下車之際，卻疑似聽到他說：

「小心不要再掉入陷阱了。」

我猛然地回頭看向駛離我的巴士，席爾佛露出晦澀難懂的微笑面容迎向我。

＊＊＊

「我最近開始搞不清楚自己的腦袋瓜了。」我開口打破沉默。

小安對我毫無根據性的發言感到不解地說：「現在才搞不清楚嘛？我以為妳是已經放棄了呢。」

「說得真直白。」

「畢竟我一直以來都認為妳是不太會掩藏自己心裡話的人，突然聽到妳的自白不太習慣。」

上午乏味的課程告一段落，我和小安一同吃著午餐，坐在校園外的岸邊看著海清脆地捲起浪花。

「正因為之前沒察覺所以我才在發現後告白，才不是掩藏呢。」我抗議著。

「一半一半吧？妳其實知道，只是潛意識隱藏起來了。」小安看著海，口氣溫柔地說。

「看來我是真的很不了解自己。」

海風相當涼快，我喜歡這難得的舒服感。最近的氣候有點異常，明明是冬天卻有著逼近二十八度的高溫，即使空氣裡蘊含著豐富的水氣也不會覺得溼冷，若考慮到全球暖化問題，這樣好像不大好。

「這倒無妨吧？畢竟大家都有不清楚自己的那塊，因為心裡總是想藏著些什麼。」

「真是危險啊人類，只有一顆心卻由兩種意識主宰。」

「所以人才矛盾。」小安望向澈藍的天空。我也不是不能理解，一直以為我所面對的世界是那麼的複雜，卻又那麼簡單。看似被層層包覆著其實一撥就開，只是眼前過於繁褥的事實讓那隻手沒有力氣去打破現狀。就只是這樣而已。

我稱呼雨中的世界「雨中的城市、世界」、「另一頭的城市、世界」、「融合的城市、世界」、「另一端」、「另一頭」，說法百百種，一方面是因為我不確定哪個才是正確的，另一方面則是我始終不知道這多重概念是否源自於一個世界，到底是獨立著的還是融合的呢？作為雨探，我甚至不清楚我所面對的是什麼樣的異境。遭遇著迥異的人種、思考，我該以我認為最公正的良知來應對嗎？還是該對自己的內心說謊，我忽然想起盧梭在孤獨漫步時所思考的理論，然而無法解決眼前的任何問題。

校園傳來一陣陣嬉鬧的喧譁聲。似乎今年入學的大一生們正參與著什麼活動，相當愉悅的氣氛。

「真羨慕他們，才大一。什麼都不用想，只需要玩的年紀。」小安嫉妒地斜眼看向聲音源頭。

「我怎麼覺得我大一的時候每天都為了考試忙翻天。」我說

「因為我們系的教授很機車。」

「這倒是。」我同意。

時間正常流動著，只要天氣繼續維持晴朗我也不用整天都煩惱東煩惱西，就讓兩座城市各過各的，

不好嗎？艾莉絲和雷曾說過1號先生也許有想毀掉城堡來達成兩個世界沒有聯繫的可能性。但即使讓城堡消失於無形，真的能確保雨天的城市不會再次出現嗎？這似乎都只是推測，沒有任何證據。

一旦雙眼凝視著天空的藍，與世無爭的念頭就會映入腦海，不想再為繁瑣的事件勞碌思考著。

「學姊。」由於我陷入厚重的思考裡頭甚至沒注意到那歡笑聲已渲染到四周。

「席爾佛？你怎麼在這？」我一時之間反應不及愣住。

「我參加和其他系的聯合活動。」他指著後面那群正開心享受著歡愉時光的學生們。不時有些女生惡狠狠地瞪了過來。她是誰？誰啊她？等等之類的話乘著風輕易地傳入我耳。那所謂的悄悄話應該是說給我聽的。

「是噢。你加油，好好交朋友吧。」

雖然這麼說，我其實很想問他關於之前的「陷阱」一事，但小安在場，我沒辦法問。而且我持續感受著那刺眼、折騰人的視線，彷彿我再和席爾佛多講一句話，世界就要傾斜了。

「要我去吐那些婊子們口水嗎？」小安興奮地說。

「妳太雀躍了吧？」

「畢竟學弟都貼過來了，千載難逢的好機會。」

「學姊妳誤會了，我可沒什麼興趣。」席爾佛輕巧地蹲坐在我們一旁，看向遠方能無情吞噬萬物的海。

「你很跩嘛？」我說。

「我其實不太習慣那種氣氛，太過於彆扭。」他聳肩說。

「不過你倒是挺受歡迎的。」我說。

「可能全系只有我是銀髮吧？」

「原來現在大一女生這麼膚淺，只要一點沒看過的髮色就能被擄獲嗎？」小安聲音高揚地說。她肯定是故意的。

「不要以偏概全。」我笑著說。

「不知不覺也已經過了半年了，該習慣的也都能習慣，不習慣的也早已放棄。只是有時候又覺得不該這麼早放棄。我總是喜歡掙扎，做出最後一點努力。」席爾佛說。

「這樣也不錯，半年說久也不算久，我們都還算年輕，仍處在一個可以輕易改變自己現況的年紀及狀態。」小安說著往後仰躺下，直挺挺地看著天空。

「年輕嗎？」席爾佛重複了一遍。

海水的浪翻湧翻騰著，我看向腳下的激昂的浪好像正漲著。

＊＊＊

「時間都停滯了？」小梓訝異地說。「而且妳還不確定是不是作夢？」

「我現在覺得不是，我認為席爾佛跟這件事情有一點關係，不過我只是猜測，意謂著一點的可能性。」

我難得在晴天的時候到咖啡店品嚐咖啡。熊老大一副苦思的樣子手環抱著胸。

「難道會來這家店的人都註定和雨天扯出一點不真實性嗎？」老大說。「第三個視野我是第一次聽說，最起碼迪亞那個時候沒跟我提過。」

「也有可能是1號先生後來發覺的嗎？」我說。

「有這個可能性。」老大點頭道。

晴天的來客數意外地多，難道是因為我都在雨天來才有一種這裡總是門可羅雀的錯覺？店內實在可以用人滿為患來形容。也因此老大和小梓只能在為客人出完餐點後，抽空聽我的事。

「還有一件事我很在意，就是那遼闊平原消失之後所出現的洋房，那洋房裡的一男一女到底在說些什麼呢？什麼第幾代第幾代的代表，我從那天之後一直在想。」

小梓用力地拍著我的肩膀。

「好痛。」我反射性地喊出。

「笨蛋，不需要為了這種小事整日煩心，妳只需要向前看。」

「向前看？」我歪著頭。

「是啊，向前看，妳總是太喜歡鑽牛角尖。」

「心最近只要一有困擾就會來店裡呢。當然，我是大歡迎噢。」老大一邊端飲料給鄰桌的客人，一邊說。

我確實太常讓自己闖入死胡同裡面，困在那如迷宮般的思索裡頭終日求不得答案，渾身的困惑只會逐漸蔓延全身而已。

老大和小梓的話語無疑正溫暖著我、撫慰著我，果然來這裡是對的。

「謝謝你們。」我說。

「怪肉麻的。」小梓說。

我露出尷尬的笑容繼續讀盧梭。「我的心，我的理性告訴我，我沒有錯。就讓那些人，讓命運去折騰吧，要學會無怨無悔地承受。」盧梭如此說道。

當我離開「山腰雨點」時，室外體感溫度是11度。和之前不尋常的溫暖日子相比，現在的氣候倒是真的有冬天的延綿而深入的冷冽感覺。

雨停了，但雨的蹤跡仍在城市間殘留著，某種程度上像是餘溫，雨的餘溫。顯然地空氣中的水氣太過飽滿，帶給人隨時都會天降甘霖的錯覺。甘霖嗎？可惜對我來說這座城市下起雨來不是這麼簡單的一件事就是了。下山的巴士依然沒有任何人，打著紅藍條紋領帶的司機無表情地駕駛著，顯示到站站名的跑馬燈時亮時不亮，即使正常顯示著也摻著斷斷續續的波紋。身體隨著顛簸道路上下晃動著，節奏也不怎麼穩定。世界彷彿陷入永久的睡眠，我的意識在間續中如斷電般消去。

我想我睡得很沉。當我醒來時，巴士已經在市區打轉著，當然不是沒意義地繞圈，而是循著密集而有序的巴士站牌一站一站停靠，有人上車、有人下車，然後繼續乘載著車上的乘客往各自的目的地。不知不覺車上也快滿座，我身旁的座位也有人了，一位穿著厚重咖啡色燈芯絨外套的男子。當然，我不會那麼失禮地直視他的臉孔，只是那天我卻感受到莫名的親切感而毫不掩飾地抬頭看向右邊座位的乘客臉龐。

我想這一切都是被安排好的吧？不然不會具有這種巧合的堆疊。

「觀察者」查理就坐在我身旁右邊的座位。他沉穩的面孔看向右側外頭的風景，基本上是無趣的大樓以及住家民宅，能稱得上風景的地方只有偶爾經過的公園裡的植樹。

「這算什麼？」我問他。

「什麼都不是。妳肯定覺得我安排了什麼，對嗎？事實上我只是上車、坐在妳旁邊的座位，就這麼簡單而已，妳太敏感了。」

「我可沒這麼想。」

「你就當我自言自語吧。」

巴士裡頭被一陣靜謐填滿，周遭的乘客想必也沒特別專注在我們的交談，只是很平常地喝著溫開水，很平常地凝視著智慧型手機或是例行的睡著。

「你就說吧，找我有什麼事呢？」

「妳見到了吧？名為史帝的男人。」

「是啊，他還很不屑你。」

「正常反應。」查理微微地抬起手攤給我看。

「你們間有什麼過節嗎？」我問。

「倒也不是。只是走在不同的道路上而已。」

「我一點興趣也沒有就是了。話說冰箱呢？」

「太冷了牠不想出門。」查理回答。

「虧牠還叫冰箱⋯⋯。」

緊接著迎來一陣堪比冷氣團的沉默，或許比天氣還要低溫了。眼看著已經經過我家附近的站牌了，查理仍沒有任何動作。他到底想要得到什麼呢？正當這麼想著時，他從口袋裡拿出悠遊卡。

「這站下車吧，我要帶妳去個地方。」

雖然沒有到近在咫尺的距離，但其實也只離我家再兩站而已。我吐出了點白色的煙柱，我有預感明天或許會變更冷。就只是一時的預感。

「我真是不懂。」我說。

「什麼？」查理不帶任何表情地看向我。

「你到底屬於哪邊呢？」

「哪邊都不屬於，我是孤兒，空間的孤兒。」

「莫名其妙。」我低語。

「我自己有時候也會這麼覺得噢。」

「你的觀察對象是銀髮男子嗎？」想不到該怎麼接續他的誠實，於是便隨意問問。

「他只是其中之一罷了。」查理左顧右盼，不時盯著手錶；不時望向遠方的鳥。

沿路經過許多店家，店裡頭的店員奔波著送餐點或者忙著介紹產品給客人。這裡沒有任何值得懷疑的蛛絲馬跡，一切都屬於正常的範疇內，所謂的日常大概就是這樣的光景吧。查理從包包裡拿出羊毛材質的圍巾圍上，他本人看起來十分畏寒。說起來他的身材本來就不屬於人高馬大的那型，而是纖細的書生身材。

「別在意，我很久沒有來到外面，我都待在溫暖的圖書館，所以不太習慣寒冷。」說完查理打了個噴嚏。

「宅在家裡的感覺怎麼樣？」我打趣地問。

「不怎樣。」他聳聳肩。

查理停了下來，眼前是間很普通的便利商店。應該就是這裡了，查理小聲地說道。他再次瞥向手錶，不過這次他沒有轉頭看向遠方的鳥，視線完全投射在這間便利商店裡。

「聽我說，跟我一起走進裡頭，然後閉上眼睛數個幾秒。」

「等一下，有夠詭異的，我才不要。」

「妳都跟著我下車了，怎麼現在才反應？」查理不可置信地說。

「誰知道，突然有種很討人厭的不對勁感湧上來。」

查理正想說些什麼時，他突然轉頭看向便利商店，溫吞地說：「啊，好像不用了。」

我循著他的視線飄移到店裡頭，當我意識到時，我和查理已經佇立於我從未到過的街道上。眼前聳立著一棟原本是便利超商的氣派酒店。空氣在剎那間彷彿像被抽乾，再釋放出沁人肺腑的清新氣息流入身體裡。萬物變化的速度太快，我反應不及，我們是何時遁入陷阱的呢？

「說是陷阱不太對，我們只是在剛好的時間點進入到剛好展開的裂縫空間而已。」

「不管答案是什麼我都無法接受。」

「總之進來吧。」查理說完頭也不回地往前，推開酒店大門。門發出疲倦的零件轉動聲。

「等一下啦，所以這是哪裡？」

「我想時機稍微成熟了吧。該是讓妳更接近答案了。」

「什麼的答案？」

「關於雨探、關於『觀察者』、關於人類。」

「也關於銀髮男子嗎？」

「很可惜，我想我們對他仍一無所知。」

「但你們不是『觀察者』嗎？」

「我們只能觀察表面，但銀髮男子是不可能只流於表面的存在，因此才需要雨探。」

「也就是互利共生？」

「妳要這麼想也是可以的。」查理說完推開了大門。

一推開門，裡頭一股濃郁的霉味撲鼻而來。查理稍微摀住嘴巴，皺著眉頭索性向前。我似乎也沒什麼選擇，只好跟在他後頭。裡頭的陳列只是很普通的酒店該有的擺設：寂寥的櫃檯、幽靜的階梯以及杳無人煙的氣息。地上的地毯鋪著古老的隆重感，彷彿被放置幾十年、甚至幾百年，沉重的嘆息被深鎖在裡頭。室內兩側的窗簾輕輕搖曳著，捲起了疑似曾存在的情感以及陳年的灰塵，但所謂時間的概念是否存在於這個室內空間裡頭呢？這部分尚不知曉，起碼我認為不會有。查理完全不顧及我的好奇，以自己的配速逕自走到櫃檯後方，打開了類似職員室的門，我也跟在後頭，雖然不大情願。

裡頭是看不見盡頭的長廊，相當安靜的空間，我和查理的呼吸在空氣裡依稀可聽見，甚至可觸及似的立體。最確實的存在感，我想。不用多久的時間便走到了走廊的盡頭，電梯的按鈕鍵在黑暗中顯露出光源，查理伸出手按了「下」的按鈕。

「要去哪？」我問。

「我的工作地點。」查理以無情感的口吻說。

「我以為你是在圖書館工作。」

「那裡算是我家吧。」

「你每次都要這樣辛苦通勤嗎？」

「我從圖書館隨便打開一扇門就可以來到這裡，因為要帶妳來才這樣大費周章。」

「真是抱歉。」看來我十分委屈查理了。「冰箱呢？牠在這嗎？我還挺喜歡會說話的貓的。」

「牠其實不是貓。」查理說。

「什麼？」

「牠是受詛咒的人類，活生生地被變成了永遠的貓，永生的貓。」

「該說好羨慕還是好遺憾呢？」我是發自內心有這樣的疑問。

隨著「叮」一聲，電梯緩慢地打開。

「你怎麼不早點說這件事呢？因為不好開口嗎？」

進電梯後，查理按了電梯裡唯一的樓層按鈕，按鈕上沒有任何樓層標記。這部電梯會到哪頭去呢？

「我可從未說過牠是貓。」查理直視著電梯門說。

「你說牠是你的夥伴。」

「是啊，這是無堅不摧的事實。」查理說，說完他嘴角歪斜地笑著。

也就是說，事實是怎樣都無所謂了。

我能感受到電梯是往下的，沉沉地下墜著。很快地電梯應聲敞開，一股暖和的氣息湧進電梯。查理將手上的手套摘下放進外套口袋，這裡似乎是能讓他能量滿滿的場所。也是，這是讓他專心工作的地方，理論上應該要很溫暖，畢竟他很怕冷。

「為什麼讓我接觸你工作的地方能更接近答案呢？」我忍不住問查理。

查理並沒有回應這問題，我的問題就這樣孤單地在空氣中迴盪，被沉痛地已讀。他筆直地朝前走去，其實從電梯出來後也就一條長廊在眼前，他也只能往前。這裡的感覺和樓上的酒店氛圍很像，一樣的裝潢、一樣的孤寂，只是唯一的差異在地下的兩側裝置著燃燒著火炎的燭台，難道這裡異常的溫暖都是從火光中釋放而出的嗎？

開始有房間出現，許多道門順序而規律地被安置在沿路。門裡頭有著什麼呢？我問查理，但他依然不給予我任何回覆，嚴肅而安靜地朝著目的行進。他的靈魂好像不屬於這裡。沒多久他總算是停下了那馬不停蹄的腳步，當我以為他終於想回答我問題時，才發現他是刻意地停在某道門前。查理將腰部生硬地轉了一圈，眼神專注地看著門。

「抱歉，我很久沒有從外頭連結進來這裡，必須要很專心才能找到對應的入口，萬一走錯了我們可能會迷失在空間混亂裡頭。」查理打開了許久未吸入濃郁霉味空氣的嘴巴說道。

「這種設計應該要免除，沒有這麼危險的辦公地點吧？」我無奈地喊道。

「這你有所不知，『觀察者』雖然有種後線單位的感覺，但其實也是身處險境的職業，這種程度的複雜還是必須的設置。」這次換查理以無可奈何的口氣說。

「希望沒有本末倒置。」我說。

「這些門各自通往不同的空間，至於是連結到哪裡我也不清楚。」

「那你眼前佇立的這道門呢？」

「我的工作室。」

「太好了，一針見血。」

查理打開了門，刺眼而懷舊的燈光從裡頭流了出來。

進門後，寬敞的木質房間刻畫進眼框，溫暖的北歐式燭台置放在木書桌上，燃燒的火光讓蠟燭流出一滴又一滴的蠟油。壁爐正燒著啪嚓啪嚓作響的木材，這是我第一次親眼看到壁爐，外壁的磚瓦是真的嗎？我環視著室內，冰箱正舒服地窩在沙發上和我打招呼，也打著呼嚕。

「好久不見了心，不過沒很久就是了。」

「嗨，冰箱，瞧你愜意的樣子。」我也和冰箱打招呼，我喜歡欣賞牠蓬鬆的灰色毛皮。

「我能說什麼？歡迎妳來。」說完冰箱便拱起身體伸了個大懶腰。

「聽說你不是真的貓？」我開門見山地問。

「我是貨真價實的貓噢，現在是，以前不是而已。」

「是為什麼被詛咒呢？」

「是為什麼呢，查理？」冰箱問正把外套掛上衣帽架的查理。

「我怎麼會知道？」

「我也不知道呢，心，因為那是好久以前的事情了，已經不重要了啊。」

「是嗎？反正你過得開心就好。」

「妳也得開心才行哪，查理，你要讓心看那個了嗎？」冰箱從沙發上跳了下來。

「是啊，這是此行的目的。」

「哪個？」我完全狀況外。

「摸摸妳的口袋，有鋼筆對嗎？」

我手伸進口袋，確實在神不知鬼不覺間，鋼筆成形了，是因為這裡是在裂縫裡的空間嗎？

「我帶妳去吧。」冰箱說。

查理和冰箱一前一後地深入室內的最裏處，這裡少說也有50坪，是具有足夠的空間工作，雖然「觀察」是什麼樣的工作我仍不知曉。

深處還有一扇門，冰箱嘗試想撞開門但牠手忙腳亂個幾次後便被查理阻止了。查理慎重地打開門，門裡頭是佈滿陳舊木桌的房間，被桌子圍繞的是一個巨大的玻璃柱，柱底下裝置著類似操作儀器的設備，玻璃裡頭是一團紅黑色的液體浮空飄著，與其說這間房間具有科學氣息倒不如說邪氣多了一些，不協和感從玻璃裡頭滿溢出來，相當詭異。

「這是你工作的地方嗎？」我問查理。

「在你眼中，那是什麼？」他問我。

「一團疑似血的液體？」我看向冰箱，露出疑惑的眼神，冰箱的貓臉我則看不出是否帶有疑惑或是嘲諷。

「那正是血。」查理說。

我倒抽一口氣。「誰的血？」我問。

「歷年雨探們的血。」

「歷年雨探們的血？」我不禁以高分貝的聲音複誦一次我覺得很蠢的一句話。

「妳也許不清楚，但其實妳鋼筆裡的成分也來自於此。」

我狀況外地注視著從口袋掏出來的鋼筆。「我可從不知道。」我說。

「只是鋼筆裡頭的是妳那座城市歷屆雨探的血，我這邊的則是『所有』雨探們的血。」

「這算是什麼超商集點活動嗎？連血都能收集，而且是怎麼取得到大家的血的呢？」難道完全不知道「觀察者」這號人物的栗子姐的血也在裡頭嗎？

「那是機密噢，反正時機一到，血就來了，從無形之中。」冰箱說。

「這裡好邪門。」我不禁給出直接的評價。

「所謂在裂縫中的力量展現，沒有這些血是做不到的，妳要感謝前輩們的血。」查理走向玻璃柱的儀器前兩手插腰地說道。

「該不會貢獻完血，這些雨探們就死了吧？」我無釐頭地問。

「那支鋼筆這麼小，是能貢獻到多少血呢？頂多只是針刺到手指所會流出來的量而已。或者，月經的血？」冰箱說。

「你夠了，冰箱。」查理說。

「冰箱，月經的血其實很多，一定能讓鋼筆的血滿到洩洪出來。」我說。

「妳……，」查理這次說不出話來。

「抱歉，你繼續說吧。」
「若妳也跟著冰箱瞎攪和，我可麻煩了。」查理說。
「希望別太嚴重就好。」我倚靠在狹小房間的舊桌子說。
「查理太正經了。」冰箱抱怨。
「在妳看來這玻璃柱裡的是血或是血塊對吧？但在我看來不是這樣。在我的肉眼裡，這玻璃裡頭是我所觀察到的『世界』，這也是我的主要工作內容。」查理忽視冰箱如是說道。
「這是『觀察者』的能力嗎？」
「是的。我能從中觀察到所有事實以及現象，還有歷史的波動、空間的變化。甚至裂縫裡與裂縫外的氣象我也能觀察到。」
「而你這次從這裡頭見證到了什麼嗎？」
「我看到了妳，混亂空間的妳，所以才救了妳一把。」
查理的眼神裡頭不帶有任何類似憐憫或者同情的情感，像個公務員公事公辦地說出平穩的結論。我看著他的眼睛，帶點褐色、不怎麼純粹的眼珠。我疑似聽見了外頭壁爐裡的木頭燃燒聲，是如此旺盛、壯烈地燃燒著。
「為什麼呢？」我問。
「誰知道？我只是有預感必須這麼做。」
「簡單來說，查理是有開火權的，他能自主決定該怎麼做，不完全只是觀察而按兵不動。」冰箱跳上其中一張桌子望向玻璃柱說。

「基本上敵不動，我不動。」

「但銀髮男子卻伺機行動了。」

「是啊。我和妳說過，我仍對他一無所知，我只能透過妳們的視野去觀察，既然妳已經和他有所接觸，妳便會成為我的主要觀察對象了。」

「這感覺很噁心。」我說。

「妳放心，所謂的視野不是妳眼中的角度，我對妳的日常生活壓根兒沒興趣，我觀察的是空間的波動以及靈體的重量。」

縱使如此，我還是嘆了口氣，我實在不想持續地被捲進無端之中。

「關於之前提到我正逐漸透明這件事，你們現在看來也是同樣嗎？」

查理正視著我，對我上下打量。說來奇怪，被他視線這麼掃射過，我卻不覺得不舒服，我想他的眼中有某種正確的審判概念存在的緣故吧。冰箱在我腳旁磨蹭著我。

「放心吧，有好一點了。」冰箱說。

「真的嗎？」我驚喜地問。

「是真的，妳接觸到了『某個虛假的真實』了，對吧？」查理說。

「『虛假的真實』？那是什麼？」我問。

冰箱竊喜著跳上木桌。「妳很快就清楚了，因為那不是什麼合乎常理的事，但卻又無比真實。」

「誠如冰箱所述。」查理倚靠著木桌輕嘆口氣。

「但這是每個雨探都會面對到的事嗎？像我認識的首都的雨探，她的資歷比我豐富，卻未曾聽過她提起過。」

「喂，別鬧了。」查理的口氣稍微加重地說。「和妳比起來，她們所經歷的事件簡直是小兒科，光就檔次就落後妳一大截。妳可是正直面著裂縫裡的巨大黑暗，妳所耗損的情況也比其他雨探來得嚴重，這是妳所面臨的屬於妳的危機。我很清楚，有些雨探至死都無法親眼見證照映在妳瞳孔上的光景。」

「妳是特別的，也因此如義務性般，妳得多承擔一些。」冰箱補充。

「我不太能理解這份特別。」我低下頭說。

「我也不能。」查理有感觸地說。

「你今天找我來就是要告訴我這工作室的存在還有如月經般的血在鋼筆裡嗎？」我抬起頭問查理。

「不是，」查理挑了個眉。我還聽見冰箱噗滋笑出來的聲音。「我其實是想讓妳大概清楚事情的嚴重性。」

「嚴重性？」

「我一開始就說了，妳已經很逼近事件核心了。妳必須謹慎以對。」

「真是不祥的預兆。」我說。

「至少妳多了解我們一點了。」冰箱愉悅地說。

「這不怎麼安慰人。」查理插話。「我們很無趣。」

查理走向門口示意著要帶我離開，冰箱隨後跟上。

我腦中此時一片空白。

「迪亞的血也在裡頭嗎？」我將手握著的鋼筆舉至查理和冰箱雙眼不費力便能對焦到的高度。

「我想，是的。」查理單手靠著門說。

「那他的靈魂也會在裡面嗎？即使是一部分的碎片。」

查理先是一語不發，冰箱也很有默契地沉默，半晌後他們異口同聲地說：「我想，是的。」

四、清晨和3rd和預兆式未來

翌日的清晨，乾冷的空氣直入喉嚨裡，我感覺一陣乾渴，但我實在不想讓自己的肌膚接觸到一點偏激的寒冷，所以我像隻冬眠的熊一樣讓知覺停滯在被窩裡頭。黑暗中我聽著自己的鼻息，吐著溫暖但不太好聞的氣。我伸出手一把抓住我的手機確認一下今天的溫度。9度，天哪，多久沒這麼冷過。我微微地探出頭來望了一下窗外，起霧的窗遮蔽住外頭的世界。反正不論氣溫多低，平地也不會下雪，我心想，暗自沮喪著。

我終於還是起床了縱使百般不願。其實也沒什麼非起床不可的原因，只是覺得繼續睡下去也沒什麼意義。盥洗後，泡了杯咖啡坐在冰冷但鋪了墊子的地板上。喝了一口讓頭腦醒醒，也讓身體機能感受到點主人的恩賜。我把櫃子上的愛爾蘭威士忌和剩下的咖啡加入一匙黑糖一同放入鍋子煮，待稍微有點熱度後倒入杯子。不過冰箱怎麼翻都找不到鮮奶油，只好將就點把調酒咖啡嚥下肚。灼熱的液體經過喉嚨一路到胃裡，身體也暖和多了。我呼出一口氣，濃郁的白煙如火車蒸氣般釋放。

太過於安靜，沉悶地讓人想聽點歌曲。我仰著頭靠在床頭用iPad播放著爵士精選，現正播放著Dave Brubeck的樂曲，但我聽不出來是哪首。我讓時間濃縮在我狹小的房間裡，僅我存在的這一塊裡頭，不希望任何人的打擾，或者說生理上不允許。說到生理期，最近肚子持續發熱著（不是喝下調酒的那種灼熱），感覺月經快來了。女生可真麻煩。我瞄一眼床底的衛生棉，確認數量是足夠的。這種天氣能不出門還是不出門為妙，不過下午好像有課，管他的。我把咖啡啜飲而盡。

栗子姐傳來的簡訊訊息表示她不知道什麼是透明化，她要我對「觀察者」的言論有所保留，並且不要想太多。跟查理他們說的一樣，那並非所有人都經歷過的事。因此我也沒告訴栗子姐有關「血」的事。我實在無法完全排除查理他們所說的話，因為我知道我正面臨著不尋常的事。

當我決定回床上睡回籠覺時那討人厭的門鈴又尖銳地響起。我正猶豫著是否開門，門外若沒表明身份我就準備躺到床上去。

「是我，心，我是雷。我知道妳完全不想開門，對吧？」

雷？我轉頭走向窗戶用手拭去霧氣，外頭並沒有下雨啊，雷怎麼可能出現？

「我知道妳正對我為什麼會出現深感懷疑，不過呢，總之快開門啦，外面很冷欸喵。」

聽到雷的這聲「喵」我就安心了，那是雷特有的撒嬌（雖然只是平凡的喵叫聲），意謂著牠真的快受不了。當我打開門以準備面對著雷的低視線往外看時，一個令我意外的高個子卻出現在眼前。

是席爾佛，他和雷一同出現我家門前。他身上套著刷毛的牛仔外套，Oversize的卡其褲被一陣吹來的風揚起其明顯的摺痕。席爾佛圍著紅藍相襯的圍巾，一副很冷的樣子。

「嗨，學姊。」席爾佛飄飄然地舉起手打招呼。

我立刻把門關上。

「抱歉，男賓止步。」我說。

「你看吧？」門外的席爾佛笑著說。

「等一下，心，事態緊急，我知道妳就是太過保守才交不到男朋友，可是現在情況很糟，糟透了。」雷大喊著。

「蠢蛋，不要說那麼大聲啦。先讓我整理一下房間。」

我把丟到一旁、凌亂的內衣收好，並迅速地把床上的睡衣藏進棉被裡、整頓好再次打開了門。

「下次要來可不可以先打電話來？」我想我喘得十分厲害。

「我沒有手機。」雷無辜地說。

「我則是沒有學姊的聯絡方式。」席爾佛攤手說。

「我是不會給你的。」我說。「進來吧。」

於是，我的房間又被一人一貓擠滿，其實八坪房間不至於到太狹小，但我的個人物品實在堆得過份擁擠。席爾佛看向我的咖啡用具還有iPad流洩出的〈September Song〉（這次我聽出來了）說：「學姊還挺有Sense的嘛，走一個文青路線，真看不出來。」

「對吧？我們學姊最喜歡這種成熟的風格。」雷嘲諷說道。

「真是夠了你們兩位，現在到底發生什麼事了？」

雷一副無所謂的樣子說：「遺憾的是我也正在找尋答案。」

「什麼？」我回道。

「說來話長，我別無選擇，就這麼突然地現身在這座浸滿潮濕味的城市，而我找不到出口。我唯一能想到的就是有人在空間中動了手腳。」雷舔舐著自己的毛。「就連氣場都改變了，也就是我能被觀測到的氣場。周遭的凡人看不出來，但妳們可以。」

「有人能做到這種事嗎？」我說。同時我望向席爾佛。「陷阱那件事是怎麼回事？你知道些什麼對吧？如果你看得到雷也就表示你看得到雨中的城市，我這樣解釋對嗎？」

「一半一半。」席爾佛說。

雷又開口說：「這件事情很有趣呢，當我在這裡徬徨無助的時候，當然優先是想到心囉，妳可是我的逃脫關鍵哪。我循著氣味找到了妳家，然後我就在公寓附近看到他，他似乎很猶豫要不要進去。說實在的，我以為他看不到我就不予理會從他身旁走過，結果你知道嗎？他竟然開口說：『竟然有穿著靴子會走路的貓？』

「天哪，繼妳常去的那家咖啡店的女服務生後，我又再次聽到這句話了，我覺得我在這裡的氣息逐漸增強中，我的存在就是要讓人類驚呼啊。想不到人們看到我都只是覺得我是隻被主人Cosplay的貓，才不是那樣，才不是。」雷嘟起嘴咕噥著，隨後愜意地橫躺著。

「你怎麼知道我家住哪？」我問席爾佛。或許我感受到被變態追纏的渾身不自在感了，以往只能透過小梓口中描述，想不到真實情況那麼噁心。

「我要再次重申，我對學姊一點興趣都沒有，妳可不要誤會了。我原本只是想和妳聊聊那天的事情，畢竟在妳朋友面前不好開口。」席爾佛面無表情地說。

「這倒是，不過你說話的口吻真令人火大。」我說。

「不過是妳朋友，也就是小安學姊告訴我妳家的地址的就是了。」

「我就知道。」

這事情告訴我們交友得謹慎。

「抱歉，別怪她了，就某部分來說我覺得她很敏銳。話說，我可以喝杯咖啡嗎？」席爾佛說。

「請吧，壺裡還有。」我起身從櫃子裡拿出備用的馬克杯，稍微沖洗後倒入溫熱的咖啡。

「妳剛在喝酒？」雷聞了聞房間裡的氣味說道。

「我在咖啡裡加了點愛爾蘭威士忌。」我說。

「真不錯，可惜我現在沒心情享受，不然我還真想來點龍舌蘭。」

「我可沒有那種東西。而且你舌頭一定會燙到。」

「無所謂，你房間很溫暖了，況且我還有皮毛。」

我瞥向席爾佛，他正拿起馬克杯準備酌飲咖啡。「席爾佛，那麼，你到底是誰呢？」

席爾佛被我冷不防地追問而停滯了幾秒，「等我喝完這一口。」說完他慢慢地嚥下咖啡。品嚐著味道的同時，席爾佛的眉毛不自覺地揚起，隨後露出無法猜測的神情說：

「我確實能觀測到雨中的城市，也就是所謂裂縫的產生，但我不是雨探，我的眼睛和直覺沒那麼敏銳，我所看到的城市也是模糊的。」

「你該不會曾以為你是陰陽眼吧？」

「或者懷疑自己出現幻覺。」

「確實剛開始會有這種莫名其妙的想法在腦中流竄。不過後續有什麼人去導正你的觀念了，對吧？」

「是啊，正是在夾縫中和妳說話的高個男，史帝。」

「真令人意料之外。」我說。我腦海依稀響起「妳的老師是怎麼教導妳的？」這句高吭明亮的宣言。

「所以你才知道陷阱嗎？」

「是啊，他再三告誡我要小心，但我們依然中計了，而且至今仍搞不清楚怎麼回事，然後時間回朔了。」

「史帝？時間回朔？」雷疑惑著。

我把之前的遭遇告訴雷，包含那停滯的時間、錯亂的空間、難以理解的夾縫、第三種視野以及最後的時間回朔，甚至連洋房裡的事都說了。

「洋房？」席爾佛露出第一次聽到、略帶遲疑的神情。「妳是說我們經過庭園的那棟？」

「對。」

他凝視著我說：「我不知道妳有進去裡頭。」

「我在見到史帝後，便回到洋房的門前，彷彿被引導到那棟宅邸。」

「洋房裡有人在嗎？」雷問。

「一男一女，他們似乎在對談。」我說。

席爾佛臉色蒼白，他似乎感到哪裡不太正確。

「一男一女？該不會是劉家及納雅家的代表吧？」

「是啊，我記得，是叫康，還有提……提雅嗎？」

「康及提娜？劉家及納雅家？」這次換雷用驚詫莫名的臉孔瞅著我。

「怎麼了嗎？你們這樣我真的搞不懂。」

原本橫躺的雷翻個身並舒展著筋骨，一臉正經地說：

「如果妳沒聽錯，那是裂縫裡頭名留青史的事件：『倖存家族代表的唯一談話』。至今千年前的裂縫裡頭曾並存著十大家族，這些勢力操控著世界──『我們』的世界。各有領土及權力的他們隨著長時間的統御變得濫權。除了壓榨平民、貪腐糜爛外，家族的成員更是變本加厲持續地揮霍著自己的資源。當時正處於飢荒，人民苦不堪言卻也束手無策。不過再怎麼強盛的王朝也終有崩解的一天。早前因故被排除在十大家族外的某個家族招集了各大地區不滿的勢力，並花了許多年的時間埋伏並滲透在各家族的領土裡頭，待時機來臨展開計畫。

「而當十大家族察覺到之時，計畫早就展開了，甚至部分地區的長老們已經是復仇之海下的棋子。戰爭一觸即發，十大家族的代表緊急招開會議，然而最後出席的僅有兩大家族，劉家和納雅家，其他家族的代表早已死在戰火之下。一切來得太快，也或許得歸咎於享受榮華富貴的貴族們早已忘了威脅的真實模樣，最後慘死在槍械之下，所謂的因果就是這樣嗎？而秘密招開會議的宅邸，也就是妳口中的洋房被眾軍包圍，火光之下宅邸付諸一炬。無論怎麼找，聯軍都沒找到康與提娜的屍體，不過最後還是認定他們死亡了。於是平民們嘲笑著當時鞏固勢力無所不用其極的家族，諷刺地將此一事件標記為歷史事件，這正是所謂的『倖存家族代表的唯一談話』。」

「那之後呢？」我說。「你們的世界變得怎麼樣？」

「我們的世界不再讓某些勢力維繫著發展，而是各地區派出民選的代表加入聯邦，讓整體運作更加順暢。並創立不少與聯邦有間接關係的組織去支撐著世界的運作。」

「原來如此，所以『歪斜聯邦探查局』也是其中之一。」

「答對了。」

「但你說世界，這規模會不會太大了？」

「與其說世界，不如說是『我們所定位的世界』。裂縫裡的世界和你們所認為的世界的定義不大一樣，對我們來說，我們知曉的區域即為世界，妳知道，」雷又在地上隨意地翻滾了一圈。「裂縫裡的區域若超出限制範圍，時常會產生變化、城市容易被轉移，導致我們沒有心思去理解何為『世界』，也沒有所謂國家的概念。」

「畢竟區域隨時在變化也真夠麻煩的。」

「習慣就好，久了也會有應對的方式。」

「那你呢？席爾佛，你也是來自裂縫裡的人嗎？」

我問著一旁的銀髮刺蝟頭男子，他似乎從剛才就眉頭深鎖地想著事情。一聽到我把話題轉向他就抬起頭望向我和雷。

「他不是。」雷搶著說。「從味道上能判斷。」

「我確實不是。我之前就說過了我來自南部，土生土長的『這一端』的人類。我只是天生眼睛能看到一點點模糊的另一頭的城市而已，不過我也擁有第三種視野，更可以說第三種視野比起第二種更加強大。」

「夾縫的視野嗎？」

「真是難得。」雷說。「一般人不太容易能擁有第三種視野。我也對你產生不少好奇了。」

「大概是在我高中的時候吧？某一天察覺到時間的停滯，就在那時候遇到了史帝，很快地我便被眼前的景緻震懾到說不出話來，我想，當時真的是我這一生最啞口無言的一刻。我被錯綜複雜的空間還有如凋零的森林，同時又有如急湍的河川般的混淆視野捲入，我久久不能自已。史帝一路上雖然都是沉默以對，但他讓我以自己的速度緩慢地適應荒謬的空間、去接受被人遺忘的邊緣，這一點我很感謝他。我曾問過他為什麼要幫助我。」
「他說什麼呢？」我問。
「他說因為他沒見過像我這麼倒霉的人。」
我和雷頓時很有默契地哄堂大笑。席爾佛一臉不悅卻也無可奈何地嘴角上揚。
「他教導了我很多東西，包括如何掌握第三種視野、看破空間變化性的方法以及裂縫裡頭的黑暗，當然也包含歷史的事情。」
「黑暗？是指銀髮男子的事情嗎？」
「不論是深層的黑暗還是表面的黑暗，這類型的東西似乎不能只以一人代稱，畢竟所謂的裏世界都是環環相扣著的。」
「這倒也是。」我看著剩下的咖啡混酒。「不過，既然你當時知道有陷阱，何不告訴我呢？」
「妳就別責怪銀髮小弟了，畢竟妳們都是特別的人，在不確定對方底細前本來就該隱藏好自己的身份。」
「我知道。」我說。
「要拼了命地演戲也不容易。」席爾佛說，他放下的沉重馬克杯也見底了。「更何況，即使我在車上告訴了妳有陷阱，妳依然會去追那個身影吧？他是誰呢？」
「我的老師。」
「心的暗戀對象。」
「嘿，才不是，我是很欣賞1號先生，但那是師徒間的崇拜情感，你別讓席爾佛誤會了。」

「即使貓咪沒說，我也認為那個人對你很重要。」席爾佛手撐著地板上的坐墊說道。

「你們好煩，夠了。」我隨手拿起地上的外套遮住臉。

「話說，針對那個陷阱所引導的終點是時間的回朔，可是我料都沒料到的事。」

「你是指你我分開之際產生的變化嗎？有關你在中途消失這件事。」

「對我來說是妳消失。如蒸發般的消失。」

「如蒸發般的消失。」雷複誦道。

霧氣仍緊貼著窗戶，和我們保持最微妙的距離。9度，也是十分微妙的溫度，室內的溫暖隨著咖啡的冷卻消失殆盡。可惜，即使咖啡冷卻，空間的混亂依舊。似有似無的灰塵時而揚起，時而在微弱的光裡頭消滅。

「在那之後呢？你到了哪去了？」

「很遺憾，什麼都沒有，沒多久便被回朔到巴士上的時間帶了。」

「一瞬間嗎？」

「要說一瞬間也不太對，那種感覺像是暈車，頭昏腦脹的，意識到的時候已經在車上了。」

「你覺得這也算是陷阱的一環嗎？」雷質疑著。

「會不會是史帝幫助我們脫離陷阱的呢？」我接著問席爾佛。

「不知道，從那之後史帝便沒有和我聯絡過。不過讓妳撞見歷史的陷阱又有什麼意義呢？」席爾佛說。

「或許歷史是史帝想讓我見證的。」

席爾佛沉默不語。

「你的銀髮有什麼特別意義嗎？」雷問道。

「你想說我跟那傳說中的惡意有什麼關聯嗎？」席爾佛歪著頭、表情淡定地說。

雷點頭。我則用謹慎的目光看向席爾佛。

「我想是沒有關聯的。我眼睛的用處只有偶爾接收一點來自史帝的資訊，並幫他調查一些事。」

「什麼事？」我問起。

「抱歉嘍，偵查不公開。這是我不能說的事情。放心吧，不是什麼壞事，我希望是能對妳帶來益處的。」

「真踐。」我說。「不過，我確實也想盡快掌握第三種視野。」我蜷縮著身體環抱著膝蓋。

「妳們是不是忘記要幫我了？」雷無奈地說。

「雷，反正一下雨你就能回去了對吧？」

「妳怎麼能確認啊？」

「猜的。」

隨後雷喃喃的抱怨在我耳邊縈繞著。

「忍耐一下吧。」我起身。「對了，雷。」

「什麼？」雷轉過牠小巧的頭。

「我後來又遇到『觀察者』了。」我說。

「真有意思，我也要聽聽，我偶爾會從史帝口中聽到一點關於『觀察者』的事情，他的口吻讓我真誠地感興趣。」席爾佛靠了過來。

我把昨天的遭遇告訴了雷和席爾佛，他們相當專注地聆聽著。

「雨探們的血。迪亞從沒告訴過我鋼筆的成分。」雷說。

「看來所謂的雨探，還藏有許多連妳都不知道的秘密呢。」席爾佛彷彿受到啟示而有所領悟似地說道。

「就是這樣才令人倍感焦慮。」我坦誠。

「還有妳上次提及的透明化，」雷說。我看著他。「講實在的，我無法在這一點提供什麼幫助，就像是我們這端有我們這端專屬的課題，妳也是，正面臨著屬於自己的課題還有絕境，但我知道妳能克服的。」

「我很難闡述我的感受。自己正面對著自身無法察覺到的透明現象，除了莫名的焦慮外，還有種如雞皮疙瘩般的異樣感會不時掠過全身。」

「且戰且走吧，窮緊張也沒什麼幫助。」席爾佛說。

「聽起來很像風涼話。」我說。

「正是風涼話。」席爾佛說。我怒瞪他。

「沒事的，寫點明信片吧。」雷說。

「明信片？」我疑惑地看向雷。

「這是我們貓的地下術語，意思是『多曬曬太陽』。」

「為什麼貓需要地下術語呢？」席爾佛問，我也有相同的疑問。

「因為我們有很多事情不想讓人類知道。」

「喵喵叫不就好了?」我說。

「這太刻意了,所以在人類面前我們有時會說點看似能連接的對話,但背後卻別有含義。其他還有『三明治真不錯吃』,這是『小心監聽』的意思,或是『天什麼時候才會下魚雨呢?』,這是『我認為有間諜』的意思。」

「還有什麼更古怪的術語嗎?」我問。

「『我詛咒你』,這代表『相信我』。」雷驕傲地說。

「真夠古怪了。」我忍不住笑意。

「那『多曬曬太陽』代表什麼含義?」席爾佛問。

「我想那應該是代表『沒問題』。」

「一點也不實用的術語……。」我說。

「說實在,我相當同意。」雷說。

我瞥了時鐘一眼,不知不覺也過中午了。

「好,你們滾出去吧,我要換衣服準備出門上課了。」

「咦?我還以為妳要翹課了。」雷說。

「我也以為。」席爾佛也附和。

「我已經沒心情睡覺了。你們趕快滾出去。給你們三秒。」

我雙手抱胸以命令口氣說道。

「多曬曬太陽！」雷高喊。

「多曬曬太陽。」席爾佛則跟著複誦。

我住的公寓總共八層樓，而我住六樓。由於走廊是露天式，所以一打開門，風會迎面而來，沒有任何遮蔽。因此當我出門時，刺骨的冰寒冷風便想辦法竄進我厚重的衣裝裡再透進皮膚。下樓梯時發現席爾佛在外頭的椅子上坐著，在公寓建築的陰影下，氣溫有種驟降得更厲害的錯覺。

「你怎麼還在？」我問向表情同樣冰冷的席爾佛。

「你不是有喝酒？該不會要騎車去吧？」他說。

「對啊，才那麼一點而已。」我說。

「別傻了，這很危險。我開車載你去吧。」

「你有車？」

「我爸媽送我的大學禮物。」

「我的天，原來是紈絝子弟。」

「才不是。」

席爾佛沒多久開了將他的白色本田CR-V開了過來。流線的外型及白到發亮的車身，總覺得和席爾佛這個人本身所散發出的氣質類似，敏銳的俐落感。他轉一個大彎再緩緩地靠了過來。我不情願地開了後座車門。

「這台車買多少？」

「跟一些名車比只能算平價車款。雖然說是禮物但也只是我爸沒在開的二手車而已，所以實際花多少錢我也不清楚。」

「也不錯。」我說。

隨著如從沉睡中甦醒的野獸低吼般的引擎聲，CR-V就順著席爾佛的思考往大馬路上駛去。這台車的內裝挺寬敞的，車上清潔還算保持的不錯，不會有太重的食物味或是令人不舒服的氣味纏身，是新車的味道，席爾佛平常應該也挺熱衷保養車子的。他很順手地將車上廣播轉到西洋流行樂的頻道，是Troye Sivan的〈Strawberries & Cigarettes〉，近幾年的歌，相當饒口而舒服的曲子。

「話說雷呢？」

「那隻貓說要去附近逛逛。牠似乎對於自己沒辦法自由穿梭於兩座城市倍受打擊。」

「真令人五味雜陳，我似乎對牠太無情了。」我說。

「那妳呢？對於陷阱還有什麼頭緒嗎？」

「沒有，完全沒有，我仍不知道是誰的主意，或許我們還有再次受到波及的可能。」

「講得好像挺置身事外似的。」

「我只是不想去思考太多。」

「是嗎？」席爾佛一邊握著方向盤一邊透過前座的後照鏡看向我。

「專心開車啦。」

只見席爾佛露出狐疑的眼神，但仍繼續穩妥地踩著油門、轉著方向盤。由於是平日下午，沿路沒什麼車輛，但席爾佛在速度上的控制也沒因此脫了韁。眼看穿越崇山峻嶺所深埋的隧道後，應要看見雨都的路牌，但離開隧道所看見的竟是一座如謎般的城市。

「我們沒有走錯路嗎？」席爾佛不敢置信地說。「這裡是哪裡？」

「應該沒下雨才對。」

「但我剛才在隧道裡頭，說不定在那段期間下起雨了。」

我並沒有切換視野，粉霧卻出現了。究竟粉霧是在沒下雨的時候現形呢？還是兩者間的界線早已模糊，無法分辨了呢？

席爾佛靠路邊停下來車來，我和他一同深深地凝望導航。導航是正常的，但眼前的街道和導航完全對不上邊，彷佛我們處在異次元的夾縫中。「夾縫」，我想。雖然是同樣的詞彙對我來說卻有著不同含義，我們究竟在哪裡？車上的空調循環著，我和席爾佛都沒說話，或者沒話說，因為安靜而顯得突兀的呼吸聲在下一秒又被吸進引擎聲裡頭。我注視著外頭一棟一棟的建築物，這些建築物有著相當不理性的外觀，和裂縫裡的高樓大廈有著相似的氣息，陣陣纏繞的粉色迷霧便是最好的佐證。

「筆直地開吧，繼續待在這裡答案也不會突然浮現腦海，如果這是陷阱，我們有義務要正中紅心。」

「雨探真是深不可測的職業啊。」席爾佛佩服著，我能感受到他腳用力踩下油門的力道，CR-V加速闖進這詭異的大道上行駛。

我單純只是不想太優柔寡斷，顯然他有所誤會。

原本還算清楚的道路如今被團團的霧湧上，前方的視野被遮蔽到毫無縫隙的地步。白色的流線車身如把鋒利的刀刃輕盈地割破了擠成一團、像是鮮豔窗簾的粉霧。呼嘯而過的風聲從我耳朵裡聽來可能是某種嘆息。只見席爾佛油門越踩越多，在雲遮霧障之中，他似乎沒有任何遲疑。我瞄向儀表板，時速已經來到110公里，這不是一個突然撞見障礙物能即時踩住煞車的速度。

「現在可不是在高速公路上噢。」我好心地提醒席爾佛。

「我不喜歡一直被妳牽扯進去啊，我想趕快逃出。」他的雙手緊緊握著方向盤。

「你看起來很沉穩其實也很膽小嘛。」

「我只是善於推敲資訊而已。」

說完席爾佛把感官都集中在車內音響播放的Child Of The Parish的〈Relic Of The Past〉。我很喜歡放克的刷法，俐落而輕快。任何重用放克節奏、有一點放克血液的樂團我都不討厭，所以若要談我喜歡的吉他品牌，我一定首選Fender，沒有異議。然而想著這麼無謂的事情的同時，車子仍在霧裡頭亂晃，沒有任何終點的跡象，這糟透了。我把我和粉霧間的遭遇說給席爾佛聽，他不予理會，專心開他的車，但車速明顯地下降了。我和他都陷入沉默，沒什麼特別要說話的理由，因為再怎麼著急也無法改變現狀，我們像放滿冰塊的冰水裡的冰塊。

沒多久，席爾佛打破沉默，如同用手攪動冰塊般地打破。

「我們能假設，粉霧就和妳所直面的敵人有一定關係吧？」

「我想不會錯的。」我說。「但是我依然不懂，我根本沒有和他們作對的必要，但就是死纏爛打地巴著我不放。」

「這件事打從妳成為雨探的那一刻起或許就沒有選擇了。」

「沒得談了，對吧？」

「不好說，起碼對方目前只是困住我們，絆住我們的行動而已。也許還有機會。」

「但我認為沒門了。」
「妳不一定是錯的。」
窗戶四周都被粉紅色纏繞著，我不確定我們是否還在道路上奔馳著。席爾佛受夠似的放掉油門，緩緩地踩煞車，CR-V的引擎聲獨響著，直到席爾佛轉過頭用眼神示意我下一步時，我點頭、他熄火，上一秒仍喧鬧著的引擎聲才被狠狠地吸入真空中消失。殘響彷彿還在空氣中傳遞著，但確實在按下引擎啟動按鈕後，這個世界也像被按下靜止的開關，廣瀚的寂靜如夜幕般降下包圍著我們。
「要下車嗎？」席爾佛問。
「也只能這樣了。」我說。說完我拉開車門往外頭探，粉霧隨之流入，令人渾身起疙瘩地湧了進來。當我隻手揮去霧、從CR-V出來時，我聽見對面用力的關門聲，但我仍看不到席爾佛的身影，連霧中的剪影都沒辦法。不用一會兒的時間，霧便濃到連白得發亮的休旅車都被淹沒的程度。真是令人沮喪的洶湧。
「似乎該使用妳的絕活了吧？」伴隨著摩擦地面的腳步聲，席爾佛的聲音穿山越嶺般辛苦地傳達了過來。
「我看看。」
我在霧中轉換了視野，裂縫的視野。正因為我不想又被光怪陸離的漩渦捲入，我一直都沒有嘗試切換，但還是得視情況而定。首先我聽見了雨的聲音，不，不對，是水滴的聲音。持續而不中斷的水聲。這裡是無人的街道，看似萬籟俱寂卻又從不知道哪裡傳來了清晰的水滴聲響，沒有任何身影存在的痕跡。我不知道席爾佛現在在另一頭做什麼，但我想我必須探索這裡，即使可能是陷阱。我四處晃晃，找尋著線索。沿路的商店櫛比鱗次：無人的花店、無人的日式餐館、無人的雜貨店，簡直像被事先安排好的幽靜正蔓延在街角每一處。腦中劃過幾道既視感，我想這裡和那裡很像，和跨越粉牆後的無人街道有著異曲同工之妙，同樣沒有人的氣息；同樣像是「被捏造」出來的城市，含有極具諷刺意味的致敬，不太能成為楷模的致敬。

我瞥向隱身在破舊建築物背後巍然屹立的雄偉蛋形建築，我對其充滿濃厚的興趣。要說為什麼的話，莫過於是只有那裡沒有這空間獨特的厭惡感，但實際是怎麼樣有待商榷。不管怎麼想，我還是決定穿過這烏煙瘴氣的街道邁向那裡前行。沿路暢行無阻，以可能會有阻礙的前提為立場去思考，確實能稱之「順暢」，總之短暫的祥和和周遭的低壓一起沉澱了。很快地，便到了巨蛋建築正門口，近看才發現沒想像中大、也沒想像中那樣具文藝氣息，就像是市政府、區公所那一類的辦公場所，彷彿有個註明事務性的匾額掛在正上頭。

「圖書館嗎？」我不解地自言自語。

突然間，門自動開啟，彷彿在歡迎我，不，是引導我踏進裡頭。黃昏餘暉鮮紅地塗染在水泥階梯上；路樹的影子被拉長、被黑暗貪婪地吞噬；背後林立的商店被光與影層層交疊；靜置的沉默籠罩著未知的盡頭。我踏起猶疑的腳步，或許我的人格中有一項為明知是陷阱卻仍要闖入吧。

明亮而寬敞的大廳映入眼簾，機械化的閘門在入口不遠處。裡頭是明確有序的書櫃，汗牛充棟的藏書正沉睡在建築物裡頭，空氣中還能聞到濃郁的紙張味，看來是圖書館沒錯。柔軟的地毯鋪在地上吸收掉迴響的腳步聲，靜謐如墨花般擴大。我無視自動化的票閘門，翻過冰冷的金屬柵欄。一區一區查看著，每個書櫃裡擺放的書都是我看不懂的外文，也沒有分區導覽或是告示牌，每本書都顧守本分地靜躺著，滿滿的事務成分從書香裡頭釋放出來。不只一樓、在為數眾多的木質書櫃後方還有階梯通往二樓，階梯的盡頭給人一種「未知」的恐懼感，我無法以隻字片言形容，但那確實不能算是令人舒服的感覺就是了。我其實不太喜歡圖書館，或許是因為國高中時期對圖書館的印象莫過於考試前的準備：不是因為求知慾，而是被填鴨式地灌輸了自己毫無興趣的知識，所以對圖書館沒什麼好感。但同時和「觀察者」查理以及冰箱的相遇讓我對圖書館這地點有了新的認識，那是一個異空間交錯的產物，是否能稱為「真正」的圖書館都需要打上問號。不過真切存在的事實是無法抹滅的，只是對於定義上的模糊地帶有去澄清的必要。

我踏上階梯通往二樓。為了不讓自己東想西想，踏出果決的一步是能不讓自己猶疑的方法。二樓其實和一樓是一樣的裝潢及配置，唯一不同之處是有幾張空桌椅在正中間的寬敞處，或許是提供前往圖書館的民眾一個能好好啃書的空間及休息之處，每張椅子都整齊地靠進簍空的桌子底下。

依然沒有任何人的氣息。我又在二樓的邊緣靠窗位置找到通往三樓的階梯。這次我依稀聽到了一點哼歌的聲音。我再仔細地靠著樓梯扶手聆聽，確實有聲音，而且飄逸著咖啡香，顯然有人在這建築物裡。我緩慢地、輕聲地往三樓前行，過程中我屏住呼吸，盡可能不讓自己的鼻息成為空間中唯一的聲音，雖然哼歌的聲音仍沒有停下。我探出頭觀察著三樓的佈景，和一、二樓沒什麼兩樣，充滿著書櫃的空間映入眼簾，咖啡味越來越濃烈。我依循著沒有停滯的哼歌聲慢步前進，我期待著什麼呢？在這詭異世界裡的圖書館裡頭，我會希冀什麼樣的人物出現在其中啜飲著咖啡並哼著歌呢？周遭空氣正凝結著。我經過一個又一個書櫃，哼歌聲越來越大，咖啡的香氣也越漸濃郁，是誰？正當我打算瞧個究竟時聲音停止了。此時連吞口口水都是巨響。汗水從我額頭滑落，心跳聲也如敲響的大鼓般躍動。我從書櫃探出頭望向已啞然無聲的聲音源頭，眼前僅有空無一人的自習區。好幾桌的空桌正沉默著，其中一個位置的椅子被拉了出來，是人為的痕跡。我覺得正被注視著、被緊盯著，所有的空氣分子甚至產生一種在剎那間都緊縮到我周遭的錯覺。

我猛然轉頭看向後方。

黑暗中，小丑正露出咧嘴笑容看著我。

我倒吸一口氣。

「好久不見了，雨探小姐。」小丑的表情猥褻地看著我。

在我眼前的正是當時在粉牆後頭跳著詭譎舞蹈，詢問我要從哪道門去救小梓的小丑。他頭戴著不合稱的七彩爆炸頭、身穿著破舊的皺褶西裝、手上拿著正散發出熱氣的咖啡。他的出現讓粉霧還有這不諧和的城鎮有了巧妙的連結，或許他正是創造出這空間的罪魁禍首。

「為什麼？明明沒有下雨。」

「這不就意謂著兩邊的世界正在進行物理上的融合嗎？不需要透過雨也辦得到。」

「天哪，我快瘋了。」我抱著頭說。

「我知道妳正在想什麼。」小丑說。「妳認為這一切是由我創造的，對吧？」

「是啊，難道不是嗎？」我問。

「當然不是，因為這裡是妳創造出來的。」

「我？」我的口氣相當錯愕。

「沒錯，正確來說，是我引導妳來這個空間的，只不過實際去捏造這個場景的人是妳。」

「我不懂，我並沒有這種能力。」

「並不需要啊。」小丑向我走了過來。我往後退了幾步拿出鋼筆，鋼筆似乎現形了。「噢，不，等一下，讓妳誤會了嗎？我沒有這個意思，我不往前了。」小丑攤起手說，說完他輕柔地喝下一口咖啡。

「簡單來說，妳不需要擁有能力，只要思考還有想像，這空間就會倒映出妳潛意識的世界，不論是妳喜歡的還是討厭的，這空間都會誠實地將妳腦中對於這場景的想像呈現出來。」

「很明顯，我想像力嚴重不足才會創造出這麼令人厭惡的感覺。」我說。

小丑聞聲大笑。說實在，他的笑聲很難聽，而且很令人毛骨悚然。他倏地抓起爆炸頭扯下往一旁丟去。雜亂而顏色繽紛的頭髮終於接觸到空氣，髮網間如雜草叢生般的頭髮看起來油膩膩的，或許他戴了很長一段時間的假髮。

「原來是假髮嗎？」我問。

「沒有真，就沒有假。」他望向一旁堆滿灰塵的書櫃說。

「你想要報仇嗎？為了辛席。他是你的上層嗎？」

寧靜像泥濘般沾染了圖書館每一處。沿著天花板裝設的音響「啪」一聲，一段彷彿來自遙遠一端的模糊古典爵士樂旋律自動播放著。清脆的皮鞋踩踏聲及跟著旋律哼出口的微弱聲音，我注視著眼前跳著舞的小丑。他把咖啡放在書櫃上開始翩翩起舞，說翩翩好像不為過，因為他的步伐充滿了優雅、輕盈。他緩慢地強調每一個動作，扎實且穩固，一拍接著一拍、華麗的旋轉也不馬虎，小丑邊跳邊說：

「怎麼了，很好奇嗎？關於我們的事。」

「請你說吧。不要賣關子。」我說。

小丑笑著邊跳邊說：「雨探小姐，我和辛席都很怕妳，因為妳是無知的，實在很討厭。所謂的無知並非意謂著妳是愚蠢的，而是指妳不清楚妳的行為會對我們造成多麼無法挽回的後果。我們處心積慮地想要解決掉妳，然而卻輕易地被妳擊潰，我們確實無地自容。」

圖書館的落地窗傳來了一陣一陣的雨點拍打聲，這荒謬的空間下起雨了。這也是我的想像嗎？咖啡味在一片純潔無瑕的自習區飄散著，很難不專注在味覺中，起碼現階段是這樣。或許能和眼前的異端份子保有一點安全空間的對話將會是最後一次，小丑在預謀著什麼，但具體我不清楚，光是我為何會出現在這裡就夠折騰腦子的了。

「妳的眼神似乎透露出妳很疲倦。」小丑開口說，沒有停下舞蹈。

「前方只有你可以看，你叫我眼睛怎麼不感到酸澀？」

「哼。」

我依然搞不懂他的目的。

雨持續下著。具有節奏性、規律的拍打聲不停歇。爵士樂也是，滑溜的薩克斯風帶領著鼓聲、BASS聲往前推進著；跳躍的鋼琴聲像是點綴般騷動著背景音樂，整首曲子和雨點的節奏相襯著、互補著，我不知道是誰帶領著誰，也不知道這詭奇的畫面究竟需要什麼樣的靈感才能萌生而出。

我還沒什麼心理準備，一陣天搖地動鋪天蓋地而來。一瞬間我緊急地扶著一旁的書櫃才避免被震倒；小丑失去重心跌個踉蹌，他的咖啡杯甚至掉了下來灑在他身上，他痛苦地大喊（咖啡杯倒是好好的沒有破）。剎那間撼天動地的震動從下方如具深遠意義般傳遞上來。這空間竟然有地震的存在，是人為的、還是我的思想所致？我仍質疑著這裡的一切是否真的都是由我腦中誕生而來，起碼這是小丑的說法，沒什麼可信力。

「混帳！怎麼回事？」小丑大喊著，這顯然不是他預料中的事。他攙扶著書櫃起身，手想拭去襯衫上的咖啡漬，但咖啡的黑色已經渲染上白襯衫了。

正當我想往樓梯的方向前去確認時，音樂停止了。雨聲也消失了。所有的一切像是事先說好似的很有默契地停滯，包含眼前的空間。緊接著自習區的桌椅無預警地漂浮了起來漫天飛舞著，沒有邏輯性的搖曳。大量的書本如有意識般群體地離開了書櫃，小丑連一聲喊叫聲都不及發出便被書海淹沒。雨天的陰沉伴隨著霧氣穿過了水泥鋼樑，我想我切身地感受到了。

「好啦，繼續我們的話題吧。」

我無言。剛才一陣混亂場面如同時光倒流般回歸虛無，像是記憶，或是一場被安排好的戲。我和小丑坐在自習區的座椅上面面相覷著。他那油膩膩的瀏海緊貼在額頭上，仍是那副詭譎的臉部表情，毫無好意的笑容。

「到底怎麼回事？」我問。

「誰知道呢？有人打算闖入這裡。」

「那就讓他進來啊，這裡不是我的空間嗎？」我理直氣壯地說。

「這可不行。再怎麼說，我還是希望能保有和妳的獨處時間。」

「噁心。」我說。

「那麼妳要不要猜猜看，這裡到底有什麼意義呢？」

「簡單來說，這裡是你透過我的思想去劃出界線的世界嗎？」

「可以這麼說，但也不算是。」小丑說。

「也是，你根本不可能取得我的思想。這裡只是個冒牌的空間。」

「沒錯，」小丑站起身，他的白襯衫上已沒有染上的咖啡漬。「我的能力是空間仿造。模仿、也就是所謂的『山寨』。妳曾見過的無人島、街上的幻影、我們所處的這個圖書館以及外頭的街道，都是我模擬妳腦中的視野所構建出的產物。只要透過名為潛意識的說法，人們便會沉溺於其中的假象，被謊言所欺騙，這就是Joker——所謂的道化師。」小丑越說越起勁。

「所以呢？你打算拿我怎麼樣？把我困在這裡有什麼意義嗎？」我質問他。

「噢，不，妳搞錯了，我沒有這種想法，我只是想試著理解妳一點。或許我們對妳有著天大的誤會。」

「少來了，我可是緝捕了辛席，你和他不是一夥的嗎？」

小丑歪著頭，露出獵奇的愁容。我沒有用錯用詞，是真的愁容——充滿了憂愁的面容。他給人一種精神錯亂的感覺，已經感受不到他任何的想法了。此時我才察覺到外頭的雨天景緻依舊，簡直是時間的回朔，事實或許也是如此。我想起和席爾佛一同遭遇到的陷阱，兇手似乎已經自己坦誠了，但在這空間裡，時間是否還具意義呢？

「我想，」小丑用左手的食指以及中指輕輕地點了幾下自習桌，不再上揚的嘴角及失神的雙眼似乎是看著我卻又像在凝視著我後方的白牆。「有些事情還是講清楚比較好。」

「例如？」我問。

「我和他，不能算是一夥啊。」小丑轉過頭瞥向濕漉漉的落地窗。「我和他本來就是血濃於水的關係。密不可分的命運是無法逃避的，我無得選擇。」

「你和辛席？」

「不止，還有克拉克也是，真是極度的罪孽，是受罪啊。」

小丑在說什麼？靜肅的空氣凝結成一團，以我所沒有想到的速度蔓延至周遭。

他似乎說了些什麼很關鍵的話語。

「真是抱歉，打擾了兩位愉快的談天時間。」

雷又是神不知鬼不覺地現形在一旁的空位，牠辛苦地爬到了和我們相同水平的高度，兩手攙扶在桌子上。小丑再嘆了口氣。

「終究還是讓你闖進來了是嗎？」

「我這次有取得通行證。」

「什麼意思？」我不解地說。

「心，妳還記得前一次我沒有辦法進入粉牆裡頭的空間嗎？那是因為我尚無權限，畢竟這種額外擴充出來的空間我們探查局都有事先取得許可的必要，很受到侷限的。」雷解釋著，同時看像小丑那邊。

「辛苦了。」我說。「剛才的震動是你造成的嗎？」

「基本上是『我們』。」席爾佛從小丑後方的黑暗裡頭默默出現，甚至連他都闖進這空間裡了。

「真是夠了，不要妨礙我和雨探小姐啊。」小丑憤怒地單手槌向自習桌，同時巨響也響徹圖書館。

然而，當小丑回頭瞪向席爾佛時，卻發出淒慘的尖叫聲。

只見小丑的面容越趨驚恐且抽搐。「不要過來、不要過來啊！」小丑倉惶地起身，他推開椅子逃往一旁的空區域，他的聲音糊成一團。

席爾佛輕快地走到我們一旁，凝視著瑟瑟發抖的小丑。「嘿，到底怎麼回事，瞧他怕成這樣？」

「我也想問你。」我說。

雷瞇著雙眼說：「他剛才提到了克拉克對吧？」

「對，克拉克是誰？」

「天知道。」席爾佛說。

雷正想說些什麼時，似乎被我打斷了。「話說你們怎麼又一起出現？」

「啊，說來話長，怎麼又說來話長了呢？總之我還是找不到回去的方法，但我卻得到許可通知。這證明可能有人在暗中搞鬼，所以探查局緊急做了些處理。至於細節是怎樣，說實在地我還真的不清楚，可能要問問眼前這個王八蛋。正好席爾佛被棄置在『妳不存在』的正常城市街道上，我就順手帶上他了。」雷語氣深長地闡述著。

「『我不存在』的街上嗎？好吧，我想我大概懂了。」

小丑的表情已經從害怕轉變成無奈的憤怒，他那搶戲的瀏海在額頭前飄呀飄，好像隨時會化身一條憤怒的蛇似的。「來不及了，世界已經往我們理想的方向移動了。」

「你說你想要好好了解我，是什麼意思。」我說。

「沒別的意思，很單純地，理解妳。」小丑說。

「換句話說便是透過和妳聊天拖時間，這傢伙在策劃什麼，不對，應該說『這些傢伙』在策劃什麼，妳也無比清楚吧？」雷說。

小丑笑了，咧嘴地大笑。

轉眼間我們來到了黃昏的街道，蛋型建築的圖書館無影無蹤地被吞噬在拂曉之間，被夕陽燃燒殆盡似的。我們兩人加一隻貓都沒有頭緒地四處張望著。

「小丑說這是仿造我的思維所誕生的空間。」

「胡扯，他根本不懂妳是什麼樣的存在，他們只在乎妳口袋裡的鋼筆。」雷駁斥。

「那我就放心了，這種看似三級電影會呈現出的破爛場景是我的想像這件事，幸虧只是狗屁倒灶的謊言。」

寂靜佔據了陰鬱昏暗的街道，在這虛擬架構的城市裡頭所有發生的事都不會影響到兩邊的「真實」，這是我所理解到的事。某處和某處有所連結，然後某處又和某處有所連結，點對點連成的線，而線組織成面。不論是多維空間的理論也好、亞空間的理論也好，都具有空泛且難以理解的要素，正直面其中的時候反而覺得不太真實。愛因斯坦的相對論曾說過世界有正物質的一面必定會有反物質的一面，正如世間組成的一切有正必有反；有正義就必定有反正義；有正論便會有反論，以及，雨探和惡意間的存在關係。但第三個視野究竟是什麼樣的存在及立場始終困擾著我。

「各位好啊。」小丑的聲音從街角傳來，他生氣勃勃地拉開原本緊閉的鐵門，從商店裡走了出來。

「什麼？」雷倏忽抬頭望向灰濛濛的天空。

「來不及了。」小丑以極扭曲的角度彎著脖子說道。「處刑者來了。」

黑暗伸出了影子竄入街燈、街道，把所有的東西都染上一層無盡的墨色。我們被這一大片虛無的色彩包覆著，空氣變得十分冰冷且稀薄地令人喘不過氣。伸手不見五指的暗黑很快吞噬了我們。我嘗試讓墨水沾染進那漆黑之中，好讓自己得以和對方直接對峙，但過於強勁的亂流讓我失去了意識。再次醒來是感受到猛烈摔落在地的痛楚時。

「好痛……。」屁股瞬間的麻痺感讓我忍不住喊了出來。

「我們中計了。」席爾佛也剛起身拍了拍塵土。

「這是哪？」雷甚至連起來都懶了。

我們處在一片荒蕪的土地上，極目所見的貧瘠泥濘土地沒有任何生機，就連一小根蠢動的芽也見不著，死寂是這裡唯一的形容詞。小丑呢？我最後一眼看見他也被吞噬在黑暗中失去了身影，被小丑額外隔出的空間也在剎那間消失。說時遲，那時快，一位高大的男子從我們眼前的塵土飛揚裡頭現形。他的身高和史帝有得比，也幾乎是我的兩倍。席爾佛看著眼前面無表情的男子也回以無表情的面容。

「你是處刑者？」我問那高大的男子。

所謂的處刑者是怎麼樣的存在也挺饒富趣味。男子不予回應，只是看著我們，或者應該說他那深邃的眼睛沉沉地望著我們後方那塊更腐爛的土地。

男子開口說：「劉家的康是最後談話的倖存者。」

「康？」這句話引起了雷的興趣。牠跳起來看向高大的男子。

「康的血親順遂地活過千年，如今他要來復仇了，報復這個當初毀滅他家族的世界。」

「那跟我們有什麼關係？我們這邊的人可是好好地什麼都沒做，是雷牠們的祖先幹的吧？」我說。

「說到底我的祖先是貓，跟我無關。貓是不會亂殺人的。」

「他想表達的可能不是這個意思。」席爾佛說。

「對克拉克來說，哪個世界都一樣，都具有一樣的罪。」男子繼續說著。

「克拉克是銀髮的男子嗎？」我問，我想起小丑也曾提過「克拉克」這個名字。

「銀髮是詛咒，血的咒怨。」男子似乎越說越激動。

我看向席爾佛說：「原來銀髮是詛咒。」

「我是自己染的。」席爾佛不屑地說。「先不說這個了，他到底打算做什麼？總不會是跟我們講述歷史的吧？」

高大男子突然痛苦地抓著頭，好像裡頭有什麼要炸裂似的尖叫著，那顆粗糙的頭冒出許多青筋。只見他滿嘴出血往我們這兒衝了過來。「必須……血債血還！」男子發了瘋地喊著。

「心！」雷喊著。

「我知道！」我回應。

我蹲下用手觸摸著趁和男子交談吸引他注意力時偷偷倒出的墨水，讓我自己能順著墨水張開巨大的網，將瘋狂的男子包覆住進入他的思維。

彷彿是身體自己被吸進去似的，我來到了陌生、潔白的空間裡。這裡是每個人的意識裡的獨立世界，業界稱作意識串流。我也是近期才慢慢揭露這空間的神秘面紗。所謂的思考、情感就是在裡頭以某種形式傳遞著，詭譎、懸疑等詞彙都無法貼切形容。總之我到處探探、東張西望，希望能找出些什麼。但什麼都沒有。正如我所說的，潔白的串流空間裡連一點灰塵的痕跡都沒有，意謂著我所深入了解的對象其實是沒在做任何思考的死人或沒意識之人。處刑人的頭腦是沒在運作的嗎？還是被人操控著？

小丑出現了，意識到時他已經佇立在我眼前，伴隨的是無法確定播放源頭的古典爵士樂。

「你們都是康的血親？」我問。

「正確答案。」小丑面無表情地說。「雖然關係挺遠的，但都成了墮落份子這件事倒是挺雷同的。而所謂的處刑者簡單來說就是不願復仇的康的子孫，被銀髮男子，也就是克拉克所利用，讓他們成為無心的殺人工具為克拉克賣命。」

「真是夠惡趣味的。」我挑眉說道。

「我還以為妳會暴跳如雷呢，畢竟妳應該很討厭這種事吧？」小丑的語氣十分猖狂。

「那是你們家族的事，我才管不著，我要做的是阻止你們而已。」

小丑聽了我的話後大笑出來。

「真有意思、真有意思。」待他終於止住笑意後說：「老實說吧，我早就已經死了，妳所看見的是我的靈魂噢。只剩下靈魂在作祟而已呢，真是無趣對吧？我們都只剩下靈魂，因為肉體早就被貪婪的惡意給吞噬，他很兇殘的，克拉克很兇殘的。」

「你們這次的行動到底是為了什麼？你什麼都沒做到不是嗎？」

小丑冷笑著說：「我做到了，就在這裡啊，待這裡的意識毀滅妳就會看到我們想讓妳見識的終局。這才是我們下這一手的目的。我們一出生便看盡了所有貪惡，也了解到自身存在於這世間的不正當性，那是如此荒謬、如此可笑。所有龜裂的縫隙都發出嘲笑聲彷彿在唱衰我們的誕生，好像所有狠毒的詛咒來自那看不見的黑暗中，到那時候連心都可以是扭曲的了。成日畏懼著誰會加害於自己，於是乾脆先對別人下手，然後墜入黑暗，成為詛咒的一部分。這樣好像才顯得我們活得夠痛快。不錯吧？那無聲、無形的虛無是如此具有魅力啊。」

我聆聽著他的自白，同時眼看著他的西裝正一點一點地腐爛。小丑的口吻轉為哽咽說道：「看來時間不夠了呢，這也是我的罪過吧，我將和被我們操控的無辜處刑者一同埋葬，也不錯吧？我們都將活在妳心裡的恐懼裡頭，直到永遠。」

「是嗎？你們就儘管來吧。」我無奈、逞強地說。我不太理解自己現在說出口的話語有什麼意義，我只是努力擠出話來。

「所以我才說妳很有意思，那再見了。繼續舞動著吧，雨探小姐。」

小丑那擺動著的身影離我越來越遠直到如米粒般的大小消失不見。古典爵士樂的旋律中斷了。音樂死去。正如小丑說的，這意識串流面臨崩塌的局面。照以往的經驗或許我會急忙地找尋出口，但這次我沒辦法，好像四肢都被鐵鍊綑綁住似的動彈不得。有什麼正蠢動著，那驅使我想看清楚。

在逐漸縮小的視野中有好多顆圓形的球在飄動著，沒來由地晃動一下往上一下往下。我只能憑藉著那隨之震動的擺幅驅動著，和碎成一片的潔白粉塵合為一體。

我對於那時候穿梭到半年後房間的體驗感到新奇，沒有人的城市到底意謂著什麼呢？而那伸出的大手到底在暗示什麼？如今我覺得那越來越像是某種徵兆。小丑說的話暗藏著某些玄機，他說要我見識終局。所以我認為我該做的不是逃跑，而是見證著這裡的崩逝。

黑暗一瞬間湧起，我被那如浪花般的混亂捲了進去。身體彷彿被扭轉著，但除了一點頭暈目眩外沒有任何的痛楚。不知道被糾纏了多久，所有的東西都相互交錯著，然後轉了一圈後又交疊著，一點一點的看不清是什麼。分不出上下左右也分不出正與反，我逐漸感到強烈的反胃感，胃滾燙著。然而神經似乎還沒到位，連器官都好像迷亂似的分不清從哪裡將胃裡的東西吐出。終於停滯下來是在我魂飛魄散、神智無法歸位時，我感受到長久而平緩的寧靜。

我感覺渾身都像坨爛泥，始終無法起身。直到我對這片詭譎的平靜所感到的龐大不安變淡、變稀。

我睜開眼睛，和上次一樣躺在八坪房間的床上。窗外下著綿綿細雨。時間呢？我望向斑駁牆上的Ikea純白時鐘，現在剛好下午四點。我單手支撐著身體勉強地爬了起來，頭還感到強勁的陣痛。冷空氣包圍著我，只著一件薄短袖冷得要命。我從地板抓了件連帽上衣直接套上。我環視我的房間，一本行事曆平放在桌上。就我的印象中我從未使用過行事曆，難道是有了上次的經驗，未來的我貼心地放了行事曆，好讓我一起床就能確認日期嗎？但僅看著行事曆也無法知道今天是哪天。不過上頭有一個日子用紅筆圈起來：

十二月二十九日。

這是明年的行事曆，依照節氣來看，我想我能推測至少現在的時間是在一年後左右。仔細一看日期旁還註記著「3rd」，這是什麼意思？上一次我穿梭到半年後的酷熱夏天，這次則來到嚴寒的冬天。相比之下冬天舒服多了。我嘗試打開燈卻沒有反應，無奈下我再套上一件厚外套走出公寓。沒多久，雨停了。冷清的街道上依然沒有任何人，不論切換哪一種視野都沒辦法看到任何人存在，和上次一模一樣。外頭的氣溫比想像中寒冷，至少比去年同期（也就是我在不久前所屬的正確時間帶所感受到的溫度）低個5度左右吧？沿路的每台汽車無不積累著厚厚一層灰塵，路上草木橫生，岑寂的街頭彷彿遭人棄置，荒廢許久。我抬頭望向天空那突兀的大手，似乎從半年前就一直維持著原樣。空氣的品質意外地清晰許多，多虧於此，我的直覺也更加靈敏。隨後我找到一台沒有通電的販賣機。機器裡頭一片黑，還有許多蟲在裡頭爬行。不遠處有一家荒廢的便利商店，沒有拉下的鐵門還殘存一點人煙的餘韻在。雖然良心有點過意不去，我還是進去擅自拿了瓶罐裝咖啡就離開。我大概知道怎麼回事了。小丑想要讓我看的終局是這副模樣嗎？這座城市沒有任何人存在，究竟所有人都去哪了？到處都空蕩蕩的。難道和銀髮男子有關係？

電力無法發動、路旁店鋪的玻璃窗裡透出昏暗的黑雲。整個街頭一片死沉。我確認了罐裝咖啡的日期，過期兩個月，感覺很討厭但我還是打開來嚥下肚，稀釋過後的酸澀感相當迥異，不禁吐了出來。我手拿著罐裝咖啡信步在無人的城市，越想越覺得不對勁。

我掉頭跑回公寓，罐裝咖啡在什麼時候扔掉的也不確定。打開房門連鞋子都不脫直奔書桌前的行事曆。「3rd」，這是一個暗示，「三」、「第三」、「第三種」，我所能連結到的是「第三種視野」。我思索許久決定翻找我的智慧型手機，上次能讓我安心的因素正是我成功撥通了小梓的電話。然而，彷彿昏睡著的房間裡找不到手機。情急之下我走到車棚牽出我的檔車，車上也有許多灰塵，但比起路上的汽車是少了許多，或許不久前曾有人駕駛過。外頭又飄起了雨，很順利地發動了檔車，我淋著雨沿路奔馳到「山腰雨點」。

有些事沒有親眼撞見或許永遠不會相信。眼前的景致，我只能啞口無言。

熟悉的咖啡店竟然被夷平了。

視線前方僅有空蕩蕩的一片空地。我確認著周遭的地理位置，我想我是不會搞錯的，就是這裡。巴士站牌還好端端的，但稍微走個幾步應該要看見的會發出趴嗒趴嗒聲的木梯還有快裂成兩半的門卻消失了。冷颼颼的刺骨寒風無情地入侵著皮膚，延續著上次的線索，至少我認為「山腰雨點」埋藏著突破的關鍵，只不過這個最後希望竟然如煙般消失，對我來說這才是最絕望的。當我注意到眼角滲出一顆淚珠時，才驚覺此時的自己是如此無能為力。我一直都需要別人幫忙。我的心是那麼地脆弱，我卻總抱持著不可一世的態度。

哽住的東西彷彿被什麼刺激到而有所流動，我的直覺稍微地騷動了起來。我好像能夠看見什麼，但卻又有點不清晰，眼前四處亂竄的黑點讓我無法聚精會神。在停滯的時間裡頭只有我本身是正流動著的，我很清楚。沉澱的那些被遺棄之流也隨之飄蕩。我看向荒蕪的空地，只是那裡不再是空地，一座莊嚴的王宮正聳立在原本「山腰雨點」的位置。我這才留意到周遭充斥著飄逸自如的白球，像靈魂一般。我走上王宮的無瑕階梯，一步一步地踏往未知的領域，這裡和雨中的城市不同，完全沒有那種粗糙、骯髒及昏暗的氣氛，相反地有著神聖不可觸犯的潔淨感。我想起艾莉絲初次形容銀髮男子克拉克時的說詞：「神聖」。這兩者間有著什麼類似之處嗎？

王宮相當空曠，什麼都沒有。不，有個人正站在王宮旁的欄杆看著遠方的樣子。

「我等妳很久了。」近看才發現是名女子，而我一見到她的妝髮及穿著便想起了在我深層腦海裡頭的斷續記憶。顯然地，那不是夢，而是有人刻意引導我的軌跡。

「妳是提娜，也就是倖存家族的納雅家第三十四代代表，對吧？」

女子笑得合不攏嘴說：「只見一次面就記住了嗎？明明是一千年前的事了。」

「對我來說是不久之前。」我說。這倒是，提娜說。

一陣冷風再次拂上我的臉，我看著提娜問道：「妳知道現在是什麼狀況嗎？」

這次提娜依然戴著巴拿馬草帽，脖子上也有鑲著寶石的首飾，不同的是這次她的臉戴著面具，有點像是化妝舞會的面具，相當不協調的搭配。

「那男人在半年前出手了，他一步一步地照著計劃來。妳所看到的白球是裂縫裡、還有裂縫外的人的靈魂，他摧毀了所有肉身只徒留靈魂漫無目的地飄流著。」

「別鬧了吧？那為什麼要摧毀咖啡店呢？它原本在這裡的！」

「我不知道噢，不過我想這件事已經不具任何意義了，因為妳所看到的世界已經是一片荒蕪了。」

「這倒是。」我說。如果大家都成了漂流的魂魄，那麼咖啡店是否還存在便不具意義。我想起老大、小梓、小安、我爸媽，大家都成了靈魂嗎？一股難耐從心中湧上。

「不要太難過，我想目前還未成定局。」提娜以安慰的口氣說。

「妳說的男人，是指銀髮男子嗎？」我問。

提娜以相當微妙的角度點頭。

「妳能夠到這裡就表示妳喚醒了第三種視野，這裡正是夾縫。」

「那妳為什麼在這裡呢？妳到底是以什麼樣的身份在觀測著我們的？」

提娜沉默了幾秒後說：

「我是來贖罪的。」

「妳犯了什麼錯需要花上千年的時間呢？」

提娜再度陷入沉默。我想，她是不是只能洩露出有限的資訊呢？

「妳知道，」半餉後她又開了金口。「某種情況是即使想流淚，但眼淚卻像哽住一樣嗎？」

「什麼？」

這次換我語塞，我直視著她，她則看著天空上的漂來漂去的白球。

「那男人即將要行動了，克拉克要行動了。」

提娜的口吻突然變得歇斯底里，她的聲音縈繞在我腦中。我還來不及追問，身體便被強制拉扯著穿過許多雲霧及山巒疊嶂。第一次醒來發覺自己在人潮眾多的喧囂海灘上，熱氣從滾燙的沙子裡流竄上來。我還沒搞清楚狀況就又被拉到另一陣混亂中。第二次醒來則發覺自己深埋在皚皚白雪之中，那刺痛的冰冷刺激著肌膚，沉重的雪壓得令人喘不過氣。

最後一次醒來我看著我房間的天花板，我還驚魂未定地喘著，汗停不下來一滴一滴滑落到枕頭上。我起身看著窗外下著的雨。

「『克拉克要行動了』，什麼鬼啊。」我大喊，雖然沒人能聽到。

五、線索和探查局和地道

忽然下起滂沱大雨，弔詭的是城市沒有任何變化。

這絕對不是什麼好的預兆，這和我穿越到兩次撲簌迷離的未來裡頭所遭遇的處境雷同。我以為只是自己還沒睡醒，於是徘徊在大街上。時節正近跨年，有些店家連聖誕節的擺飾都還尚未收起，不時還能聽到聖誕鈴聲從音響流洩出來。路上行人們散發著一股喧鬧、歡騰的氣息，但我的心情卻與之相反，我正面臨著偌大且未知的危險，節日對我來說比裝飾還不如。

我又嘗試切換幾次視角，但依然沒有任何變化。巧妙轉動的轉盤陷入永遠的停滯，兩個世界間的聯繫被看不見的剪刀一斬而斷。能訴諸這件秘密的人不多，除了和這件事有直接關係的雷和艾莉絲外，再來就是席爾佛了。至於老大和小梓我決定三緘其口，畢竟我不想再徒增他們的危險，尤其每當我回想到小梓的遭遇，都不禁當時認為若有一步之差，或許就會導致無法挽回的後果，我必須阻止這種延伸性的悲劇。更何況小丑讓我看到的終局裡，「山腰雨點」甚至消失殆盡，我一想起這件事就感到如挖出心臟般的不快。我得盡快找到雷和艾莉絲，然而在刮起一陣強風暴雨的同時，這座城市卻乖巧得不像話。既然我看不到另一個視野應該意謂著我也見不到來自裂縫裡的她們吧，沒有意外的話。這樣只剩下席爾佛了，真不是什麼好人選。

我嘆了口氣，拿起手機確認時間，現在的時間是早上，在雷和席爾佛按門鈴之前。是時間被倒退了還是我們一開始就走進錯誤的時間呢？我仰望烏雲密佈的天空，半年後會有一隻大手從那裡頭竄出，超出思考範圍的超脫徵兆使得我開始認為自己無意識間混淆了夢與現實，也開始懷疑起我所知曉的一切。如果經歷過時間與空間的多次混亂，不管是誰都避免不了認知上的錯誤吧，能保持意識上的清醒就該感到萬幸了。

突然手機響起，我嚇了一跳差點讓手機摔落在地。我接起電話，另一頭富有磁性的男子說：

「嗨，學姊是我。」電話那頭的聲音是席爾佛。

我對於他持有我的號碼感到相當不悅地說：

「你怎麼有我的電話？」

「我和安學姊拿的。」席爾佛說。

「天哪，她一定會誤會。」

「這不重要，重要的是後來發生了什麼？我和雷後來被捲了出去，我醒來時，已經在車上了，時間甚至倒回了。」

此時我深吸了一口氣，也感受到滿滿的安定感。我在這世界唯一能聯繫、且和雨中城市有關聯的人物也確實有著和我相同的經歷。我把當時的狀況一五一十地告訴他，包括倖存家族的提娜及克拉克的計畫。電話另一頭突然沉默下來，席爾佛似乎陷入了長時間的思索。

「嘿，你要思考可以掛了電話再慢慢想，不要一直佔我線。」

「有關歷史的故事真的很值得咀嚼，好羨慕妳可以見證到這樣的場景。」

「別鬧了好嗎？根本弊大於利。」

「學姊，待會方便見面嗎？我收到了史帝的訊息。我無法主動聯繫他，我一直以來都是被動的收訊，且通常都不是什麼好事。」

我給了他我家附近一家咖啡店的地址，約好一個鐘頭後見面。我趁這段時間好好打理一下自己的思緒，順便走去超市買了些做義大利麵的材料及一些備用的蔬菜。回程經過一家不曾光顧過的咖啡用具店買了新鮮的咖啡豆子。最近太常泡咖啡使得我的豆子消耗得很快，或許也是因為總是在無意間動腦或用眼過度，使得我需要一點咖啡因來提振精神。往常我都是和熊老大偷渡一些他店裡的豆子，只是最近進店時滿腦子裡都塞滿了其他瑣事而忘得一乾二淨。

我回到房間簡單收拾了一下就出門。那家咖啡店其實我也很少造訪，我只知道似乎是附近熱門的打卡景點而已。由於是上班時間，店裡客人不多，我也很順利地找到位置坐下。沒多久，白色的本田CR-V現身，這是我第二次看到這台車，但以時間點來說卻是第一次。它緩緩地停進店旁空曠的停車場後，席爾佛打開車門撐起小傘下車。

「哪有男生遲到的道理？」我說。

「離約定的時間還有五分鐘，是學姊太早來了。」席爾佛懶洋洋地說。

「要喝什麼？」

「學姊請客嗎？」

「遲到的請不是嗎？」

「真是霸道……。」席爾佛無奈地拿起菜單。

點完餐後接著進入正題。

「所以史帝說了什麼？」我詢問道。

「城市產生劇變，連裂縫裡頭的人都搞不清楚發生什麼事。」他簡單扼要地說。

「連『夾縫』也是嗎？」

「這我不確定。」

「咦？算了，我原本也是要跟你說這件事，我看不見雨中的城市。不知道是我眼睛失靈還是城市基於某個因素無法現形。」

「後者機率比較大。」

「那果然和銀髮男子，克拉克有關聯吧？」我說。

「那強大的惡意似乎比我們想像的還要積極。」

「除了這件事，還有嗎？」

「妳得想辦法找到這座城市唯一的縫隙，那是可以讓妳前往裂縫裡世界的方法，他這麼說。」席爾佛接過服務生端來的冰咖啡喝了一口後說。

不愧是離峰時段，一杯冰咖啡簡直不需要片刻的時間便端了出來。

我思索片刻後說：「也就是說他認定現在的處境將會是延長戰線？」

「起碼在妳做出什麼改變前，兩座城市將不再有所勾纏。他還說如果妳對妳的直覺真的夠有信心的話，這點程度難不倒妳。」

「這是激將法嗎？」

「妳不是已經開眼了嗎？妳看得到夾縫的視野了。」

「你怎麼知道？」

「憑感覺。」

「憑感覺？」我重複一遍。「目前來說不大穩定。」

「至少還有一點希望。」席爾佛說。「只是要和那種傢伙作對我可一點辦法都沒有，毫無頭緒。」

我的熱可可終於也來了，洶湧的熱氣從馬克杯裡散出，如逃難的龐貝古城居民般。

「你認為，時間的回溯有什麼含義在嗎？」

「妳指的是必要性嗎？」

席爾佛以相當刻意的方式加強了必要性三個字的語氣。

「是啊，我們的時間是回溯了沒錯，然而小丑的呢？他也回溯了嗎？還是就這麼消失在如漩渦般的黑暗呢？」

「我可以肯定的是這不會造就永無止境的循環，雖然我沒什麼把握。」席爾佛靠著椅背，以沉穩的口吻說道。「如果回朔能力是小丑施放的話，那顯然我們第一次遭遇到的陷阱也是他幹的好事，因為『時間回朔』這個結果是相同的。然問題出在這裡，這真的是時間的倒退嗎？那個小丑有這種本事嗎？」

「你的意思是？」

「我的意思是會不會時間的錯亂本身只是我們在感官上的誤會，實際上我們並沒有走入正確的時間，而是走進錯誤的時間裡頭，所以當我們離開那個時間點後，才覺得時間本身是回朔的。但就根本性來說，我們只是關閉了另一個分支的時間之流而已。」

「這一點我很同意，我想跟我所質疑的點是一樣的。」但我必須說，我有點聽不懂席爾佛在說什麼。小丑曾說過他的能力是「空間仿造」，可能關聯性就在其中。

我輕輕吹著熱可可，希望它可以再稍微降溫一點。熱氣緩慢地飄逸到席爾佛面前。

「城市產生劇變，這是史帝所想要傳達的消息對吧？會不會其實背後的意義在於由真實構成的世界的成分正一點一滴改變呢？」我說。

「這並非不可能，只是我也沒辦法給出太多臆測，我們該思考的或許是該怎麼面對屬於我們的困境。」

「這倒是，光是第一層面的難題就夠折磨人了，必須盡快找到突破點。」

「妳打算怎麼做？說起來可容易，但要踏出第一步是相當艱難的吧？」

「是啊，因為我現在什麼都感覺不到。」

「從妳的口氣來推斷妳似乎挺悠哉的。」

「也只能這樣了，走一步算一步。」

「是嗎？我真希望妳已經想好對策了。」

「我倒是希望雷和艾莉絲拼了命、想方設法地在找我。」我說。

「但願如此。」席爾佛說。

但願如此，我想此時最深刻地這樣認為的人是我。店裡頭傳來一陣突然的笑聲，主婦們似乎在討論什麼八卦。外頭的雨點聲零零落落，雨勢忽大忽小，有時候雨重重地砸落在柏油路上，有時候則輕柔地撫摸著路樹。枯燥的沉悶感像空氣一樣飄過城市一角。裂縫裡的城市波紋如同死去的心電圖般毫無反應，細長而平穩。我和席爾佛有一搭沒一搭地聊著毫不重要的瑣事，顯然地，比起思考著裂縫裡惡意的目的，這樣輕鬆許多。

「然後呢？你有從你最喜歡的歷史中咀嚼出什麼重點嗎？」我問席爾佛。

「哎，我根本不在現場，無法有進一步的思維。我多麼希望自己能親眼見證歷史。提娜和康，在裂縫裡如偉人傳記般存在的角色，能和他們對話的妳，說不定已經距離核心很近了。」

街角的店舖紛紛拉起鐵門準備營業，從此起彼落的吆喝聲能感受到一點甦醒的氣息。黑雲離大樓樓頂好近，被雨水暈染而褪色的招牌被刻劃出一條一條髒骯的黑線。城市看似醒了卻好像還在沉睡，像個襁褓中的嬰兒似有似無地感受著微弱的呼吸。

「如果所謂的核心真的存在的話。」我嘆口氣說。

「現在得假設真的存在。」

我不發一語地思索著。

「那透明呢？妳之前很擔心的那件事。」席爾佛勾起我心中最不願回想起的麻煩事。

「我都快忘記了，雖然我不時會意識到我正面臨著透明化。」

「是否也意謂著這件事本身的耗弱呢？」

「我不知道。」

說完我沉默著。席爾佛彷彿正等著我繼續說似的，然而我什麼都說不出來。

「妳說過妳下午有課對吧？」席爾佛很識趣地接著說。

「我已經不想去了，現在沒那個心情。」我說。

「我覺得還是去一下比較好噢，脫離這座城市去大學附近確認看看狀況也不錯。」

或許正如席爾佛所說，我需要轉換心情一下，突破口往往藏在細節之處。我點點頭：「這倒是，不過你不用載我，照理說我喝的酒精在時間倒退的同時就相當於沒喝過了，我的胃裡應該只有熱可可。如果時間真的有倒退的話啦。」

「我也沒說要載學姊。我下午要翹課。」

「結果是你要翹課？」

「史帝另外有吩咐我一些事情要去處理。」

「什麼事？」我問道。

席爾佛搖頭說道：「這件事也沒辦法說。也不是刻意要隱瞞，只是妳沒必要分心在我這邊操作的事，我能透露的僅有我們也正扎實地準備一些能對抗那些傢伙的手段。」

「好吧，我也不想多過問了。」不知不覺裝滿熱可可的馬克杯也見底了。我起身準備離開。「我結帳吧。」

「學姊人真好。不過妳要在雨天騎車？」席爾佛歪著脖子以握住的拳頭撐著，胳臂則懶洋洋地擱置在桌上。

「那當然，又不是第一天。」我說完便去結了帳，為什麼這麼死要面子呢？當時的我也不清楚。

雨天騎車的視線真的很糟糕，幸好正值離峰時段，路上駛過的車稀稀落落。我經過了之前燈火輝煌的隧道，可惜現在只是正常且安靜的隧道，沒有餐廳也沒有祭典。到了學校附近的海岸也沒有任何值得期待的改變，這八年來我所經歷的怪奇事件難道都是如夢似幻？我譏諷地笑著，嘲笑著這樣想的自己。若真是如此我就真的該把自己送去精神科鑑定一下了，否定自己的感覺真不是滋味。我騎到海岸旁的空地，熄火後靜靜地看著那被呼嘯捲起的猛浪。海水竄來竄去實在像隻飢渴的獸，渴望吸吮著誰的血液，吞沒一切不屬於海上的東西。以往習慣透過賞海來療癒自己，如今卻變成不得不看海來排解那頑固不靈、最底層的抑鬱。如果我是艾莉絲，現在一定會拼了老命擋著風雨為自己點一根菸，她一定會這麼做。

地板發出了尖銳的聲音，仔細一聽好像誰在刻字。這天氣裡是沒有人像我如此瘋狂地在岸邊看海，而我周遭確實也沒有人。我凝視著那地板上自動刻出的痕跡。

「見鬼了。」我不經意脫口而出。

那一字一句彷彿是什麼聯絡手段，剎那間我無法理解眼前發生的神光陸離的場景。就不能來點我會的嗎？不穩定的時間支離破碎，而同樣不穩定的海浪也正以粉碎的姿態確實地沖刷著岸邊的浮岩。像在玩找碴遊戲似的，空無一人的空曠地面竟然被深深刻著幾個我從沒看過卻能讀懂的字：「Park」

我也不清楚為什麼這些字會讀成英文的Park，總之這樣的感覺被迫性地流入腦海裡，自然而然地構成單字和含義。Park是指這裡嗎？我疑惑地看著這些字。潦草的字跡停頓一段時間後就沒有任何動靜，這是什麼異端的解謎嗎？時光彷彿倒退到中古世紀的獵巫狂熱，一字一句的傳遞都得格外謹慎以防內賊及外敵。我挑了一塊可以刻字的石頭，在Park的字旁刻下「Where?」。我刻的是英文，因為我不太懂要怎麼構築出那奇怪的文字。只是不禁好奇，我這樣做真的會得到回覆嗎？各種問題仍揮之不去，雨狂放地捲著，駭浪持續吞沒著稀少的空氣，暗處看得出不少漩渦的痕跡。我小心翼翼地踏著步伐，等候著可能不會出現的答覆。然而字很快地從粗糙的地面劃開，一道一道使勁力氣刻出：「University」

宇宙？宇宙的停車場？才怪，我想我是懂了。我踩發檔車奔駛到不遠的大學，即使多麼想遠離學校，繞了一大圈終究還是踏了回來，這感覺真令人毛燥不已。一路上的風雨真的像抓狂的獅子般不受控，印象中確實有句英國俗諺這麼說過，雖然距離三月還久就是了。擺脫了咆哮的風雨後我在學校停車場停了下來，或者說不得不停下來。前方聚集了不少人圍觀，人人皆抬起頭無不啞口無言地張望著什麼令人吃驚的魔術似的。當我輕輕抬頭仰望那神秘、具神秘色彩的現象時確實也目瞪口呆，校區宿舍的大樓側面一整塊面積被狠狠地刻上了幾個數字。

圍觀的人群討論著那毫無頭緒的數字。「我昨天離開學校前明明沒有這些字啊？」、「我早上起床也沒看到，自從下雨後才看到。」幾名住宿生說。「到底誰能在這麼短的時間內作這種事？」看來連到場查看的資深警衛也感到頭疼。斗大的（63,127,55）等數字或許會成為本校雨中的十大不可思議事件也說不一定。確實一般人是做不到在短時間內於這麼大片的牆壁上刻字且不被任何人發現。除非犯人本身就無法被觀測到，也就是所謂不存在於我們這一端的人，這麼說來就簡單多了。只是那疑似座標的數字有什麼深埋在裡頭的秘密呢？沒有任何線索或是痕跡嗎？

正當我費盡心力苦思的同時，腳邊有什麼抖動的聲音。我瞥看一眼發現又有字正在被刻出：「3rd」第三種視野？以多維空間來說於夾縫中的某個位置嗎，這題太難了吧？我停好車後往宿舍的方向撐傘走去，但發現其實我早就濕成一片，索性戴上連帽外套的帽子、拉緊帽沿的伸縮束帶，不讓一絲空氣流入，雖然寒風依然很刺骨。

我在腦中反覆咀嚼著（63,127,55）該從哪裡開始算起呢？座標總要有個基準，沒有基準這些數字都喪失意義。我切換眼中的視線。

首先是只有在雨天才能看見的裂縫裡城市的視野，但沒有任何變化從眼裡浮起。

再來是第三種視野，夾縫裡的空間。當我切換到這個較新的頻道後，幾條綠色的線在眼前晃來晃去，然後混在一起使得整個眼睛看見的都是綠色的畫面，就像是手機內建相機的濾鏡一樣。調和、溫暖的綠色讓雨天多了另一個不同的味道。但城市依然沒有任何變化，（63,127,55）仍如時鐘般被掛在宿舍的牆壁上。一旁的龜裂痕跡持續往外擴散，剝落的油漆碎片被風雨吹飛。果然我的第三種視野的眼睛還不夠穩定，還沒辦法準確頗析這組座標。

我仔細地確認周遭還有沒有刻字，然而什麼都沒有。我走回停車場重新思考，第一個線索是「Park」，第二個線索是「University」，不過那是針對我的提問所給出的答覆，所以真正的第二個線索應該就是「3rd」。將停車場看到的座標運用在第三視野，這是我所做出的推斷，但還有些瑕疵。問題的癥結點似乎現形卻又這麼被卡住了。至少，從學校宿舍的奇異現象可以證明我推測的方向應該還是正確的。今天的雨猛烈地下著，但在我看來卻是不再流動、受到影響而停滯的某種固化的東西。

最開始的線索是否也意謂著是最初的開端，那會不會停車場就是起點呢？

當我一這麼想時第三視野產生了些微的變化。風雨捲起停車場的細細粉塵。眼前許多凌亂的數字快速跳動著，當我一往前，地上便有系統性地浮起座標數字（1,1,1），看來答案揭曉。我雀躍地隨著那跳耀數字的改變也一同修正方向，每一步踏起都有許多的粉塵碎屑揚起。但不論怎麼走都只有前兩個數字在跳，第三個代表高度的z軸座標又該怎麼辦呢？腦海一這麼想便發覺我只要一抬起腿就好像能踩住什麼往上移動著，像是行走在天空。對，又是這種隨著我腦中思考而改變現實軌跡的感覺。總之我很順利地抵達（63,127,55）。停下腳步往下俯視，擁擠不堪的數字仍佔據視野的一環。我再次切換回原本的視野（也沒有意識到會不會在回歸城市的那一刻從高空自由落體，雖然55這個高度應該也只是一到二樓的距離吧？但一想到還是覺得很痛耶），回來屬於我的城市。

不過，這裡不是「原本的那端」。周遭是一片幽靜的黑、冰冷的黑。視野所及之處只有幾道蠟燭的火光照映著，異樣而不諧和的氣氛。我的直覺告訴我，我唯一清楚的一件事便是我並不清楚這裡是哪裡。

「剛才那個踩在空中的感覺真是詭異極了。」我發了點小牢騷。

「第三種視野是構築在空間性質的調整下，所以這是很正常的事。不代表妳有心想事成的能力。」

「真可惜。不過你給的線索真是有夠差勁的，雷。」

我背後那隻橘色的米克斯矮靴貓這樣說：

「一半是艾莉絲的點子。」

「嗨，心，真是好久不見。」艾莉絲手拿著燭台向我打了聲招呼。

「沒有很久吧，不過我對我現在的時間概念也沒什麼把握就是。」我說。

「今天的事我很抱歉，稱作『今天』沒問題吧？因為我的行動受限，只有雷能穿梭到妳們那邊。」

「正確來說是被丟擲到那邊。」雷糾正艾莉絲。

「別在意，我想惡意肯定也下足了工夫。」我安慰她說。

「心真是善解人意，不像某隻貓，成事不足、敗事有餘。」艾莉絲說。

「妳說什麼？」雷的毛瞬間豎起來。

「這也是史帝的安排嗎？」我對著站在她們後方的銀髮刺蝟頭——席爾佛說。
「這就是我所說的『對抗手段』。」席爾佛聳肩說道。
「原來如此，看來史帝早早就預料到對方的行動了。」
「現在我們所處的裂縫裡沒辦法直接從外部闖入，因此我們借助了夾縫裡的同志的力量，再透過他在裂縫外的代理人——這位銀髮帥哥，安插了能讓妳通過的特殊通道，也就是那個多維空間。但因為我們要避免被銀髮男子察覺到，所以只能透過座標這種隱晦的方式。話說心已經知道『克拉克』這個名字了對吧？」艾莉絲問。
「對，他的手下——小丑告訴我的。」我說。
「他的名字真的不重要，克拉克或是銀髮男子，反正只要懂就好。」艾莉絲說。
「總之方法是成立了，但實在不知道該怎麼讓學姊意識到。而我因為被告知要在座標裡安裝裝置，也沒辦法分心提供學姊資訊。」席爾佛說。
「所以就決定採取這種很新穎的線索解謎方式。」雷說。
「線索嗎？我沒被嚇死真的是萬幸。一般人看到地板上突然被刻字，早就嚇得驚慌失措了吧。」
「我就說是艾莉絲的點子。」雷說。
「你剛才是說一半吧？況且提議要用那種文字的不是你嗎，混帳。」艾莉絲破口大罵。
「這種小事就別在意了吧。幸好心沒白當雨探，整天都夾雜在這些差異性之間，很快便理出頭緒了。」雷說。
「但這個字是怎麼刻的？為什麼我能讀懂？況且你們不是被限制住了嗎？」

「這種字體其實毫無意義，只是一種噱頭。事實上含義都被我濃縮進去而已，探查局很常使用這種手段。」雷解釋。

「噱頭？」我在腦中思索著這種噱頭的神秘色彩。

「雷似乎有剩下的一點靈魂般的殘渣在我們的城市裡，所以能偷偷地以某種無法被觀測的狀態在我們這端。上次只有牠能穿梭可能也是這個原因。」席爾佛也補充說明。

「怎麼說的好像是某種地縛靈般的存在？」雷不滿地咕噥。

「靈魂般的殘渣？那到底是什麼呢？」疑惑已經堆得滿山高。

「我想和迪亞脫不了關係吧，那個男人或許在不知不覺間，對我產生了一些影響。史帝是這樣告訴你的對嗎？席爾佛。」

席爾佛以無法理解的表情回覆雷。

「我想史帝很清楚我的事吧？」雷說。

他仍然沒有應答。

「史帝為什麼會清楚雷的事？史帝到底是誰？」

「我也很好奇，知道我這件事的人不多。」雷撫摸著下巴說道。

席爾佛見狀嘆了口氣，坦然地說：

「希望你們有朝一日能和他相見歡。」

「這樣看來雷和席爾佛也隱藏了許多秘密。」艾莉絲擺出興趣濃厚的臉說道。

「沒有那種東西。」雷說。

「我也沒有。」席爾佛說。

我無奈地瞥向艾莉絲，她則一臉看著蠢蛋兄弟的臉似的對我輕笑。

「好吧，你們都對，都沒有。但拋開史帝的指令，其實你大可不必冒險前來的。」我對席爾佛說。

「別這麼說。明明知道另一端正上演著自己此生可能無法再看到的光景，我怎麼可能坐以待斃。」席爾佛說，不知道是得意還是期待的表情在黑暗中的微弱燈光下若隱若現。

我想我把對小梓的煩憂也套用在席爾佛身上了，縱使他顯然具有不同於凡人的特質。

「史帝和我們是同一陣線的嗎？」我問。

「基本上是，因為克拉克危害的是三個空間的人，沒人能倖免。夾縫沒想像中的安全，那些逃離兩端的人更是畏懼著災害的源頭。」

「逃離兩端。」我習慣性的複誦。「難道1號先生也是逃離到那裡去的嗎？」

「心。」雷的口氣有點沉重。「我知道妳難免會有這些想法，但現在不是去煩惱這件事情的時候。」

「抱歉，你說得對。不該煩惱、不該煩惱。對了，這麼一說，我到現在還不知道這裡是哪。」我摸著抽痛的太陽穴說道。

「聯邦歪斜探查局。」艾莉絲說。「還是給你說明好了，雷。」

「我們現在所處的位置在探查局地下的監獄裡。我想妳或多或少有稍微感受到這壓抑的氣氛。」

糟糕，其實沒有。我在心裡想著沒有說出來。

「這是當然的，這裡死過不少人呀。也因此這裡應該是最安全的，因為平常沒什麼人願意來到怨氣這麼重的地方。為什麼我會強調安全性呢？自然是因為我先前提過的，探查局裡有克拉克安排的人在。

我和局長可頭痛著呢，正是那些他安排的人醞釀著內亂，創造出麻煩的對立關係。這件事讓我們抽不出時間管轄縫隙之間的安寧，導致兩者間的平衡正在崩壞。這件事可是長達六年之久。」雷說。

「是我作為實習雨探的時間。」我說。

「所以當時迪亞才需要妳的幫忙。」艾莉絲有感悟地說。

「這樣確實說得通。」

地下潮溼的味道竄進鼻子裡，那嗆鼻的刺激性聞久了確實挺難受。

「我們現在的首要目標是要抓出那些人嗎？」席爾佛問雷。雷則說道：

「能不能將內鬼繩之以法是一回事，但起碼我要掌握到他們手上握有的資訊並順勢讓他們深信我所釋放的假訊息。」

席爾佛嘆了一聲氣說：「也就是看似是一面倒的資訊外流，但其實是刻意營造出的資訊不對等的優勢。」

「不太懂。」我說。

「簡單來說就是混淆敵人，說得這麼饒口幹嘛？不過我們做得到嗎？目前人手應該不大足夠吧。」

「別忘了這裡是我的主場，我本來就有安插一些人去滲透那股勢力。」雷說。

「但說不定你相信的人也有點問題。」艾莉絲質疑著。

艾莉絲手抱胸說。

「這可能性我確實不能否認。」

「沒關係，由我們幾個去負責主要的部分吧。」我說。「我想我在你們這邊應該算挺有聲望的吧？」

「那當然，今天正是要靠妳的聲望讓我們執行計畫的。」

「咦？」

「這也是我們此行首要達成的任務，讓妳參加名義上的頒獎典禮。趁大家注意力放在妳身上時，讓席爾佛和艾莉絲背地去打聽些消息，並且適時地釋放錯誤資訊。」

「不對啊，你剛才不是才提及探查局內部有狀況？還有閒暇時間搞什麼鬼頒獎嗎？」

雷清了清喉嚨說：「所謂的內亂並非指表面上，而是檯面下的勾心鬥角。公開活動確實充其量只是維繫住這虛情假意之繩的手段而已，但對我的計畫來說便足矣。」

「原來如此。」席爾佛看似心領神會地點頭如搗蒜。

「能這麼順利嗎？我和席爾佛一看便知道是外人吧？」艾莉絲說。

「放心吧，探查局很大，什麼樣的人都有，不會有人懷疑陌生人。即使在業務上有合作，也可能沒打過照面。我會幫你們準備假證件，就魚目混珠來說，妳們具有最大的優勢。」

「該高興嗎？」艾莉絲問我。

「我覺得妳們該加油。」我沒力地握拳以示打氣。

「我待會會介紹局長給妳們認識，局長毫無疑問是我們的夥伴。」雷胸有成竹地說。

「毫無疑問？為什麼？」艾莉絲狐疑地說。

「因為牠是我的堂哥。」

我們離開溼氣以及陰氣重重的地下。沿路關著罪犯的牢房被死寂包圍，或許是因為這裡距離死亡相當近。沒有任何聲音，能聽見的只有我心臟相當浩大且鼓譟的跳動聲。空氣簡直可以殺死人。身體裡的水似乎正趁著乾渴而從皮膚流出，被那震懾的氣息嚇下，恐懼也益發壯大。當真正離開地下監獄而邁入閃爍光明的同時我才真正放下心來，像洩了氣的氣球吐出口氣。所有的神經在不久前彷彿都交纏在一起，無法解開，連呼吸都不大順暢似的，我拭去額頭上的汗水。眼前的難題才正要開始。我們鎮靜地走到Y字路口，有一隻穿著灰西裝、相當體面且莊嚴的黑貓正站在中央看著我們。凜然的雙眼直視我，牠所看見的視野似乎比我們來得還要遙遠。

「這位就是局長，也就是我堂哥，黑。」雷介紹著。

「雷，這裡是工作場合，我就是局長，不需要強調我們間的關係，你這樣只會讓人覺得我們間被某種見不得人的利益左右。」局長黑正經地說。

雷的堂哥不意外是隻貓，而且是隻具威嚴感的壯碩黑貓（我不確定壯碩的貓應該是什麼樣的身材，但我覺得牠很符合）。牠的左眼似乎受過嚴重的刀傷，一道寬大的疤痕橫跨過牠閉上的左眼，導致牠成了獨眼龍。真好奇是什麼原因。

「這隻眼睛正是被銀髮男子，也就是克拉克弄瞎的。」如同猜透我心思似的，黑這麼介紹著。「我是黑，探查局的局長，我大概都知道妳們的來頭了。妳們的資訊都好好地收納在探查局的檔案室裡。」

「你說妳們，也包括我嗎？」艾莉絲問。

「這當然，迪亞曾經的夥伴，現在則和雨探——心有著僱傭關係。」

「酷唷。」艾莉絲以輕浮的口氣說。

「妳就是心沒錯吧？久仰大名。」黑禮貌性的和我握手，我能感受到牠掌心上溫熱的肉球。「多虧了妳還有迪亞，這些年我們確實輕鬆了一點。」

我盡可能露出誠懇的微笑，但顯然有點僵硬，從艾莉絲的眼神有這樣的意味傳了過來。

「我們在多年前便把克拉克視為兇惡罪犯通緝著。他活過了千年的歲月，卻直到近幾年才慢慢於深黑裡頭的水浮起，以極具恐懼的姿態威脅著裂縫。他首先迫使其家族子孫們得選邊站，再透過他們進行犯罪。」

我看向艾莉絲，她回以我一個微笑。

黑停頓了一下，接續著說：「他具有高超的智慧，擅於躲藏也了解如何滲透情報單位，得取自己想要的資訊。更重要的是蘊藏千年的強大力量讓他無所畏懼。我們的追捕行動屢屢以失敗收場，就像妳所看到的，我甚至失去了眼睛。」黑指著自己左眼上的傷痕。

傷痕以一個能密切聯繫的關鍵要素似的在我腦海浮現。克拉克的眼睛、艾莉絲的額頭、席爾佛的眼睛一直到黑的眼睛，都有一道傷痕存在。

「聽起來是個沒弱點的人。」我說。

「聽起來。」黑強調。「但其實他有一個致命弱點。」

「有這種東西嗎？」艾莉絲以不帶表情、義務性的口吻詢問。

「妳不是很清楚嗎？」雷說。

艾莉絲此時露出微笑，一句話都不說。

「當然有，他是個活了千年的人類，一般人是沒辦法的，這也就意謂著他在他的肉體以及靈魂上植入了某些延續機能的程序。對吧，艾莉絲。」黑把話題拋向艾莉絲回擊。艾莉絲仍維持著意義不明的笑容。黑沒什麼反應地繼續說：「克拉克為了讓肉體能長時間的活動而冷凍他一部分的身體，平常僅以最微小部分的身體現身，透過堅強的靈魂一樣能展現出力量還有令人恐懼的氣場。換句話說，他相當寶貝他的肉體。」

「只要能找到他隱藏起來的身體並破壞掉就有機會嗎？」席爾佛說。

「不，這也沒辦法，光身體還不夠。」

「那克拉克的弱點到底是什麼？」我問。

「他的心臟。」黑輕輕敲擊著自己的胸口。「他是個多疑的男人，深怕自己的肉體遲早會被毀滅，所以把心臟也分隔了出來。只要有心臟，他便能持續維繫著永生。當然，和前述相同，一般人是做不到的，但他的能力讓他能分離出自己的器官以避險，那同時也是他的力量泉源。」

「照你這麼說，他應該很謹慎地掩藏著他的心臟吧？我們該怎麼找出來呢？」我問。

「我們一直都知道他把心臟藏在城堡裡。」雷補充道。

「是的，關鍵的城堡。」黑把每一字都加重語氣，使得城堡這個字眼在我平靜的心湖泛起漣漪。

「城堡……等一下，難道是？」我覺得快聯想到什麼似地大喊。

「沒錯，正是艾莉絲和迪亞曾去過的那座夾縫裡的城堡。」雷說。

「你當時沒跟我說過這件事。」我不滿地對雷抱怨。

「事情總是要循序漸進，那個時候告訴妳還太早。」

「艾莉絲也是，妳也沒告訴我吧？」

「咦？我沒有嗎？我有吧？還是沒有嗎？」艾莉絲邊自忖著邊咕噥道。

她絕對是在裝傻。

「事實上，當時委託迪亞的正是我。」黑說。

「心臟的位置也是由艾莉絲她們確鑿的。」雷補充。

「等一下，我整理一下。黑委託1號先生緝捕克拉克，雷介紹艾莉絲給1號先生，而他們鎖定了心臟的位置並且闖入城堡，只是結果任務失敗了。」

「畢竟迪亞的身手放在探查局裡頭仍是數一數二。」雷說。

「複雜得令人頭痛。總之弱點這件事搞定了，對吧？」

「不，我們還忽視著一點。」雷說。

「如何前往城堡對嗎？」席爾佛問。

「是的，在九年前的事件後，城堡便被隱藏起來，雖然能偵測到位置，但我們找不到前往城堡的入口，那不是隨意就能抵達的空間。這樣一切便是白搭。」黑以毫無抑揚頓挫的口吻回應。

「所以你們掌握到什麼線索了嗎？」我問。

「算是吧，線索正來自妳捕抓到的男人，也就是辛席。」黑說。

「等等，這情報牢靠嗎？」我質問雷。

「說實在的我也沒什麼把握，所以想仰賴雨探的直覺和他對峙看看。」

「你們是認真的嗎？」艾莉絲不可置信地看向我又看向雷。

「放心，他四肢都被銬上鐵鍊什麼都做不了。」黑十分肯定地說。

「我的天。」艾莉絲撥開瀏海，露出她的傷痕。

「艾莉絲，讓我試試吧。」我說。「反正我也有事情想問他看看。」
雷有些猶豫後說：
「妳自己小心點。我接下來要帶艾莉絲和席爾佛去處理一些程序。黑在之後會帶妳去休息室準備典禮上台。妳要謹言慎行，並留意周遭。」
「沒問題。」我說。
「學姊，祝妳順利。」席爾佛十分慵懶地說。
艾莉絲用一雙我不太能理解、意味深長的眼神直盯著我。
「妳們也小心點，還有，不要再隱瞞我什麼了。」我賭氣地說。
「沒問題。」艾莉絲這才回我一個嫣然一笑。

我和黑並肩走在無限延伸到前方看不見盡頭的昏暗走廊。黑是隻連走路都相當端正的貓，不愧是能做局長的貓，不論是行為或心靈都相當強大的樣子，相比之下雷簡直是徹底相反的模子。原以為見不了底的甬道在通過閃爍著螢光色LED燈的房間後也到了尾端，緊接著左轉迎接我們的是往上的階梯。黑暗中我們踏上石階梯的腳步聲此起彼落地碰撞在一起，雖然黑的腳步聲要小了我許多。
「真是可靠的夥伴。」黑說。
「是嗎？」
「比起我們這邊亂糟糟的狀況，是的。」
話題很快便終結，被黑暗一口吞下。

步上下一層樓後我們又往右轉，圖案複雜的水泥地板就像是隱藏了什麼印記似的神秘而靜謐。走到底左轉有一座不起眼的電梯，黑按了「下」的按鍵，電梯沒多久就應聲緩慢地打開，我們走進電梯，黑沒有於第一時間按下樓層，而是拿出鑰匙打開樓層按鍵下方的蓋子，蓋子裡有凹槽，凹槽裡頭還設有幾個樓層按鍵，黑按下其一個「B15」的樓層按鍵。從圖書館的電梯到探查局的電梯，看來裂縫裡的電梯結構有著連續性的不諧和感，總是讓我突破三觀。

「B15？有這麼底部的樓層嗎？」

「一般職員是到達不了的，可以說是探查局的機密。辛席那狡猾的傢伙就被關在裡面。」

電梯以極快的速度往下運行，就像是突破大氣層飛到宇宙的獵鷹九號分離熄火的第一節火箭，直直地、流暢地墜落。現在就是這種狀態，我有點不適應。停止運行不久，電梯門開啟，黑領著我走進黑暗之中。一片漆黑中我根本看不到黑及我半身的身影，只有牠不時閃爍的眼睛和相當微弱的腳步聲，我只能憑藉這兩個渺小的要素跟著牠。我聽到了手沿著牆壁觸摸著什麼的聲音，「喀嚓」一聲視野明亮了起來。我停下腳步，原來黑在尋找著燈的開關。

「前面那邊有兩名警探看守的門就是押著他的地方，我去處理一些程序。」黑說完就走向那兩名警探，他們一見到黑立刻打直身體行舉手禮。黑進去那間沾染著詫異氣息的房間大約十分鐘，當牠一出來後就對我揮手示意我過去。

「接下來妳得小心點問出他真實的想法，別被他給欺騙了，這個人不斷地裝瘋賣傻，令人搞不太懂他的目的。」

「我知道，我會小心的。」

我打開那沉重的鐵門，走進那狹窄卻明亮的房間，說是牢籠反而給人一種太過於潔白的印象。電視劇裡的監獄鐵欄貨真價實地出現在我眼前，鐵欄裡的空間還比鐵欄外大了不少。我沉默地看著裡頭坐著的辛席，他已經沒有當時容貌端正的紳士模樣，如今頭髮亂成一團、骯髒的鬍子打結在一塊，令人不勝唏噓。唯一不變的或許是他皺皺的羊毛西裝。

「真是叫人懷念的氣息。」他開口說。

「希望你不要恨我，畢竟是你威脅到我。」

「我當然不會恨妳，怎麼會呢？我只不過是挑戰妳然後失敗了而已。」

「你恃勇輕敵了嗎？」我直截了當地問。

「或許吧，但一切是有意義的。透過我的眼，克拉克將更加理解妳，也才能進一步地粉碎妳。」他的眼睛完全沒看向我。

「小丑也是嗎？」我問。

「你是指克勞德嗎？他當然也是。他是我相當疼愛的親戚，他更懂得如何成為這世界偉大的犧牲。」

我皺眉看著辛席，他彷彿讀透了我的心思，微微地抬起頭看向我，露出令人打寒顫的笑容說道：

「妳是來打探關於城堡的連結入口的對吧？看來探查局很信任妳。」

「心這種東西為什麼能獨立出來？」

「為什麼不能呢。」

「因為獨立出來的話他本人又該如何活著呢？」

辛席露出牙齒燦笑。「有沒有心跟生命的維繫真的有關係嗎？」

「這不是明擺著的嗎？」

「不，顯然是沒關聯的，只要靈魂還在，這點程度不算什麼。妳應該知道我們都是倖存家族的後代吧？我們擁有一些他人沒有的心靈。然而克拉克更加特別，他具有與生俱來的天賦及特殊性質的空間及時間掌握能力。他讓自己的身體誤以為心臟還在體內，但事實上卻被妥當地收藏在城堡某一處。他能夠欺瞞自己的肉體同時，不斷創造出有利於他自己的世界。擁有這樣能力的男人為什麼不該跟隨他呢？這也是為什麼現在局裡鬧哄哄的關係，因為很多警探都被他那無比強大的力量給深深吸引。這跨越了敵我的關係是多麼美妙且療癒。」

「沒有了心，單只是靈魂，還會有情緒嗎？」

「思考不需要心，那只是你們擅自將所謂的心賦予重大功能的誤會罷了，心就只是讓人類能持續活著所仰賴的器官而已。是大腦在思考、在感受情緒、在同情、還有愛人的，但我們都不需要這些，我們積極地創造出超越三個空間的第四個空間，不是裂縫裡外也不是夾縫，而是擺脫這些舊有思維的嶄新世界。妳所看見的事實就是這麼脆弱不堪。」

「你說的很對，我所見證到的視野還太少、太狹隘了。但我的方向永遠不會錯，我不會迷路，我只會筆直朝向那正確的一隅。」

「是嗎？那太有趣了。我很喜歡妳們雨探。因為妳們總是無條件地接受這些超出自己思想極限的事物並維繫、守護著，縱使妳們根本一無所知。」辛席卻一副看著無趣事物的臉孔。

我沉默著，直視著辛席骨碌碌轉動著的雙眼，他一下撇過頭、一下將頭用力往後晃，看著天花板，完全不理解他想要表達什麼。「這個人不斷地裝瘋賣傻。」黑是這麼說，確實應驗著。但他給我一種正在卸下面具的形式感，有什麼要發生的感覺正油然而生。

接下來這一幕讓我大大深吸一口氣，辛席突然右手抬起將食指還有中指插進右眼裡，沒有任何徵兆，猛烈地將眼珠扯下來，鮮血直濺出。我大叫一聲。理論上黑或警探聽到我的聲音應該會奪門而入，然而外頭沒有任何動靜，因為一切都如夢似幻般地恢復原狀。我剛才的喊聲如同既視感般被靜謐吞沒，地板沒有鮮血的痕跡，剛才的舉動簡直不曾發生似的詭譎。

「沒有人是全知全能。」辛席汗流浹背地說。他的眼睛沒有傷口，依然正常、沒有缺一顆，但卻不像在運作著。要形容的話或許義眼是相當貼切的詞彙。「克拉克透過我們的眼睛監視著一切，萬事都在他的掌握中，這才是最可怕的。」

「現在的你是誰？」

「我就是辛席，這一點不曾改變。我偶爾也想喘口氣，不想被緊迫盯人的視線遙控著，很難受。」

「你想告訴我什麼，對嗎？」我直搗核心，我想他並沒有這麼多時間。

「所以我才說很喜歡雨探，妳們的直覺就彷彿一條敏銳的蛇，伺機探索著。現階段的我能做的事情並不多，我會告訴妳怎麼前往『城堡』。」

「我又該怎麼相信你呢？」我問。

「很快地妳便會知道妳並沒有選擇權。暴風來襲時，僅有一條甬道能讓妳們突破。」辛席喘著說。

「你為什麼要幫我們？」

「我這樣問好了，妳又為什麼認定探查局就是正義呢？」

「我不曉得，因為我，」

「因為妳沒有得選擇對吧？」辛席打斷我，歪著頭看向我，沒有任何表情。

我不予理會。他說的是對的，我打從一開始的立場就是固定且不變的——被動性地接受。

「我們現在探討的是天生的黨派問題。我也是因為血緣關係，打從出生起就是混沌中的棋子，沒有選擇權，任克拉克操弄。我是個討厭既有模式的人，所以感到有點厭倦。當然像我這種人是少數，我現在跟妳的對談便是在賭命妳知道嗎？一旦克拉克注意到跟我的聯繫斷了之後，我想我就一命嗚呼了，對他來說，我們便如同強褓般脆弱，隔空殺死我們易如反掌。這就是所謂的『血緣』。」

「告訴我入口的位置對你有什麼好處嗎？」

「我想是有的，我希望能好好見證你們極力打破歷史及詛咒的瞬間。克拉克是活生生的詛咒，同時也是歷史，能不能讓這惡性循環畫下句點，就端看妳們的努力了。我只是個看戲的，不帶有任何評論。」

「我可不認為你這麼說就能撇清你的模糊地帶。」

「我怎麼樣也和你無關吧？這是我的決定呀，是生是死操之在己，至少我下過決定便足矣。」

我感受不到自己是否有在思考，眼前的男人所道出的真實性我是否能夠接受呢？猶疑的眼神似乎也被辛席掌握個正著。

「我沒什麼時間了。我已經透過其他同志將連結入口的位置資訊傳遞給妳的同伴了，只是他們願不願意相信就得由妳來說服了。我有事先託付一個男人協助你們，他也是當年『歷史』的家族後裔，至少就目的性來說，妳們是可以和他聯手的。」

「你瘋了嗎？還是裝瘋賣傻？」我不禁這樣詢問。不久前他還是綁架小梓的犯人，我又該怎麼信任他所說的話語呢？黑也有告訴我：別被他給欺騙了。

「我現在清醒無比呢，雨採小姐。你相當清楚我說的是真的。我再告訴妳一個消息好了，妳們早就中計了，有一雙克拉克的眼睛連結著的視線正監視著妳，妳必須要找出來，除掉那個威脅，否則一切便是白搭。」

「你瘋了嗎？還是裝瘋賣傻？」我慎重起見再問了一次。

「我瘋了。」這次辛席乾脆地說。

「我祝福你。」我說。「我感覺無法再繼續和你對話。」

「這是正確的，正如我所述，我快沒什麼時間了，同樣的妳也是，還是別浪費時間在我身上吧。」

辛席依然毫無表情，但口吻中藏著一絲不確定性的黑暗。

我打開門走了出去後就關上那沉沉的門。

「如何？」回程黑壓低聲音問我。

「我不知道。」

我把剛才和辛席的對話一五一十地告知黑。黑的表情變得十分沉重，沿路都在思索著。

「跟他說話心情真差。」我忍不住抱怨。

「沒關係，我也一樣。我每次進去都想燒了他那件看了就讓人生厭的皺西裝。」

我們搭電梯回到剛才的樓層，隨後走向另一個方位的向上階梯。探查局裡每一層樓的格局都不一致，呈現出對比或相反的構造。油漆的配色也別有心裁，主體的漆以白色為主，但也有以綠色、黃色點綴的樓層。這樣確實具有混淆敵人的效果，但會不會也一併迷惑到自己人呢？

「待會帶妳去休息室。內部的人都知道妳是誰。因此就像雷說的，妳要謹慎些，雖然我不想承認但實在沒辦法，局裡有內鬼。」

「我知道。」我說。同時也想起辛席的話。

「關於妳提及的辛席說的話，我認為妳可以先擱置在一旁，不過我不能直接認定他所說的都是虛假的，這部分我語帶保留。」

「我知道。」我只說得出這句毫無責任感的話。

走上階梯，一道凝聚的白光刺眼得讓人有些不適地以手遮蓋住。適應後，才發現這裡明亮且寬敞許多，鬱悶的心情於是一掃而空。我意識到自己過分地習慣黑暗。黑帶我到一間潔白的房間，剛刷好的油漆味還殘留著，飄散在空氣裡。裡頭有幾個站得直挺挺的職員熱切歡迎著我，我想應該算熱切吧。

「這邊交給妳了。」黑向一位女性職員說完便關上門離去。我不確定牠是對我說還是對她說，但我沒什麼好被交付的，所以應該是她吧。

「妳好，我是黑局長的秘書，坦。」綁著馬尾的女性職員自我介紹著。

「我是心。」我說。

「我們都知道，妳超有名。」坦後面一位嗓門較大的捲髮男性職員走向我興奮地說道。「我超愛雨探，可惜許多年沒聽到迪亞的消息，我可是他的粉絲。妳知道什麼小道消息嗎？啊，別誤會噢，我也很欣賞妳。」

「你這樣說誰都會誤會。」另一名留著三分頭的男性職員把他架住，不讓他靠近我。

「抱歉，不要理他，他總是這副德性。」坦說。「我們是這次被委任接待妳的負責人，很感謝妳在如此動盪的時間點願意參加典禮。在活動正式開始之前請在這裡好好休息，有什麼問題都可以提問。」

「歡迎問我到底喜歡雨探的哪裡，好嗎？」

那名激動的職員接下來被女秘書拿了張紙硬塞進嘴巴裡。

「需要來點咖啡嗎？」那名叫沉穩的男性職員說道。「忘了自我介紹，我是修。那個瘋子是克敏。」

「嗚嗚嗚嗚。」被塞進紙張的男子似乎想說些什麼。

「好，麻煩了。」我說。修聽到後便離開休息室。

我撇過頭和坦對視，一時之間我有點緊張。

「雨探是什麼樣的職業？」坦似乎想緩解我的情緒，拉了張椅子到我面前並示意我坐下，自己也拉了張椅子過來。

克敏終於把嘴裡的紙張拿了出來說：

「坦，別這樣對我啦，我不會再那麼激動了。」

「拜託你安靜點就好。」坦說道。「心，和我聊聊妳的事吧，我們很想知道。」

我思考一下說：

「其實雨探不太能說是職業，對我來說是一種離不開自己的一種身份。被賦予的義務嗎？總之我確實無法拒絕這些亂象，久了也就無法坐視不管了，像強迫症那樣，不論是生理或是心理方面。」

「太帥了。」克敏呆愣地說。

「這我不否認，妳確實有那種氣概。有什麼有趣的實例嗎？」

「比方說，」我抱胸回想了一下。「曾有一群人打算從裂縫裡的禁止區域穿梭到我們這頭來，那一次挺驚險的。還有一些人會魚目混珠，隱身在人群裡頭悄悄地改變我們這端的氣場，還是街道組成的成分？我那時候不太清楚雷的意思。」

「簡單來講就是逃犯以及逞兇的集團打算偷偷修改你們那邊的屬性，好讓自己能更輕易地來去自如。這確實都是近幾年探查局失誤漏看的案件。」坦說。

「那妳們這裡呢？不是大部分時間都在下雨嗎？很辛苦吧？」

「現在是我們在問妳吧？」克敏突然以嚴厲的口氣說道。

「喂，克敏，她是客人，不是犯人。」

「啊，抱歉，職業病改不過來。真的抱歉，我明明那麼愛雨探。」克敏垂下頭說。

「沒關係。」我說。

「我們已經習慣這種亂七八糟的生活了，其實不論有沒有停雨，那些惡意都是一樣蠢動著。對妳來說我們這頭簡直毫無秩序對吧？不過對我們來說世界的運轉就是那樣，所以也沒特別有什麼感覺。我反而挺羨慕妳們那邊的人大抵對局勢都是無知的，我沒有藐視的意思，單純覺得這樣幸福多了。」

我能理解，我笑著說。

沒多久修端著托盤走了進來，上頭是四杯熱騰騰的咖啡。我喝著僅有苦澀味道的咖啡，那難喝的程度媲美公家機關等級。房間裡的每個人都喝著咖啡。我們小聊了一陣後便沒什麼話題可聊，彷彿彼此防衛著似的有所保留。一片沉寂籠罩。時間一分一秒地流逝但沒有任何消息傳來。克敏頭靠著牆壁一語不發，修則站在窗前看著窗外。請問還要等多久呢？我問坐在一旁，留著褐色長髮、五官精緻動人的秘書，坦。原本閉目養神的她睜開眼說：

「預計三點開始，現在還差四分鐘。」她看向左手的手錶。「不耐煩了嗎？不好意思，我們這邊現在挺複雜的，局裡面分為模糊的兩派，所有單位都疑神疑鬼地互相牽制著。有人正煽動著內部組織，想讓我們分裂。局長有心要處理這個問題，所以決定讓妳在大家面前露臉，這是不久前就決定的事。但正如我剛才所述的棘手情況，這計畫備受阻撓，或者說不管什麼樣的計畫都被百般阻礙。由於在局裡攪動的人彼此照應著，我們只能知道哪些單位有內鬼卻抓不到人，使得這件事的推進有所拖延、缺乏效率。」坦說。

她說得很直接，直接到了一個露骨的程度。正常人不會將自己組織的醜聞那麼公開透明地告訴外部的人，但這位看似文靜的秘書卻噼哩啪啦地說個不停，似乎已經習慣說明這個狀況了，還是這已經是眾所皆知的秘密了呢？

「雖然正副局長都是貓，但牠們都是敏銳且有實績的資深探員，沒人敢抱怨什麼。」修說。

「我也愛局長。」克敏仍把頭靠在牆上說。

正當話題又再度被開啟之際，清脆的敲門聲便傳進耳根。這一聲把房裡所有人沉睡的靈魂給打醒，每個人都抖了一下瞥向門，彷彿停滯的、揪住我們不放的時間如睡飽的貓一般又突然動了起來。門緩緩地打開，一名戴著眼鏡的男性事務官探出頭說：

「心小姐，不好意思讓您久等了。我們將前往大廳。所有人都準備就緒了，現在正好是局長談話。

您可能不知道，局長雖然外表正經但話實在多的不像話，所以才比較晚通知妳。」

「我知道了，謝謝你。」我說完便起身走向門口。回頭一瞧竟發現房間變得空無一人，剛才那三名職員都不見了。只剩我一個人在單調的房間裡。

走出休息室後我問向那名事務官，他嘴角不自覺上揚地說：

「這是他們常玩的把戲：瞬間性的蒸發消失。他們是保鑣看不出來對吧？秘書、事務員兼保鏢。探查局的人常常身兼多職，明明不缺人。」

太莫名其妙了，我說。事務官則沒再說什麼，一副這一切都很理所當然的樣子。沿著光亮的穿廊走到底，可以看見一扇異常大的鐵門，鐵門旁有道窄小的樓梯間。我們沒從大門大搖大擺地進去，而是透過樓梯間可能不為人知的隱密通道步行到位於演講舞台旁的側邊小房間。我從小房間裡的縫隙看見禮堂高朋滿座，而黑仍在演講。

「那個，現階段仍有相當多的勢力在各方崛起，我們必須在平時就得培養出敏銳的觀察力，眼看四面八方……。」

牠確實說個不停。

「牠沒那麼容易停的。至少還會再講個十分鐘。」事務官事不關己地說。

結果過了三十分鐘之久仍未結束。這是難以想像的長時間的煎熬，對於台下忍著睡意的人來說。

「局長不准任何人睡，只要牠看到有人睡著便會死死地盯著那個人看，讓時間被拖延得更長。所以大家都彼此提醒不能睡著。局長說這樣才能鍛鍊他們的意志力。」事務官陷進柔軟的沙發安穩地說。

「這樣聽起來滿用心良苦的。」

「牠就是這樣的貓，很有意思吧？」

外頭傳來一陣熱烈的掌聲，大概黑那漫長的談話告一段落了。事務官一聽到便起身從沙發裡跳了出來。

「應該好了，妳準備一下，等等就接受頒獎，然後對著台下微笑就結束了。」總覺得事務官毫不在乎頒獎這一回事，他是屬於哪邊的呢？

面對舞台的小門被緩緩地拉開，有名職員走了進來請我出去，我們站在帷幕後面等著司儀宣佈。

「面對嚴峻的威脅，在另一頭仍有勇敢、接受多舛命運的雨探在奮鬥著，讓我們歡迎女傑，心小姐。」

我被幾名職員輕輕地推出帷幕，我不太好意思地從舞台的最側邊走上舞台，一路上沐浴著歡聲雷動的掌聲及歡呼聲，黑也在正中間對著我鼓掌。我一走近，牠便用氣音說：

「微笑、微笑、再微笑。」

我微微頷首回應，然後露出尷尬滿滿的笑容面對台下。

很快地，頒獎流程就結束了，不足黑演講的十分之一的時間。事務員送我到探查局的宿舍，黑為我準備了一間獨立的房間。事務員引領我到門口便離去了，他一路上都沒說過任何一句話。打開宿舍的門就看見戴著口罩的坦在裡頭整理著。

「妳很擅長消失不見嗎？」我率先發問。

「說來可恥，我一點都不喜歡那樣。但我那兩個幼稚的組員特愛這遊戲，我也只好配合。因為三個人一同消失確實比起兩人消失，徒留尷尬的一人要來得好多了。」她嘆氣說道。

「是嗎？」我說。「這間房間是妳的？」

「不是，我也是剛剛才收到通知說妳要住這間。這效率真的誇張至極，想必消息不知道被誰給延宕了。搞自己人就這麼有動力。」

「妳知道為什麼會起內鬨嗎？」

「不就是為了權力那些的？無聊透頂。」坦拿雞毛毯子拍著灰塵。

也就是說克拉克的事情她並不知曉，本來這件事是否為機密事項我便不清楚，我應該多和黑詢問一下。

「接下來我會負責妳所有行程，另外兩位有別的要務，對我來說可是萬幸。」

「端咖啡的那位職員不是不錯嗎？」

「妳說修嗎？他只是比較沉悶，但骨子裡和克敏一個樣。」

「那還真的挺辛苦的。」我說。

「這種人怎麼能夠當警探呢？這業界的標準太低呢，難怪總是抓不到惡意。」說著說著坦不自覺地開始抱怨了起來。我拉了張房裡的椅子給她坐，在這段期間耐心地聽著她的苦水，像是以一個女性來說實在容忍不了成天在充斥男性汗臭味的空間下工作，或是常常被雷或黑的毛搞到快瘋掉的嚴重過敏。我努力地想掌握一些蛛絲馬跡，但似乎都是些瑣碎、沒意義的事。不過我並不沮喪，我還保有話題權。我問坦是否還有其他貓在局裡呢？她告訴我目前偵查大隊倒是有幾隻會說話的高智慧犬在任職，貓的話就只有局長和副局長，另外還有同樣也是負責秘書一職的純白色母貓。

「牠就可愛多了，時常很介意著自己的毛，都有好好地梳整，我看得出來呦。」

「那最近有聽到些什麼風聲嗎？」

我想既然坦都毫不保留地吐露出歪斜聯邦探查局裡的內幕了，那我也就直白地詢問。然而她挑了眉說：

「妳在打聽些什麼嗎？」

我的眼神沒有任何飄移地看著坦的眼睛。

「好奇。畢竟妳都說得這麼鉅細靡遺了，我也不禁想知道些有趣的事，如有冒犯真不好意思。」

「沒事，我這樣真的只是職業病，我以前也是負責偵訊犯人的，都忘了妳是客人。要怪就怪我太喜歡說這些八卦，看來我得多加收斂。」她說。「我想最近聽到最誇張的事莫過於有人在傳雷副局長是靠關係攀官的。」

你看吧雷，誰叫你這麼明目張膽。

「還有就是聽說牠在策劃著什麼可怕的計畫。但這也只是謠言，現在內部很混亂，所以必須得好好確認才行。」

要說可怕的計畫這倒也沒錯，只是立場不同而已。看來這些訊息如天上的蚊蟲般亂飛亂竄，這到底將被誰一口吃下肚也是艱深的問題。

「我想雷不是這樣的貓。」差點說成雷不是這樣的人。

「我相信副局長，我非常理解牠的正直。只是有時候太鑽牛角尖。」

「我懂。」我笑著說。

縱使話題驚險地沒有走偏，但始終觸摸不到核心。明明她自己想說的都那麼痛快地一字不漏宣洩出來，我想知道的訊息卻連一點都得不到，探查局的人果然口風還是很緊，將該保護的東西珍藏得很好，我真的很欽佩。不知道艾莉絲她們被交付的事辦得怎麼樣。在這裡有種被隔於音訊之外的感覺。我唯一做的事就是領了個愚蠢而沒有意義的獎牌還有和一個女秘書在房間裡談天說地。

「聊點輕鬆的話題吧，妳最近的壓力很大對吧？」

「妳怎麼知道？」我問。

「我總覺得……妳有點透明？」

「透明？」我刻意加重語氣。

「我並非是指實體上的透明，而是有點比喻性的、意象上的透明，妳懂我意思嗎？」

「我懂吧。」

「我想壓力在無形中以某種形式累積在妳身上，導致出某種不太乾脆的結果。」

「像是透明的壓力。」我說。

「算吧？這一點我可是很敏銳的，妳得小心。」

想不到在這種時候還會被警告有關「透明」的事情，真是意料不到。

「所謂的壓力真是難以名狀。有時候龐大得像個星球；有時候則濃縮得如雨中的透明感。」

「妳很年輕吧？想不到卻具有如此深沉的煩惱，雨探都這麼辛苦嗎？」

「辛不辛苦我不知道，起碼我的運氣很差。」

「我想我也是。」坦無奈地笑著說。

坦可能完全地釋放壓力了，暢快地說要離開一下，之後就再也沒看到她回來。我一個人躺在宿舍裡幽靜的房間的床上，一點都不軟的床讓我很難放鬆。我拿起搜尋不到訊號的智慧型手機，試著傳封簡訊給席爾佛，可惜失敗了。我離開如石頭的床走向宿舍的門，我不是犯人，我應當有去外頭呼吸新鮮空氣的權力。

門卻被反鎖了。

這下子真的被當成犯人了。我緊張地用力敲了門並大喊著，外頭卻沒有任何聲音。隔著冰冷的門，我感受不到任何氣息。事情恐怕不妙了，我想。剛剛那段看似單純的時光並不對勁，難道我在不知不覺間被施下了什麼魔法，被蒙蔽著的感官相當狀況外地打著瞌睡。

坦，那個渾身有股奇妙因子的秘書，她做了什麼嗎？或許她的話語間早就透露出她就是那個內部混亂的主因，我竟然遺漏了，真是可恨的失誤。現在的我和這間房間好像被獨立隔出來成為一個孤獨的宇宙。就像是流失在時間隧道裡的一個長方形透明水晶體，慌亂的我正在裡頭苦惱著。我摸了摸口袋，沒有找到任何東西，我想自己總是太過於依賴那不切實際的力量。我找尋抽屜裡的工具，無所不用其極地破壞門鎖。但不太順利，首先抽屜裡並沒什麼能夠破壞的東西。我意識到進來房間之前，坦就已經在打掃了，如果她是主犯，那我是不會有機會取得這些危險的器具，因為早已被排除。我很快就放棄了。被困在這沒有終點的狹小房間裡始終任孤寂吞噬。

腦海裡辛席的話又有所迴盪，我確實被他說的話困擾著，到底是誰正虎視眈眈地用眼底發出的那道光穿透著我呢？他提供的線索又有多少可信度呢？我有種被六面牆壁緊縛著、被壓扁的錯覺。喘不過氣的壓力正把我濃縮在一塊，我實在無法想像現在自己處在什麼樣的處境。那難以預料的崩逝感相當直白地洩漏出來，就像漏油的貨車正迎接著劇烈燃燒、爆炸的局面。辛席以及小丑果斷到一個不可置信的地步，他們像是手無寸鐵的孩童任由我鋼筆的墨水吞沒、捲走，輕易地被捕獲後卻又一副看透一切的嘲諷嘴臉直視我心中的深處，好像貪婪地要把我全身看光光的赤裸感。若不是虛張聲勢就是這一切都在他們的預料中，我只是順應著他們的預測掉入陷阱中。而我確實被捲進漩渦裡，只是我不知道那是不是陷阱，我只能感受著我的心，我認為我的心不是那麼單純、簡單的構造，而是更加複雜且旺盛運作著，我懶得和辛席解釋，太浪費口舌了。至少我確切那躍動感正是我現有一切的泉源。

查理的話此時浮現了上來。他說過我接觸到「虛假的真實」，那是讓我減緩透明化的關鍵。我正透明著，縱使我觀察不到，但事實卻如沸騰的熱水般灼熱而直截，我無法赦免。雖然坦這個女人疑似陷害我，但她也確實看出我身上的異樣感，還有透明殘留的痕跡。

沉睡著，或是醒著。這個狀態都不會因此而延宕，不是往壞便是往好的方向發展著，和世事的一切相似，這是否又是另一種徵兆？透明把我包覆，讓我昏沉地深陷在床上。

我睜開眼，總覺得躺在床上很久了，流失掉的時間的沙早已能堆成高塔。正當我真的開始有點睡意、疲倦感湧上身的時候門把開始被人激烈轉動著。我知道我已經從流浪的時空中被撿拾了回來。我起身愣著看向那被強勢扭轉的門把，如果是坦或克拉克那邊的人應該會有鑰匙能打開。

門被用力地撞開，我驚恐地看著艾莉絲和席爾佛一同出現在眼前，我甚至覺得自己的眼淚快要蹦出。當我意識到時已經撲向艾莉絲那隆起的胸部，用力地抱著她。現在想想還是覺得我有夠愚蠢的。

「乖。」艾莉絲摸著我的頭說。

「學姊，乖。」席爾佛也有樣學樣。

「閉嘴。」我瞪向他，他趕緊在嘴唇前比出拉拉鍊的手勢。

「我們早就發現妳被克拉克的手下流放到別的空間去了，但因為我們當時也正瀕臨危險邊緣，妳知道的，我們觸及到很深很深的重點事項，差點落到和妳一樣的下場。」艾莉絲說。

「所以我們把我們該取得的都取得，並把錯誤的訊息釋放出去，達成資訊不對等的目的後就趕緊來救妳。」席爾佛說。

「你們怎麼救我的？你們沒辦法操控空間吧？」

「我們沒辦法。但我之前不是說了有來自夾縫的同志？」艾莉絲看向席爾佛。

「史帝竭盡所能地幫助我們。他找到了迷失的妳並把妳還有這間房間從遙遠的空間轉移了回來。」

「真是太感謝他了，這裡好孤獨。」我說。「所以這裡是哪裡？還是局裡嗎？」

「是啊，不過是在地下，我們準備要逃跑了。」艾莉絲看向門外說道。

「逃跑？」我不解地說。

「事情鬧大了，現在局裡失控了，局長可能會失勢，或者應該說歪斜聯邦探查局將解散了。雷會帶著我們逃到其他地方，牠現在在做最後的善後。」席爾佛說。

「黑呢？」我問道。

「局長會守在這裡做最後的一搏。」

「我的天哪。對了，千萬不要相信叫作坦的秘書。就是她把我關在這裡的。」

「放心吧。」艾莉絲說。「現在帶頭作亂正是一位叫坦的保鏢兼秘書，我們早就知道了。」

「要命，我到底被關在這裡多久了？」

「一天左右。」

「真的夠久了。」我嘆氣說道。

外頭有人探頭說：

「你們好了嗎？差不多該出發了。」說話的正是克敏。

「你！」我指向他，我單方面地認為他和坦是一夥的。克敏趕緊揮手說：

「雨探小姐，你可別誤會，我和修是局長安排在坦身旁監視著她的特務，不然妳猜為什麼我們要玩蒸發消失遊戲？」

「我哪知道？」

「不就是為了避免她找到機會和妳獨處嗎？」克敏無辜地解釋著。「只是沒想到我們被另一個有問題的上層給支開，讓坦找到能接觸妳的方法，真是抱歉，都因為我們辦事不周。」

「我實在無法相信你們。」

「心，我想他們說的是真的，雷確實有交代過這件事。」艾莉絲說。

「好吧，既然艾莉絲都這麼說了，那麼，那位叫坦的秘書和克拉克又有什麼關係呢？」我問。

「我猜她是他的姪女兼前任情婦？」克敏說。

「真是夠了，我受夠了。」我說。

「我想那是他胡說的。」席爾佛說。「我們還是趕緊行動吧。」

我回頭瞥最後一眼這令人厭惡的潔白房間後便踏出門外。外頭一片昏沉的燈光照射著，像是地窖的一條狹長的甬道。兩旁的貨架上橫擺著一瓶一瓶的酒並以木欄防止酒滑落。

「這是長官私藏陳年美酒的酒窖，所以相當隱密，沒什麼低階基層知道，若我不是被授權根本就不清楚局裡的地下有這麼特別的地方。」

「還真的是酒窖啊。」艾莉絲一副躍躍欲試的樣子。

轉角處一名男子現身，是修。

「你好，雨探小姐，能和妳再次見面我很榮幸，我和克敏是特殊刑事部的人馬，剛才我們所飾演的角色逼真嗎？」

「你是指沉默但內心悶騷的男子及裡外都很激動的崇拜系熱血男子的角色設定？」我說。

艾莉絲一臉「這是什麼怪設定？」看著那兩人。

「是啊。」修說著都有點說不下去的感覺。

「別說了，要演這麼歇斯底里的人很煩，但應付坦那女人卻效果拔群。」克敏紅著臉說。

「所以呢，上面什麼狀況。」席爾佛不耐煩地問道。

「啊，抱歉。現在上面很糟糕，比想像糟糕。副局長目前正往我們這兒會合；局長則留下來鎮壓現場。」

「留下黑沒問題嗎？我們不需要幫忙嗎？」我問。

「當然不行。」艾莉絲義正辭嚴地說。「關於辛席的事，妳知道吧？」

「我正想和妳們說，我想他的人有接觸過你們了吧？妳相信他所說的話嗎？」

「我現在很難跟妳吐露我的想法，但這是最好的方案。」

「什麼意思？」

「因為目前的局勢沒有比直搗黃龍還更理想的選擇，更何況同樣身為罪惡血脈的淪落人，我多少能理解辛席的想法。」

我不確定艾莉絲所說的「罪惡血脈」是多罪惡，不過這不是現在我該聚焦的問題。「我不認為妳的血液是罪惡的，至少妳的人本身不是。」我抱著艾莉絲說。

「呵呵，難道剛才的遭遇讓妳沉溺在撒嬌的粉紅泡泡裡頭嗎？」艾莉絲說。

「才不是。」我說。

「總之得趁還沒被他們知道這件事之前突襲城堡所在的空間。這才是讓一切劃下終點的方式。」席爾佛看著我輕咳一聲。

「那妳們這邊的任務呢？」

「剛才不是說過了？基本上完美。」艾莉絲挺胸得意地說。她的金髮在黑暗中顯得無比耀眼。

「不得了。」我說。

「滲透一個組織並不是那麼容易的事，就算做到了也難保百密無一疏。」席爾佛說。

「那妳們在短短一天之內做了什麼嗎？」

「有意無意地釋出一些錯誤的訊息。」艾莉絲說。

「於是，現在對方正踏入錯誤的泥沼中。」席爾佛補充。

「那妳剛才說的危險是什麼呢？」

「待會再說，我們可能要盡量安靜點了。」克敏提醒我們。「有個耳朵很靈敏的傢伙在，得小心點。」

探查局地下隱藏的酒窖可以沿著甬道通往外頭，修這麼說。漆黑的通道能聽見正上方有不少慌亂的腳步聲。急促的呼吸在黑暗中聽得特別清楚，只是我不知道是誰發出的。水滴和緩地滴落地面，規律的「滴答、滴答」聲響迴盪在空氣。老實說，我快被這逼人的幽閉感給漲破了。心跳正刻不容緩地維繫著生命的、思想的一切，此外還有微不足道的一點點理智情感。最前方帶頭的克敏停下了腳步，所有人也隨之停止步伐，像是母貓帶著小貓警戒著危險。他發出「噓」的一聲暗示我們不要發出任何聲音。空蕩蕩的走道像被抽光空氣和聲音，隔絕外頭人聲鼎沸的喧嘩以及人流所帶來的躁動。微弱的燈光下能隱隱約約看出克敏正貼在牆上。席爾佛和修在我後面，我正前方則是艾莉絲，我被包覆在正中間受到呵護。多麼希望這份溫柔用在別的地方，我認為我沒那麼柔弱。

克敏用力地點了頭向我們做出繼續往前的揮手手勢，頭一轉過去就拔腿狂奔，而我們就像是黏附在上頭的寄生蟲似的緊跟著，又或是以我先前的比喻來說：小貓緊跟在母貓後頭。

我從頭到尾都狀況外，單純地一鼓作氣往前方邁進。究竟克敏是怎麼確認前方狀況的呢？目前無從得知。後方陸續傳來爆炸的轟隆聲響，不時有灰塵及碎屑灑落，這緊迫的聲音促使我們加快腳步。每一步都使盡力氣踏在這又暗又臭的地面。

「沒問題嗎？」我以氣音虛弱地問。

克敏搖搖頭。「問題很多。」他也以氣音回應。

後方的聲音越加響亮也越加靠近，我無助地又摸了口袋一遍，不意外地裡頭空無一物。

「危險！」

後方有隻手用力推了我一下。那施予背後的強大力道使我踉蹌地撲向艾莉絲的臀部，導致我們前面幾個人都重重地摔在地上。「碰」的一聲，震耳欲聾的炸裂聲無預警地響起。我反射地摀住耳朵，回頭看向急竄而出的白色煙霧及瀰漫的粉塵，空氣中還有股濃厚的煙硝味。

「痛死了。」艾莉絲抱怨著。

我驚恐地轉頭看向後方，席爾佛倒在我一旁。耳朵因為那似於破碎玻璃般的失魂聲響而仍處於麻木的狀態。我持續摀住耳朵想緩和疼痛，但那近乎麻痺的痛楚已透過神經竄過全身，頭部的震動裡甚至還有爆炸聲的迴響在作祟著。

「修呢？」

「看來那傢伙救了我們。」席爾佛說。他身上也有不少被碎屑刮傷的傷痕。

我看向那碎的清脆的鈍重瓦礫堆，不敢想像只差一公尺不到的距離就是我們被壓在下面。

「該怎麼辦呢？」我焦急地說。

「修！可惡啊。」克敏激動地大喊。但一喊完，他想起不能這麼大聲就摀住嘴巴，雙眼戒慎地看向瓦礫堆的外頭所投射進來的一點光。「混蛋！」他說。

席爾佛簡單地確認崩塌的瓦礫堆。「不行，看來他整個人都被埋在裡頭了。」

「你聽得到我們的聲音嗎？修？」我輕聲地、用力地將聲音傳達進去。

「這樣子還能聽見嗎？」艾莉絲問。

我無奈地看向艾莉絲，但黑暗中看不清楚她的臉。

「你們，先走吧。」沒多久，虛弱的聲音便從裡頭若有似無地流洩出來，正如同潺潺泉水流出似的孱弱。

「你在胡說什麼？」克敏哽咽著。

「任務。」裡頭的語氣乾脆、堅定。

「你……我知道了。」克敏疾首蹙額地轉頭。「我們得趕快走，沒時間了。否則我們遭殃，他的努力就白費了。」

席爾佛點頭瞥一眼瓦礫堆，想說些什麼但他又吞了回去。

「這樣下去他會死的啊。」我不可置信地說。

「妳必須看清楚眼前的優先順序，心，走吧。」艾莉絲手環繞過我的脖子，輕輕撫摸著我的背，沉重地說。

「但是，」艾莉絲用食指抵住我的嘴巴。

她搖了搖頭，小聲地說：「不要浪費他的心意。」

克敏重振旗鼓地跑了起來，我們也跟上他的腳步。我無意間疑似聽見他喃喃地說：「我會替你報仇的。」

一個人難道就將這麼死了嗎？我猶豫地邁起步伐。我現在這樣做真的是對的嗎？我對現況感到不解，我沒辦法幫到任何忙，一點都沒辦法。那七零八落的腳步聲越來越集中，我知道危險離我們越來越靠近，那股湧上心頭的焦慮就益發壯大。接下來一段時間都不再有什麼劇烈的聲響，只有零零落落的腳步聲此起彼落。

「糟糕，還是被發現了嗎？」克敏突然回過頭看向我們，或者是看向後方。

我回頭看，闇黑之中什麼都掌握不到。不過卻能聽見有道細長的聲音流洩著，像是哼歌，又和哀鳴有著異曲同工之妙。席爾佛的臉色變得不大好，他反覆望向後頭，猶豫之下說：

「那是什麼？」

我依然什麼都還未察覺到。

「我剛才不是有說，有個耳朵靈敏的存在嗎？他正在逼近了，我們稱為『失控獄卒』，應該不用解釋也能了解他的危險程度吧？」克敏說。

「失控的獄卒嗎？真是好懂，但為什麼獄卒會追著我們呢？」艾莉絲氣喘吁吁地問。

「因為他們是克拉克的人馬，過於陰暗的性格讓他們只能待在地下的監獄，和這裡很相近呢。」不確定是人還是猛獸的低吼聲越來越接近，這和剛才聽到的聲音極為相似，恐怕就是他們在我們後方了。

「照理來說後面因為爆炸而坍方了才對。」我說。

「不對，正因為如此，他們進來了。或者說，那是他們進來甬道的手段。」席爾佛冷靜地分析。

「我想可能是。」克敏說。「我們絕對不能停下腳步，雖然他們耳朵能捕捉到遙遠的細節，然而移動力卻不佳，畢竟平常好吃懶做。」

「太有性格了。」我說。大家專注地奔跑。

克敏轉了個彎後停下腳步看著眼前的Y字路口，他思索一會後決定往右邊那條走，是我的錯覺嗎？我好像聽到左側有聲音傳來。

這條路相當濡濕，地上到處都是或大或小的水窪，踏一步便濺起水花，讓我想起經常下雨的城市。我現在特別想念那讓我又愛又恨的城市，還有雨。我每天都在心裡抱怨著老舊的設施及雨天造成的諸多不便，但我知道我是愛雨的，因為雨讓我接觸了更廣闊、寬大的世界，也讓我認識到足以稱為「夥伴」的人，這樣就夠了，我心想著。我不該如此不知足。沿路只有幾盞不怎麼明亮、裝設在牆上的燈，眼前的地道越來越狹窄，幾乎是只能讓一個人通過的空間。晃動的肩膀旁是凹凸不平的石牆壁，前方是通往未知的遠方。探查局底下的地道到底能通到哪裡？或許是因為通道狹小而同時呼吸的人又多的關係，空氣也越來越稀薄，大家的喘氣聲越來越大。不安的念頭在心裡膨脹而逐漸偌大，所謂的幽閉恐懼症或許正是由這種情況來萌發的也說不定。尤其剛才的爆炸讓我的恐懼持續放大，我深知沒有人想在無人知曉的孤寂地下死去。

有道聲音確實在我心中獨自沸騰著，它可能是交響樂也可能是獨奏，但我認為交響樂的成分比較重。〈布拉姆斯的c小調第一號交響曲〉柔和而無限蔓延的開場在我腦海裡悠悠浮起，就像收音機的廣播時間總是有讓我驚喜的歌曲播放出來一樣，在現在這個時間、這個地點能聽到這樣浩大的樂曲便讓我有種就算置身在月球上也不訝異的感覺。可惜只是我印象裡的重現而不是真的聽到該曲。我一直認為我有著敏銳的直覺，但現在我想，這樣的直覺在抽絲剝繭的過程中總是會把我引導到別的位置。這不是誰的錯而只是我太過於天真，即使多疑也不願相信人的本質源自於惡；再怎麼省思卻仍對於傷害人這件事感到畏懼，然而活在這世上保護自己的最好方法果然還是得傷害他人吧？他曾這麼跟我說過。

我想那是大概四年前的事，他消失的前一年。我們在處理一件挺棘手的案子。對方是個裂縫裡被通緝的殺人魔，聽聞他逃到裂縫外了，我們這邊也加以思索了幾個對策。不過1號先生並不打算讓我直接參與這次的計畫。我們一同坐在某棟大樓的頂樓，大概是第二十三樓還是二十四樓吧。我就地坐在磁磚地板上，他則坐在我正對面。他總是說他戒菸了卻還是拿出Hilton菸點起火，現在想想他好像也常抽Salem牌的菸，這部分好像和艾莉絲雷同。我看他不怎麼果斷地抽，便說：「別在意我也沒關係噢。」他卻還是一臉很抱歉的臉看著天空吐出源源不絕的煙。頂樓的風很強勢，我的頭髮也根根飄亂，眼睛不斷被當時留的不到肩膀的短髮髮尾掃過，使得我一直揉眼睛。這樣的動作看起來我好像眼淚快溢出下來似的反而讓1號先生更加困擾，看著他那苦惱的臉我心中有一股火快上來了。

「我知道自己能力不足。」我說。

他聽到我那刻意的言論，先是如同做出什麼重大決定似的嘆了一大口氣，然後他想了很久，真的很久。我看著他，他則看向天空。我們之間常駐著一段和澈藍天空裡的雲朵一樣濃厚的沉默。終於，他吞吞吐吐地說：「不是，我只是不希望妳被那樣的傢伙傷害到，對方太過於兇殘，而妳太年輕，不該為此冒險。」

「死亡是沒分幾歲死比較可惜的吧？只要死了大家都惋惜啊。」

「這倒不是，新聞上不是常常在說誰年紀輕輕就去世，實在令人嘆息之類的或者誰英年早逝，對大家來說那些人的離去意謂著某股正蠢動、即將發芽的希望卻這麼被拔掉般的令人無奈及悲哀。相對的較為年長的老人去世時反而以安詳、不留遺憾等等詞彙居多。」

「確實，但我認為這本來就是一種偏見，在死亡面前大家都是公平的。」

「可是集結世人的觀點就是較為客觀的意識啊。」

我賭氣說道：

「說到底我們也不知道那殺人魔到底是怎麼樣的人，或許他本質很善良。」

「不可能。」他站起身按熄了菸。「人性本惡，任何人都是從邪惡的一團霧中誕生的，這令人厭惡的資本社會正在凝聚這樣的氣氛，誰都逃避不了。心，妳得記得一件事。」

「什麼事？」我問。

「活在這世上保護自己的最好方法果然還是得傷害他人。當然不是主動、恣意妄為地傷害無辜的人，而是當要自保時必須狠心對那些嘗試傷害妳的人下手。」

「這不是理所當然的事嗎？」

「但我認為妳做不到，過於善良的妳總是會在最後一刻讓天真驅使妳奔向錯誤的方位，妳要永遠記得。」1號先生眼神堅毅地看著我。溫潤的眼睛裡有什麼把我吸進去似的像無底洞般存在的東西存在。

「才不會呢。你總是愛對我說教。」我抱怨著。

「是嗎？」他羞愧地笑了一下。「其實我根本沒什麼資格對妳說三道四。只是我自己吃了很多虧，不希望妳也和我步向一樣的後塵。」

我也笑了，不知道心情為什麼能那麼複雜，但我還是笑了，雖然笑得不怎麼樣。最後1號先生和雷一同把那個失控的殺人魔逮捕，只差一點就讓他波及到我們城市的人了。確實和他說的一樣，抹滅人性的人，其惡早就像毒一樣蔓延全身，連血液都是黑的、臭的，無可救藥。

當我回過神來已經不知道跑了多遠，汗流浹背地喘著，衣服都濕透了緊緊黏貼在身體上，渾身都是髒汙水的水漬。明明前方還有道路，帶頭的克敏卻停在原處。

「聲音不見了，我們穿過終止線了。那些傢伙無法抵達這裡，不然會被撕裂。」克敏說。

「終止線？撕裂？為什麼？」我疑惑著。

「所謂的終止線是泛指區域和區域間的界線，過了界線便意謂著穿梭空間的阻隔，瞬間即能抵達遙遠的被預設好的座標。一般的終止線是不會針對任何人有侷限，不過若是被特別設定過的終止線，只要沒有權限的人經過便會因為不符合門檻而被註銷資格，也就是物理上的撕裂。」

「如果是一般人經過該怎麼辦？不會太危險嗎？」席爾佛說。

「放心吧，正常人不會經過這裡的，除非是腦袋不正常的人，像是我們。」

「還有『失控獄卒』，對吧？」

「這我認同。」艾莉絲附和說。

「上頭有一點風透進來，應該就是這裡。」克敏說。「席爾佛，過來幫我吧。」

克敏和席爾佛一同使勁地推開上方鈍重的石塊，「嘩啦」一聲石塊被推開，一堆粉塵也隨之噴散而落。

「中獎！」克敏興奮地說。

席爾佛先撐著克敏的身體讓他探頭上去望望，確認沒問題後，克敏便手腳伶俐地爬上去。然後是我，再來艾莉絲，最後我們齊力把席爾佛拉起來。為了避免被追兵發現我們把石塊推了回去，再完全封住的那一刻有道聲音從裡頭傳出。

「等等我啊。」

雷那嬌小的身軀塞滿剩餘的縫隙，我們趕緊又把石塊推出來一點，我抓住雷的手（幸好牠很輕盈）

讓牠也能翻出那狹小而恐怖的地道。

「差點就得在裡面活一輩子了。」雷說。

「局長還好嗎？」克敏焦急地問。

「這個嘛，」雷摸摸下巴說。「兩邊勢力雖然都膠著對抗著，但他們似乎有股氣無法順暢通過，綁手綁腳的，因此我們還算是佔上風。」牠說。「不過……，」

「不過？」

「辛席死了。」

「死了？」我驚訝地喊道。

「對，他被毒死了。似乎是那些內鬼做的。」

「也就是說，他的叛變終究還是被克拉克發現了嗎？」艾莉絲問。

「有可能，能確定的是克拉克不需要他了。」

「我想克拉克打從一開始就不需要誰吧，就算是和他血濃於水的親戚。」席爾佛說。

「他是什麼樣的存在值得深思，但現階段我們還是趕緊上路吧。」雷環視了四周。「我完全不清楚這裡是哪裡。」

眼前是一座靜謐的洞穴湖，然而沒有任何能通往其他地方的洞口或通道。我們四處翻翻找找希望能找到一點機關從這裡離開，結果當然是一無所獲。不論怎麼看，牆壁之間確實缺乏能讓人通過的縫隙，只有這片不怎麼清澈、帶有深藍色的湖。雷試著把腳伸進湖水裡，牠向外又向內划了划，水因為牠劃出的圓圈產生了漣漪，持續擴張著。

「水裡頭會不會有個通道？」雷說。

「這不是不可能。」席爾佛說。

「要就趕快試試吧。」艾莉絲說完便跳進湖裡，濺起的水花撒得滿臉都是。我來不及用手遮擋住，隨後無意識地用手拭去噴濺到臉上的水。湖面浮起的泡沫沒多久就一一破掉。

「那女人動作也太迅速了吧？」克敏呆楞看著湖中央。

然後泡沫又逐一浮起，艾莉絲從水面上探出頭，濕漉漉的金髮和水溶在一塊，色澤顯得有點黯淡。她興奮地說：

「下面確實有一個不起眼的洞窟，怎麼樣？要冒險看看嗎？實際並不算深。」

「所以剛才的甬道才持續地有水流出來，原來是深長的湖在地道旁嗎？」克敏說。

「走吧。」我說。沒什麼時間猶豫了。

湖裡頭一片深藍和墨綠混雜出既像黑又不太黑的顏色，稱為混濁也沒問題。正如艾莉絲所說，不怎麼深。突出的幾塊滿布陌生水生植物的岩石中間真的有個不顯眼的洞窟，我們謹慎地避開那些可能纏住腳的植物往洞窟的方向游過去。帶頭的艾莉絲游得飛快。緊接著雷、克敏都竄過我身旁，只有席爾佛穩妥地在我後面墊背。我能在水中憋住呼吸的時間並不長，因此我游得很心急，尤其這洞口很狹小，甚至比剛才的地道來得更小。我試著讓自己沉穩地控制住呼吸，不讓恐懼纏繞住我身體的邊緣。縱使這通道不算太長，我也覺得自己瀕臨極限。模糊中看到不遠的前方透入了光。眼看大家陸續都浮上水面，直到能暢快呼吸的距離也越來越近。正當我興高采烈地打算也跟著浮上去時，覺得腳邊卡卡的。

這不太妙，不論我怎麼使力腳都無法掙脫絆住我的植物的根。過於緊張導致呼吸變得不暢通，我耗盡渾身蠻力卻只讓被扯住的腳越疼痛。頭頂上的光滲著近在咫尺的水面，一點一點閃爍的粼粼波光就在不遠之處。我吐出最後一口氣讓漲痛大腦的意識能夠抓住些什麼。

但好像不是那麼順利就是了。

六、歷史和雙眼和混血

「嘿，心。」

「怎麼了？」

昏暗中男人的聲音喚醒我，我趴在「山腰雨點」的吧台上。從我所發出的慵懶聲音在心裡深處積成一團，這才意識到原來我不小心睡著了，嘴角還留有一點口水。

「課業這麼忙碌就不要勉強過來了。」1號先生說。

「這可不行，我對那個世界仍充滿好奇。」然而我還抓不太到我的聲音，無法集中的恍惚音頻四處遊移。

「妳這樣可是本末倒置。」他無奈地嘆氣說道。

「有什麼關係，年輕人就是有本錢燃燒自己。」熊老大倚靠在窗台抽著菸說。

平日下著雨的午後沒什麼客人。老大可以如此肆無忌憚地大喇喇抽著菸。雖然他是老闆沒錯。

「對吧？」我得意地說。

「不，妳只是在誤植妳的青春。」戴著眼鏡、穿著侍者服的西瓜頭少年韋恩一邊擦著不知道擦幾次的桌子一邊道。

「誤植？」

「是啊，誤植。妳把錯誤的日常搬移到錯誤的場合，導致妳沒辦法去平衡妳的意識。也就是說妳正浪費妳的時光。」

「聽起來真令人厭惡耶，你的口吻，韋恩。」我說。

「那真是抱歉嘍。」韋恩不帶表情、聳肩說。

「別鬥嘴了，我只是希望妳別太操勞。」1號先生緩頰道。「我能教妳的都教了。唯一的問題是該如何讓妳獨自面對那些任務。我實在沒有頭緒。」

「一步一步來吧？」我說。

「但時間可能不夠了。」

「不夠了？」

「我近期有預感，會有一股強大的惡意嘗試歪斜兩端之間的平衡。」1號先生說。

「聽起來超不舒服的。」我說。

「是啊，所以我們也得小心應對。不是那麼容易，我所能掌握的有限。」

1號先生是相當謹慎的人，同時面對任何事都會再三思考，不會輕易下決定。他會設計出一層又一層的網，讓堅固的網先過濾掉低威脅性的事物。即使仍有出乎預料的危機突破了層層防護，他也早就有足夠的時間去解決那些問題。唯一要說是缺點的部分就是太鑽牛角尖，總是不肯放過自己，一定要在抽絲剝繭過後求得那薄薄一面的答案才能夠放心。也因為這樣我認為他是很壓抑自我的人。我對他的興趣、喜好都不甚了解。只知道他是雨探。啊，另外就是他也對咖啡十分鍾愛。

今天的城市是有點謎團，寬闊的廣場上聳立著高大的塔，城市裡頭一共有五座這樣的塔。到底這些塔有什麼用處我也不太清楚。立意總該有吧？我試圖問問附近的居民，但大家的答案都是「不知道。」，這樣我反而更加好奇了。裂縫裡的人對於自己周遭的事物似乎都漠不關心，當我這樣和1號先生說時，他笑著對我說：

「他們只是不想跟你說罷了。他們什麼都知道，只是甚麼都喜歡隱瞞，把別人想知道的事當成玩弄在手掌心的秘密，其實根本就沒什麼大不了的，但他們就是享受這樣的愉悅感。」

「太沒有邏輯了。」我說。

「缺乏合理性的事物太多了。」韋恩說。「像我看著你們討論這些事情的時候也覺得萬分莫名，然而我卻曾見證過雨中的城市，所以大概有同感。」

「你見證過？」我問。

「韋恩可是第0號雨探呢。」老大捻熄菸後從外頭走進來寫意地說。

「別糗我了老大，這根本不值得一提。」

「那是什麼樣的故事？」我歪著嘴臉問起韋恩。

「那是……，」韋恩吱吱嗚嗚的樣子我反而更想知道。

「我來替他說吧，他是一半的開眼，或者說差一點就開眼。遠在我成為雨探之前，韋恩就曾目睹過雨天的城市——另一端的裂縫裡的模樣，只不過他當場就嚇到昏倒，更莫名的是一道彷彿時空錯亂的雷劈向他，之後就再也看不到荒誕的場景了。」1號先生笑著補充。

「那是什麼鬼？」

「所以我才說不值得一提嘛。」韋恩抱著頭嚷嚷著。

「被雷劈到你怎麼還活著呢？」我不解地問。

「竟然是以會死為前提嗎？但說來奇妙，我覺得那道雷毫無惡意，也就是一道溫柔的雷，沒有任何痛楚地向我襲來。代價是奪走這個極為詭異的能力。」

「差一點你就可以看到了，真是不錯的體驗。」熊老大經過韋恩，走向吧台後面拿出研磨的咖啡粉倒向機器設備。「今天我請吧。」

「賺到了。」我說。

1號先生嘆了口氣說：「你這樣總有一天會倒店的。」

回去的路上我和1號先生並肩著走。我老家離「山腰雨點」其實不算遠，是雙腳能步行到的距離。沿路我們聊著咖啡、聊著書、聊著酒。我對酒有著無限的遐想，然而1號先生對酒的涉獵不深，只淡淡地說他不想被酒精影響到直覺。我認為他想太多了便跟他說偶爾放鬆也是必要的。他依然露出不怎麼樣的微笑。

雨仍下著，我看著另一頭晴朗的天空，凸出的幾座高塔相當突兀，彷彿會發射什麼特別的電波似的。我注視著塔的頂端，總覺得好像有人站在上面對我揮手，當然，錯覺的可能性很大。

「雨探最忌諱錯覺了。」我把這件事告訴1號先生後，他這麼說。「因為我們就是活在錯覺裡，若再產生錯覺豈不是會雙重混亂嗎？這樣到頭來會分不清東南西北的。」

「你認為這一切都是錯覺嗎？」我問。

「至少在外人眼中是。」1號先生說。

「我想在不知情的人眼裡我們就是瘋子。」我說。

1號先生憋不住笑了一聲。「妳說的對，我們都是瘋子。我們做的事沒人知曉，也沒人會感謝我們，卻還是那麼殷勤地做著。」

「我都快哭了，這樣實在好悲哀。」我說。

我希望我們在雨中散步，因為這樣挺有一種古早味的浪漫情調，不知道為什麼我這樣想。可是裂縫外的雨中浪漫和裂縫裡城市的模樣我只能擇一，尤其我對那高塔的興趣依然很旺盛。我這樣躊躇想著，猶豫著東猶豫著西。始終沒辦法做出任何決定。

「說實在的，我很後悔擁有雨探的這雙眼睛。」突如其來意想不到的話從他口中溜出。

我一時間愣住說不出些什麼，話哽住了，我好像失去了言語。

「能觀測到我這輩子原本無法見識到的景象是別有風趣，但好像不太對。」1號先生說。

「什麼不太對？」

「我認為因為這樣所以我的心缺少了點什麼。」

「大家的心不都是缺少了什麼嗎？」我說。

「和那不一樣。我想我持續地被那感覺折磨著，因為我少了某個很重要的東西啊，正因為我擁有這雙眼睛所以我失去了那東西，我覺得心的中央好像有個正方形的洞，一個補不住的缺口噢。」1號先生說。

「但我卻沒有這種感覺。」我思索著說。

「我想這因人而異吧。」

「所以你覺得當上雨探毀了你一輩子嗎？」我說。

「好像沒那麼誇張。」他抓著頭。「我只是偶爾會這麼感覺到這空泛的感受。」

塔並沒發射什麼電波。擦肩而過的路人像是晃過的空氣般輕微地震動著我而已。風微微地拂起頭髮，我撩起瀏海看向遙遠的彼端，那一頭沒有惡意，和我們這邊一樣，大家各過各的互不干涉。凝凍的依然凝凍、融化的就此融化，若說有什麼不滿的大概就是沒下過雪。

1號先生挺直了腰。「但我不會就這麼自暴自棄。該做的還是要做，放心吧。」

「我才沒有擔心呢。」

「妳明明就很怕只剩妳一個人要面對這一坨糟糕到極點的爛攤子吧？」

「是沒錯。請你做到老。」

「有點難。到時候可能真的會以為自己是失智症呢。」

談笑之間渡過的時光總是那麼輕快而愉悅，沒有半點壓力。我正領略著和同儕們完全不同的經歷和感受，我想我的記憶深處裡還好好捧著這些像樂曲旋律般的回憶，不讓它沾染一點灰塵。

「心！」1號先生突然大聲對著我說。

「怎麼了嗎？這麼激動。」

然而那道聲音仍持續迴響著。

「心！」

到底是什麼事？我覺得肺裡有一團水吐不出來，意識變得模糊起來，許多碎裂的事物都攪亂了。我想踏出鈍重的腳步但後方有隻手用力抓住我手肘，我一回頭是辛席。「怎麼只有我來到這世界呢？妳也要啊。」我又被一股力量重擊。那道聲音仍在呼喊著我，我朝向聲音源頭瞥去。

「心！」艾莉絲的聲音穿透過皮膚直直地喚起我那昏沉的意識。我感受到胸口被用力地重壓了好幾次，口部裡頭一直有氣流入，我吐出許多水又咳了好幾下，嗆到的鼻子流出不少鼻涕又像是水的濃稠液體。突然湧上的是腳踝上的痛楚，上頭有一道勒痕。我想起來了，我似乎被湖裡的植物給絆住，腳還因此有點腫腫的。艾莉絲拍著我的背讓我把水都咳出來。

「太好了，心醒來了。」艾莉絲撫摸著我的背緩和我的呼吸。克敏的歡呼讓整個洞穴充斥著他的回音。

我呆滯地看著旁邊的湖，才逐漸拼湊起想零散的記憶。我又被強硬地拉扯到以前的回憶裡頭，不過也許是我自願瞻望這過往，明亮卻也暗淡的過往。

「我真的快嚇死了，雨探小姐。我們自己也快沒氣了才游得很焦急，完全沒注意到妳還在湖底。」克敏說。

「真是不枉費艾莉絲幫妳人工呼吸。」雷安心地吐了好幾口氣。

「真的假的？」我用乾癟的聲音說。

「妳這什麼語氣啊？我可是救命恩人呢。」

「那是我的初吻誒。」

「咦？妳都幾歲了初吻怎麼還在？」

「要妳管。總之謝啦。」我臉感覺到一點熱熱的，肯定臉紅成什麼樣。

雷在意旁偷笑著，我瞪向牠，牠才用手遮住臉。艾莉絲則是一臉得意。

「還有妳要感謝席爾佛。」艾莉絲說。「是他把妳救上岸的，他很忠誠地游在妳後頭呢。」

「忠誠？怎麼說得像是寵物一樣呢？我只是比較會憋氣罷了。」席爾佛攤坐在地上。

「怎麼？你也會害羞嗎？」我奸笑看著他。

「囉唆，學姊妳怎麼一點道謝之意都沒有啊？」

「謝謝、感謝、多謝，這樣夠有了吧？」

席爾佛無奈地嘆了口氣說又不是多用幾個同義詞就好。我能觀察到他嘴角似乎想微微地上揚卻又刻意地隱藏起來，幹嘛？國中生唷？

「要你管。」席爾佛嘖一聲說。

「還需要再休息一下嗎？洞穴外頭應該就是目的地了。」克敏探查了一下附近的地形後說。

「沒關係，我可以了，繼續趕路吧？」我起身拍了拍屁股的塵土，擰乾濡濕的衣服。「但目的地是哪裡？」

「這趟旅程的終點，廢棄的王宮。」雷說。

「廢棄的王宮。」我點了點頭，吐出帶有點疑問卻又有點像是默默接受的口氣。

我們沿著洞穴湖連通的另一側的洞口前行。一路上石壁裡持續伴隨著唏哩嘩啦的水聲。水似乎是從裡頭的通道匯集成湖的，抑或是湖的水往外流動著。除了水聲之外還有微弱的風聲，而風聲的源頭不外乎正是洞口吧？間歇能感受到的風是確實連接到外面世界的最大證據。我覺得我渾身臭成一團。一路上的汗液堆積在衣服裡，還有污水的氣味。更糟糕的是這味道和河水附著在一起變得更加刺鼻，希望沒有人聞到。但艾莉絲身上好像還是有著一絲香水的味道，這一點實在不可思議。

風像執著的、走了調的頑固指揮以自己橫衝直撞的方式竄過洞穴。經過不規律的洞窟地形也形成難以預料的驚奇樂章，有時高八度，有時低八度，有時候甚至斷斷續續。風的交響樂，我暗自想著。濕成一片的襪子緊密貼合在餘留一點水在裡頭的鞋子鞋面，走起路的同時能感受到襪子裡的水被擰出一些的啪滋聲。不管在哪座城市、哪個世界也不論裂縫裡、裂縫外或兩者間的融合，我的腳都注定無法逃離這難以忍受的肌膚感，如同命運般難纏。

風聲漸強，克敏伸手示意我們先停下後，自己往前方探查。

「沒問題，來吧，出口在前面了。」他探頭大致確認後說。我依然不是很清楚他到底怎麼做出判斷的。也許他有這方面的才能，畢竟是探查局的成員。

熟悉的晝光投映在臉上。天空像被調和過的水彩既鮮明而清晰。光溫暖地包覆著我，就算有人跟我說這道光是將宇宙所有星星的光所轉換而成的一種被投射出的灼熱而真切的能量我也相信。空氣十分清新，所有的雜質彷彿都在霎時間被抽去，成了真空狀態。我用力而不失禮貌地吸了一口飽滿的氣。如今，光和空氣等如此普遍的存在對我來說卻珍貴無比。周遭是一片茂密的樹林，洞口正在濃蔭下，顯得我們好像是從樹幹裡頭迸出來的。不遠處有一條小溪，艾莉絲一聞溪水聲便拔腿狂奔，衝到溪前洗了把臉，並把身體的髒汙拭去。

「妳這樣溪水會變髒啦。」雷不滿地說。

「我才不管呢，待在如此惡臭的地下快讓我無法忍受了，心妳快過來，我來幫妳沖洗一下，女孩子怎麼可以一直被臭味包圍呢。」

我苦笑著走向她，我也很需要沁涼的水讓我回過神。我在地下不斷被臭味及回憶侵襲，總覺得那些回憶嘗試告訴我些我不知道的事情，但我不知道那是什麼執念。

「臭貓，你不是嫌我弄髒溪水，那你現在在幹嘛？」艾莉絲看著把一隻腳泡在水的雷說道。

「正因為妳們弄髒了水，我才要淨化這裡啊。」

「滿是一堆歪理。」

「探查局的地下竟然會通到這地方，所謂的終止線到底是什麼？」我問雷。

「我也不知道，聽聞是以前的局長為了緊急避難，而將終止線設立在如此隱密的地下道。只有歷任局長們知曉這個秘密而已。」

「黑真的沒問題嗎？」

「相信牠吧。」雷呆愣看著湖水說。

稍微沖洗完後我們繼續趕路。雜木林間的小徑並不算寸步難行。沿路婆娑的樹葉像在對我們揮舞著身體、揮動著手，親密卻帶有一點生澀。可以聽到一點鳥啼聲，但卻好像有種不願意接近我們周遭的氛圍。小溪也在我們行走的路線一旁潺湲地流向更深遠的林子裡頭。當意識到溪水的聲音消失的時候，那條小溪已經不知道連通到哪去了。一片一片死去、沒有靈魂的落葉則靜躺在被我們踏過的泥濘地面上。有時候鳥翅膀的拍打聲會突然離我們很近，我撇過頭瞅了一眼，環繞的聲響便消失在靜謐的團團綠色迷霧中。風也消失了，沒有了風聲，空氣裡真的只剩下落葉隨著腳踩而破碎的聲音。

趴嚓趴嚓、趴嚓趴嚓。

我感到神奇的安心感。明明一切都糟透了我卻又覺得如此放心。

終於走出蓊鬱的雜木林，擺脫了那巨大、彷彿可以吞下萬物的寂靜。外頭是一片廢墟，正如克敏所說遠方有一座遼闊的廢棄王宮，看得出來以前曾是偉大神聖的存在。我直視著那座王宮，那一頭好像有著一股熟悉的感覺，而那感覺也正感覺著我、凝視著我。

「我們為什麼要來廢棄的王宮呢？」我問。

「這件事有兩個緣由，一個是出自於辛席的情報，他有提及一位他安排的人，對吧？」雷說。

「他說也是『歷史』家族的後裔。」我說。

「席爾佛先生，另一個緣由該讓你說明吧？畢竟局長也是聽那個人的指示。」克敏說。

「這同時也是史帝的意思嗎？」

「不太算，但那個人確實是史帝的夥伴之一。總之，這個廢棄的王宮，不對，我們現在所接近的是一個廢棄的國家，但現在卻是某些人的聚集地。」席爾佛說。

「聚集地？」克敏不解地問，看來他也只是單純收到指示而帶路而已。

「倖存的兩大家族，納雅家和劉家。千年前的事件讓他們兩大家族各自多舛的命運產生重大的分水嶺。就歷史來說，兩大家族的代表及成員早就死歷史的洪流裡了。然而，他們克服了險惡的環境，九死一生地倖存下來並延續子孫。劉家陷入了黑暗，復仇是他們的指標性任務。裂縫裡所畏懼的強大惡意：銀髮男子，也就是克拉克，正是這家族的代表人物。納雅家族則沒有復仇的盤算，只是單純地活了下來，順應著時代潮流隱姓埋名、苟延殘喘著。四散各地的家族成員們最終的聚集地，就在這個如戰後廢墟般的土地上。這裡正是以前納雅家族強盛時期所創建的國家，緬懷這塊應許之地的同時寄望能從這裡取回一點能量，正是他們聚集在這裡的原因。」

納雅家的提娜還活著，還活在夾縫中，她以某種類似靈魂的形式，穿梭了千年的歷史，並選擇見我一面，想必其中也有著什麼玄機在。

「然後呢？」我問。

「辛席所透露的情報和史帝那端所傳遞過來的資訊正好吻合，連結處的入口便是在廢棄的王宮裡。」

「這麼微妙的地方嗎？」我說。

「正因為廢棄了所以不必擔心被發現嗎？」艾莉絲說。

「克拉克或許也認為納雅家族不會阻礙他們的復仇計畫，於是就乾脆地把那通道掩藏在那裡，作為他的手下穿梭到城堡的秘道。」

「但事實不是這樣，對嗎？」

「就史帝的看法來說，應該是只有這裡的氣場和城堡最吻合，能精湛且無損傷地運作著。」席爾佛說。

「納雅家族是怎麼看的呢？」我問。

「這就是整個計畫的關鍵，現存的納雅家族基於**某些**因素，打算和史帝合作。藉由幫助我們，阻礙克拉克來達到他們的目的。」

「我們現在正要去見辛席所安排的人，他也是現在家族長老的兒子。」雷說。

「這樣判斷的話，間接上來說，史帝算是和辛席合作？」我說。
「我不確定，兩人並非相互為敵，但是否為友也有待商榷。我想，史帝至始至終都是目的導向吧。」面對迥異的情勢，任何關係的成立都含有可能性，我想席爾佛的意思是這樣。
「能信任那個後裔嗎？」艾莉絲皺著眉說。
「辛席都死了，妳說呢？」
一人一貓又互相怒視著，鬥嘴了起來。現在的氣氛很輕鬆，我自忖希冀著這美好光陰的永存。
「史帝托付給你的任務還挺吃力的嘛。」我對席爾佛說。
「反正我也閒來無事。」席爾佛說。
「這世界或許正因為你的無聊而被拯救。」克敏笑著說。
席爾佛仍面無表情地說：
「沒什麼，有時候我總能在冥冥之中感受到莫名的感召，我認為這在預兆著什麼。」
一踏進廢墟的領域裡，男子從建築物裡出來迎接我們。他似乎一直監視著我們、觀察著我們的行動。
「你就是席爾佛吧？」那男子說。「還有探查局的副局長，雷對吧？讓您一位副局長來真是不好意思，這裡什麼都沒有。」
「你是辛席安排的人嗎？抱歉，我認為在和你接觸前能夠多了解你一點，還有你們想要達成的夙願。雖然你也是史帝那邊的人，但不幸的是我不認識他，沒辦法太放心。」雷戒慎地說。
男子笑了。「確實，我能理解你們顧慮的原因。我叫大田泰佑，你們稱我大田就好。」

大田年約三十歲，身材壯碩，留著中短髮的他炯炯有神地看向我們。他的外貌不具備裂縫裡的愁容，反而和我們接近了一些，若沒有親眼看過他，實在很難解釋。

「日本人的名字？」我說。

「聽說裂縫外是這樣，但我們的名字經過日積月累的磨損下早已混肴了，沒有了象徵性的存在很容易就變這副模樣，但我不討厭，正確的形容應該就是坦然接受了。」他說。大田的服裝樣式略為過時，但整體來說還算整齊乾淨。「你們別誤會，我並非克拉克的手下，我可是納雅家族的人，這點自覺仍是十分強烈的。說到辛席那個男人，我和他的因緣很簡單，單純只是兩個家族後裔的交流罷了，話說他人呢？」

「死了。」雷說。「慘遭克拉克的毒手。」

「是嗎？我想他早就預料到了。」

「那史帝這邊呢？你是怎麼認識他的？」我問。

「這就有點玄奇了，他是有點神秘的存在。我恐怕沒辦法說太多。」

「談正事吧。」席爾佛打岔說。「我們該怎麼前往城堡？」

我瞥向席爾佛，他則看我一眼後繼續凝視大田，等著他口中的答案。

「真是焦急。」大田拿出菸盒，點了根菸後手插口袋、吐出煙霧。我以為艾莉絲會忍不住地跟著抽一根，她卻意外地毫無反應。大田接續著說：「城堡裡頭有個狹小的房間，應該是以前的書房。不可思議的是有一個書架跟架上的書經過千年的日子沖刷卻沒有任何腐壞的痕跡，你們知道為什麼嗎？」大田賣關子地說。

「想必是周遭佈下了什麼神秘力量?」克敏嘗試不讓自己被遺忘地開口說。

「沒錯。書架被保護得很妥當,我想可以解釋為有什麼東西在裡頭存在而不能被毀滅,所以下了什麼咒術讓書架和書不會因時間而泛黃腐爛。」大田望向王宮,我們也順著他眼光的方位看著浩大的王宮。「關鍵方法在於抽取書的順序及找出正確的內容。」

「這都是辛席告訴你的嗎?」席爾佛問。

「納雅家的人都知道這件事噢,畢竟劉家基本上沒有把我們視為敵人,克拉克也不在乎我們,所以有關這個秘密他們總是很健談。」

「等一下,這樣的話書房也會有劉家的人駐守吧?我們好不容易躲過了劉家在探查局裡的人馬追緝,但實質上卻是越來越接近他們。」我回頭望向我們來的方向。

「不要忘了,這正是我們的目的,總不可能期望連結處的入口沒人看守吧?」雷說。

「我們走的路線是隱藏地道,再加上終止線的關係,我想他們短時間內追不到這裡來。」克敏說。

「更何況還有你們散佈的假消息影響著他們的行動不是嗎?」

「那個嗎?現在想想,我真希望那有用。」我想艾莉絲的口氣充滿躊躇。

「我也希望。」席爾佛說。

「妳們到底散佈了什麼?」我問。

然而沒人應答。大田邊叼著菸邊領著我們往廢墟裡頭走。空氣混雜著石灰以及塵土味。天空的雲如蜘蛛網般擴張成一大團,而且離我們很近似的,純粹的藍流動著。大田的步伐很慢,我能感受到席爾佛的不快,我想他潛意識下的著急個性正顯露著。

「之前妳和1號先生是怎麼前往城堡的？」我問艾莉絲。

「當時克拉克把城堡置放在沒三兩下功夫便能連結到的空間，只要稍微擅長空間穿梭的人都做得到。但這次是放在夾縫吧？沒那麼輕鬆了，需要穩定的第三種視野或是其他輔助條件。」

「艾莉絲沒有第三種視野嗎？」

「她的不怎麼成熟。」雷說。

「因為平常沒有使用的必要性。」

「那麼，確切的方法是什麼呢？大田先生。」席爾佛詢問。

「由下數來第三層的書架再抽出從左數來第七本，名為《歷史》的書，接著翻開那本書的第七十四頁，指向第十五行的『城堡』字眼，然後閉上眼睛，就會被傳遞到城堡了。」大田口齒清晰地說。

「看來答案沒錯。」艾莉絲說。這次她終於拿出菸盒，取出一根菸點火了。

大田眼神詫異地看著艾莉絲。「妳們在試探我嗎？」

「抱歉讓你有所誤會，只是我們需要確認我們取得的資訊是否正確，若有一點差異便頭疼了。」

「果然妳們在探查局便已經得知方法了嗎？」我說。

「如果辛席說的話具有足夠的可性度的話，畢竟情報來源一樣都是來自於他吧？」席爾佛說。

「也沒什麼好騙的，我們有一致的目的性。」大田嘆口氣說。

「目的性嗎？」克敏重複道。

「城堡是在夾縫沒錯吧。」艾莉絲再一次確認。

「是啊，他非常小心謹慎，把城堡藏在夾縫裡額外夾入的一層夾縫。但他的手下似乎就有點狀況外了。」大田像是第三者般，以敘事者的口吻說。

「我們趕緊動身吧，感謝你的幫忙，大田。」艾莉絲說。

「等等。」大田叫道。「直接闖進去是有風險的。」

「為什麼？」克敏不解地問。

「你們該不會想要直接在劉家的守衛面前直搗書房吧？他們絕不會讓人輕易地接近那裡的。」

「原來如此。」艾莉絲含著菸說道。這女人真的有在思考嗎？

「我們來這裡的目的可不光只是對答案而已。」雷說。

跟我來吧。大田這麼說完便逕自走向廢墟深處。沿路很多人癱坐在地上，他們的眼睛死沉沉地盯著我們。我們穿過錯綜複雜的巷子，最終大田的腳步駐足在一棟明顯和周圍建築相比有著高識別性的洋樓前面。

我好像曾經見過這棟宅邸。腦海中的意象和圖騰慢慢浮現。白霧裡頭具衝擊性的對話讓我想起了這件事。

「我想起來了，我曾經看過這棟建築，『倖存家族代表的唯一談話』裡的那棟宅邸。」我大喊著。

「是那棟洋樓嗎？難怪我也覺得莫名熟悉。」席爾佛說。

「妳說妳被引導到千年前的歷史現場的宅邸嗎？」雷問。

「對。」

「有這種事？」大田驚訝地說。「被帶到千年前？我從沒聽過有人能做到這種事。」

「或許很難相信，但我確實見過了納雅家族的代表——提娜兩次。」

「兩次？」雷皺起眉頭。「妳沒跟我說過第二次。」

「第二次我沒什麼機會告訴你。那是在我們和處刑者以及小丑對峙時的事，我被錯亂的時間捲到一年後的時間帶。城市的光景還是和以現在來說的半年後一樣：空無一人的城市。那隻從雲裡頭伸出來的大手也還在。然後我常去的咖啡店被夷為平地。我試著切換第三種視野後，看見的是夾縫裡頭一座延伸階梯的王宮，提娜正杵在那裡，她告訴我克拉克成功地實行了計劃，讓裂縫裡和裂縫外的人失去肉體只剩下靈魂四處飄盪。她警示我之後，我的意識旋即被送回原本的城市裡了。」我說。

在場的所有人頓時間都一語不發。

「我們的祖先正透過某種媒介警告著妳相關預兆，而不是傳達給後代子孫的我們嗎？」大田以扼腕的口吻手插著腰說。

「我想是的，但詳細原因我也不清楚。」我說。

「和誰說有關係嗎？重點應該在於誰能及時化解掉這危機。」艾莉絲說。

大田的眼神顯露出不太能接受這說法的感覺，甚至可以說不太友善地瞪向艾莉絲。

我注視著遠方的王宮，想稍微緩頰氣氛。「現在想想，那座王宮和這座王宮真的一模一樣。應該不是巧合。」

「但她沒告訴妳有什麼方法能阻止克拉克嗎？」克敏說。

「沒有，我想她也不一定有解答，那是我們現在要面臨的難題。」我說。

「妳說的沒錯，進來吧！我介紹我父親給你們認識。」大田突然想讓事情急速推進似的打開門，示意要我們進入。「總結來說，妳看到的應該不是這一棟。相同外觀的建築這裡有好幾棟，因為聽說在那個年代，官員都住在這種宅邸。」

宅邸裡頭的水泥牆並沒有外表來的脆弱且充滿龜裂，光滑的牆面及明亮的漆色顯示出主人的講究，對於落魄家族的首領來說，或許仍具有這點程度的拘泥。裡頭有幾名盤坐在角落的人正討論著事情，一見到大田便肅然起身，動作也僵硬不少。

「沒關係，不用在意我。」大田說。「我父親呢？」

「大田大人在房間裡休息。」其中一位理著平頭的男子說道。

我們跟在大田背後沿著宅邸裡昏暗的通道走到一間門上有盞燈的房間。大田重重地敲了兩下說：

「老爸，是我，泰佑。我帶那些人來了。」

「是泰佑嗎？進來吧。」裡頭一道虛弱的老人聲音回道。

只見大田小心翼翼地推開門，帶領我們走到木製床的一旁。房間裡堆滿了書籍，能走的地方相當有限。同樣木製的桌上擺著一根蠟燭，似乎是整間房間裡的唯一光源。一位體型相當壯碩的老人躺在床上，他一起身床便發出啪嗒啪嗒的木頭拉扯聲，我享受著這道聲音。

「你就是副局長嗎？久仰大名。」他對著克敏說，克敏身上確實穿著著探查局的制服，是我們裡頭最像副局長的人。可惜有一隻貓不這麼覺得。

「抱歉，大叔，我才是副局長。」雷說。

「是嗎？真是抱歉，我已經老了，竟然把人看成貓。」

「我就是貓沒錯啊。」

「你看看，我甚至出現幻覺了，貓會說話呢，泰佑。」

「你沒幻覺也沒老花，副局長確實是隻會說話的貓。」

老人沉默許久，他撫摸著被雪白鬍子遮住的老年皺紋，緊接著喜孜孜地說：

「久仰大名。」

「說實在的這失智老頭根本不知道我的名字吧？」雷不滿地說。

「雷，有禮貌一點啦，他是長老欸。」我說。

「你們要前往城堡對吧？」老人環視著房間裡每個人說。

「老爸，我已經把方式告訴他們了。只是問題出在如何擺脫那些守衛。」

老人像是放空看著蠟燭的光所映照的書上，他手摸摸鼻子說：

「《歷史》這本書是某位學者所鑄成的大作，講述著裂縫的存在及其左右的歷史，是地位無法動搖的經典。然而放置在王宮書架上的那本已經是世上唯一的一本了，甚至還被作為這種暗號般的存在，實在不勝唏噓。」

「我們想知道的是如何擺脫那些麻煩的傢伙。」艾莉絲以提醒般的口氣說。

老人則繼續說。「我想要那本書。我可以協助你們前往城堡，但那本書我要，這應該沒問題吧？」

「沒問題，但你願意為了一本書而冒如此大的風險嗎？」雷問。

「我一直在等待機會。」老人從床底下拿出一罐瓶裝酒隨即打開軟木塞扔向一旁，小酌一口。他眼神有點渙散。「我們要自行去取回那本書是不可能的。克拉克不會因為我們是倖存家族的子孫就無端放過我們。所以當得知你們有這樣的計畫時，對我們來說便是一個大好機會。你們潛進城堡的同時，他的手下還有他本人都沒辦法把注意力放在我們身上，因為他們會對你們窮追不捨。」

「也就是說我們是你計畫裡的棄子。」席爾佛冷靜地判斷。

「我也大可不合作。況且你們失敗了對我也沒好處，遲早會被他清算的。我會讓我兒子也一同前往，這樣就不算把你們當砲灰了吧？我可沒愚蠢到為了一本書而打算犧牲自己的骨肉。」

席爾佛喃喃說著：「詭異。」然後手撫摸著下巴，沉思著。

「事情就是這樣。」大田雙手抱胸，採取高姿態的口吻說。「書是我們的條件，為此付出我們家族的命運還有我的力量，這樣不過分吧？」

「相當不合理的條件呢，」艾莉絲說。「對你們來說，《歷史》有什麼重大意義嗎？」

老人大笑了起來。「重點就在這裡，《歷史》裡頭記載著令人不快的歷史，我想要抹滅掉的歷史。」

「抹滅？」我問。

老人彎下腰將酒瓶擱置木地板後起身下床。「所謂的錯誤是無法一言以蔽之的，只要劉家報仇的血氣還在，倖存家族永遠都會被貼上標籤。我們始終都逃不開惡果的循環。縱使無人提及，黑暗的齒輪仍在我們身體某一處運轉著，持續腐壞著一代又一代。」

老人笑著拿起桌上的水，大田泰佑則扶著他，在老人喝完水之際拍著他的背避免他嗆到。

「但那本書全世界只有一本，不論內容有沒有改變，世人的觀感仍是那樣，不是嗎？」席爾佛說。

「在你們看來是這樣沒錯，就我們一族來說是不行的。那就像是令人難以下嚥的料理、無止盡的深淵，我能感受到漆黑之中有無數雙手抓住我，痛苦不堪。只要想辦法竊得那本書、竄改內容，那一面的黑霧才會漸漸散去，既成事實才有辦法潛上水面。」

「你的意思是只要修改《歷史》這本書，真實的歷史也會被隨之改變嗎？」我問。

「正確的說法是緩慢地、從潛意識上修正，那本書具有這樣的魔力。不然怎麼有辦法成為克拉克的工具呢？」老人應答。

「這倒也是。這是你身為長老的職責嗎？」艾莉絲說。

「長老不就是這樣嗎？我們和劉家不一樣，我們堅信著祖靈的傳統，這讓我們的信仰得到理所當然的慰藉，也讓我們擁有遠矚高瞻的眼光，所以看得到偉大的尊容。廢棄王宮裡頭有著什麼神聖的東西存在。」

「夾縫裡頭嗎？」我說。

「沒錯，所以不是任何人都看得到，包括那些駐守在裡頭的蠢蛋。」老人說。

「連克拉克也是嗎？」我問。

「我想他也看不到吧。」老人精神奕奕地說道。「小姐，我看得出妳是劉家的血脈對吧？」老人對艾莉絲說。

「這件事姑且忘了吧，我不想承認。」艾莉絲嘆了口氣。

「所以克拉克在那座地下的空虛城鎮說什麼背叛雨、祖先無法原諒之類的話，果然是在說艾莉絲妳也是劉家的後裔，對嗎？」

罪惡血脈的解釋還有先前艾莉絲談及克拉克所呈現的反應便都說得通了。

「是啊，」艾莉絲聳肩說道。「我確實和這傢伙有著相同的祖先，但我對所謂復仇沒興趣，也不想變得跟他們一樣可悲。」

「真是驚訝呢。」雷說，但牠肯定早就知道了，牠總是這樣。

「即使忘了仍不會淡去，這正是歷史還有所謂的血濃於水，妳一定理解我們的感受。」然艾莉絲沉默不語。

「閒話就到這裡吧，先讓我們準備一下。」大田說。「預計夜晚行動，希望能給他們來個措手不及的突襲。」

烏鴉劃破被層層陰鬱的樹葉罩住而不怎麼寬大的天空。晚霞已經默默地染紅了白楊樹的枝葉，那漸層的色調像是色彩基礎卓越的水彩畫作。大田帶我們到廢墟裡的空屋。他說這裡空房很多，他們還在等候其他家族成員來到這裡，所以永遠不會離去。

「直到我們能像世間宣佈我們來自納雅家，不需要隱姓埋名為止。我們不會也不想去迫害誰，只是想好好地活著。」

大田大概介紹了附近的機能（雖然聽完的想法是附近什麼都沒有）後就離開了。

「那個老頭一開始根本是在裝瘋賣傻吧？」見大田一走，雷便小聲地抱怨。

「他確實還隱藏什麼的樣子。」艾莉絲說。

「我想不至於影響到我們，只是我們又該怎麼對付克拉克呢？」我說。

席爾佛側耳傾聽著什麼似的在一旁專注在自我世界中，我在想他或許在接收來自史帝的訊息。

「有經驗的人怎麼說？」

雷睨視艾莉絲，只見艾莉絲兩手一攤。「就是被兇狠的暴風掃過，然後斷了一隻手。」她又拿出香菸輕巧地點火再吐出深長的一口煙霧。「他會化作龍捲風或任何型態的東西，我唯一能想到的方法也許真的就是心的鋼筆了，那是無形的力量，對他或許意外有用。」

「妳之前不是說過他的弱點是雨，那是怎麼回事？」我說。

「是啊，確實是那樣。但那是僅限在他所創造的特別的空間裡而已。假使是在夾縫裡的城堡這招就沒效了。城堡裡蘊藏著源源不絕的力量，雨恐怕已經無法成為傷害他的武器，所以我們沒有任何有把握的方法對付他。」

「若我們再不想點法子，或許心所描述的恐怖未來就會降臨。」雷補充說道。

「好沉重。」克敏忍不住嘆口氣說。

外頭的黑暗利索地為天空披上暗沉的夜幕。哽塞住的氣息逐漸流動了起來。廢墟裡頭醞釀著一股氣息，大家屏息以待出兵的那一刻。

老人正對著族裡的士兵說些什麼，隨後士兵們依照指示各司其職。大田走向我們，惴惴不安的神情顯露出他的緊張。

「準備好了嗎？長老一聲令下，前線部隊會先出發。下午的時候已經有派員去調查王宮週遭的環境，對方的部署相當鬆散，似乎沒預料到你們會找到廢棄的王宮來。」大田說。

「看來現在的局勢正好。你們清楚書房的位置嗎？」雷說。

「這有點困難，他們對我們雖沒有敵意，卻不代表我們能輕鬆寫意地接近到核心。屆時只好兵分三路，要盡可能不被發現並突破王宮的防守。」

「是嗎？還是充滿困難嗎？」艾莉絲意有所指地問。

大田笑而不語，他擠出笑臉的同時眼角浮現幾絲皺紋。「我們會盡量掩護妳們。」他說。

火光一盞一盞點起，誰也想不到這樣平靜的夜晚裡頭即將掀起壯麗的波瀾。我也有點忐忑，不管怎麼說心情會浮動應該是很正常的，但在心裡頭卻有一塊地方告訴我不是這樣，就像是大鐘正被響亮敲響著，警示意味濃厚、直達腦中的喧譁聲正試圖告知著我：有些怪異之處我沒有察覺到。

這一切莫名的順利。

看著殷勤準備的納雅家族我實在說不出口。但就算是雷牠們，我也沒辦法把我心中無法釋懷的部分毫無保留地坦承，因為我沒有任何的根據。我坐在小屋外的石椅上，雷不知道去哪奔走了看似很忙的樣子，也許聯繫到探查局然後也準備著手些什麼了吧，牠永遠停不下腳步。坐在我一旁跟我一樣清閒的艾莉絲則把周遭的忙碌排除出三次元外的空間，自在地抽著Salem牌的菸。

「妳好像想說什麼。」艾莉絲看穿我內心所想似地看向遠方的火光。

「沒有。」我說。

「妳是不是想說這一切太過於順利。」

我嘆了口氣。「女人的直覺都這麼精準嗎？」我說。

「是妳太好猜，妳不覺得嗎？」艾莉絲嫣然一笑吐了口煙。

我無比認同，有時候就是藏也藏不住。我在腦中謹慎地找著字彙，這比想像的難，因為我本來是沒打算說出內心的耿耿於懷。

「我覺得這會不會是什麼陷阱。」我說。

艾莉絲眉頭挑了一下，手點了點菸讓菸灰能碎落到地面。

「但就算是陷阱，也只能奉陪了吧。」艾莉絲說。

「就是這樣才可怕，無意識地被人算計著，任人宰割。」

「還有一點時間吧？不如再思考一下。」

「是啊，話說席爾佛呢？」

「誰知道呢？根本不知道在忙什麼，接收夾縫的消息？」

胸口突然灼熱了起來，這令我十分難受，是什麼在躁動著，那源自於根本心靈層面的呼喚聲。

「妳們早就中計了，有一雙克拉克的眼睛連結著的視線正監視著妳，妳必須要找出來，除掉那個威脅，否則一切便是白搭。」辛席的聲音直響腦海。

「監視著妳、監視著妳。」

這聲音強硬地遍佈在大腦每一處。聲音的更細緻裡頭傳來一陣斷斷續續如訊號般的微弱聲音。「銀髮男子會透過那雙眼睛，看著妳。」

「心！妳還好嗎？」艾莉絲扶著我的背喊著。我意會到我似乎正趴倒在地上。

「沒問題。」我說。「就是有點難受。」

「喂，沒問題嗎？妳看起來真的很痛苦。」模糊的視線裡雷的模樣出現了，牠濕濕的鼻子正抽動著。

「糟糕。」我說。「我們這次危險了。」

「什麼意思？」雷不解地問。

「席爾佛在哪裡？」我抬起頭看向望著我們這看的家族成員們。「你們有沒有看到一名和克拉克一樣的銀髮男子？」我喊著。霎時四周的空氣彷彿被凍結似的，每個人都啞口無言，愕然地看向我。

光是銀髮這個要素便能更串聯出許多線索，我怎麼會沒想到呢？當我第一次見到他就覺得他身上有著不可思議的氣息，我的直覺不會錯，他的眼睛裡正連接著遙遠的彼端。

原本平靜的空氣開始騷動了起來，一陣強勢的風掠過，吹熄火把上的旺盛火炎。士兵們先是疑惑著，緊接著露出悚然一驚的面容，暴戾的龍捲風襲擊而來，具有生命似的攪亂納雅士兵的陣型並狂放地肆虐著廢墟。

大家都知道克拉克來了。他沒有任何理由的出現。大田光是帶領士兵躲藏都顯得猝不及防。這道風也正毫不留情摧毀著今晚的計畫。

「他會化作龍捲風或任何型態的東西。」艾莉絲曾這樣說。事實上，我第一次見到克拉克時，他也是擬態成風的樣貌。

所有事情都曝光了。我跑向森林，雷和艾莉絲也跟著我。

「妳們幹嘛？」我一面奔跑，一面回過頭滿是疑問。

「蠢蛋，繼續待在那也準沒好事發生。」雷瞥向後方的動亂。

「這樣從別人眼中看來，我們不就是很窩囊地逃跑嗎？」我邊跑邊大聲地喊。

「人本來就得為自己著想，不要在乎他人的看法。況且，我們現在不正是在落跑沒錯嗎？」艾莉絲問。

「我是要找人。」

很快地便在林子的某處看見席爾佛席地而坐，他兩眼無神地看著我們。

「喂，你做了什麼？」我揪住席爾佛的衣領。「你是克拉克的眼線對吧？」

席爾佛看起來十分虛弱，他一句話也說不出來。

「他的樣子不太對勁。」雷說。

聽見皮鞋踏在草地上的聲音使我猛然回頭，那股湧上來的異樣感滿布全身。某處器官正如燃燒般劇烈地折磨著我，異樣的不適感讓我差點吐了出來。終於，這股一直卡在我心裡的塞子被拔除了，說不上來的詭譎感受雲消霧散。

「別怪他好嗎？心，他什麼都不知情。」

銀髮油頭的男子雙手插口袋，穿著正裝的襯衫配上西裝背心及西裝褲。不知情的人看到他的一身俐落感或許都會覺得是某家公司的社長。「他是我的眼睛，我無意中部署的眼睛，從他出生那一刻起就為了我控制，當然，沒有任何人知道。」

我看向無力癱軟的席爾佛，直視他的眼睛還有嘴巴上的傷痕說：「你的銀髮是天生的吧？」

他緩緩點頭，他的意識似乎也漸漸取回來了。「我從小就很疑惑，明明我爸媽都是黑髮，我卻是如怪胎般的銀髮，如今看來這髮色是有玄機的。」席爾佛講話還有點喘，嘴角不時滲出口水。

克拉克像是指揮般的揮了揮手說道：「這銀髮真美麗，是我賜予的禮物呢。也多虧你的眼睛，否則我的城堡就會被你們給侵入了呢。」

「渾帳！」雷喊道。

「副局長，別生氣。我解決掉你們後會趕赴到探查局，讓真正的局長繼位。」

「什麼真正的局長？」雷的神情變得恐怖。

「沒什麼，就只是我安排的人罷了，反正你很快也會丟了烏紗帽，嗯，更確切地說是殉職。」

「簡直一派胡言。」

「現在來看是這樣沒錯，但一小時後會怎麼樣就不得而知了，對吧？你們已經沒戲唱了。偉大的計畫曝光後，我依然沒加強王宮的防守，你們知道是為什麼嗎？」

「因為沒必要。」艾莉絲說。「真是無聊。」

克拉克冷凝平淡地瞅著艾莉絲。「美麗又可恨的後裔，妳依然陰魂不散。話說另一個男人，我記得是叫迪亞對吧？我始終忘不了那件事，他是少數可以傷害我到這種程度的。他跑去哪了啊？」

「誰知道呢？」艾莉絲怒視著克拉克。「我跟你無話可說。」

「別這麼說嘛，看在我們留有相同血液的份上。」

「王八，我就是我，不會被血脈給操控。」艾莉絲如宣示般義正辭嚴地說。

「無所謂。」克拉克說。「我一點也不在乎妳和我的血緣關係。對我來說，不論是裂縫外、裂縫內，甚至夾縫的生物終將難逃一死，只是順序先後而已。劉家曾是偉大的家族，只是飽受千年迫害後大家變得懦弱。但歷史會說話的，歷史上的我們，是因雨而受惠的一族。」

「雨？」我說。

艾莉絲的表情些微的鬆垮，她嘆了口氣。

「至少在兩千年前我們還和妳一樣來自裂縫外。」克拉克說。

我和雷專注傾聽著，席爾佛則是一臉愣住的樣子。

「但你們最後卻來到了裂縫裡？」我說。

「是啊，我們一族的祖先在裂縫外受到迫害，只能以四海為家，成為名副其實的遊牧民族。然而某天，一場如戰場虐殺般的狂風暴雨捲起，彷彿是某種救贖抑或是希望，祖先們毫無預警地被傳送到遙遠而不可及的世界，也就是所謂的裂縫裡頭。這是一個一年四季都下著雨的土地，我們的祖先把握這不可多得的機會穩紮穩打地鞏固起地位而成為望族。甚至隨著時間的流逝，不少人漸漸掌握出呼喚風的能力。對我們來說雨是神聖而不可控制的——是雨給了我們恩惠。

「不久後裂縫裡的另一大家族出現了，就是現在的納雅家。他們是能夠控制雨的家族，對於如此重視雨的我的祖先們當然無法容忍，一旦裂縫裡恣意停了雨，我們就會不時看到裂縫裡外融合的街景，會想起那不堪的過往。為此我們的祖先動起干戈，誓言非得除掉這個家族。長年下來戰事沒停止過，爭執也沒中斷過。那是一個殺死人如喝水般輕鬆的年代。

「我想人性是這樣：彼此傷害久了便開始厭倦戰鬥，甚至忘了初心。於是戰爭在雙方長老的子女結婚並締結了一個『有關雨的控制』公約下結束。」克拉克的表情沒有一絲情感地說。「而這女人，」他看向艾莉絲。「她正是當時結為連理的長老子女的後裔，具有劉家的血統，同時也具有納雅家的血統，能夠呼風、也能喚雨，就我們祖先的觀點來看可說是骯髒至極。」克拉克嗤之以鼻地說。

「劉家呼風，納雅家喚雨。」雷津津有味地品嚐著這句話。

「講得那麼好聽，其實你們只是嫉妒我們能夠操控雨吧？」艾莉絲抱胸笑著說。「那麼，現在的你到底是誰呢？我們來談談你的本名吧？你為什麼要換一個名字來復仇呢？克拉克。」

「妳還特地去調查我的底細了嗎？真是熱心。」克拉克說。

「妳早就知道他的真實身份了嗎？」我問艾莉絲。

「九年前，我和迪亞一同得知了他的本名——歐本。」

「是什麼早就不重要了。」克拉克說。「名字只是一種具識別性的不存在意象。當這世界即將只剩下我的時候，所謂的姓和名便淪為無意義的詞彙。」

「究竟為什麼你非得要抹消一切呢？為祖先復仇嗎？」我問他。

克拉克一語不發，只是露出人畜無害的虛偽笑容死死地盯著我們。

「艾莉絲。」我叫她。「這裡離城堡應該很遠吧？可以讓天空下雨嗎？」

「我使不出來。」艾莉絲的汗珠從額頭滑落。「這太詭異了。雨不聽我使喚。」她那滿布驚恐的神情帶有一絲恐懼。

「這當然，我完美計畫的第一個環節就是消除雨本身的存在。再來就是堵住兩邊的通道，不讓街景有所融合、連結。雖然我不知道雨探是怎麼從那端過來的，但一旦雨本身的存在被消滅，妳也就奈何不了我。」

「有件事我很在意。」我說。「為什麼你視雨為恩賜，雨卻同時是你的弱點，這樣不是很奇怪嗎？這互相矛盾了吧。」

「這件事嗎？好吧，來說個故事吧。」克拉克說。「一千年前的劉家第二十一代代表是我的叔叔。妳們深知的歷史事件當下我其實是在場的。我正在外頭駐守，忽然一陣風吹草動，才驚覺宅邸被憤怒的聯軍團團包圍。當我正要行動時，腹部感到一陣疼痛及強烈的麻木感，隨著溢出的鮮血我才驚覺自己被狙擊了。沒多久宅邸陷入火海。世人普遍都認為我們死了吧？所以自以為是地將這件事列為『歷史事件』。然而家族成員們早在宅邸地下暗藏了秘密通道，讓代表們能藉機逃走，只不過整體來說傷亡仍慘重。我就沒這麼幸運了，碎裂的瓦礫硬生生地壓住了我，我也認為我即將死去，至少意識逐漸模糊的我是這麼想的。

「當我再次醒來時，才得知已經過了十年。醒來時物換星移、人事已非。我不清楚我是怎麼活下來的，唯一知道的是我身處在充滿粉色迷霧的山上。霎時，我聽見一道呼喚我的聲音。我穿越一座又一座的森林，跋涉一座又一座的山，最後在某個山路小徑找到那名靜坐沉思的男子，我知道，正是他透過意念呼喚著我。『我是來自千年前的人。』，那男子這麼說。他說他在幾千年前受到了永生不死的詛咒。我問他永生不死不是祝福嗎？怎麼會是詛咒呢？男子嘴角一歪笑著說他原本也這麼認為，直到身邊的人一一死去，只剩下自己時，他才知道所謂的不死是玩弄生命、可笑至極的玩笑。孤寂佔據了他的一生，連死亡都成為了不可觸及的奢侈。霧裡頭的那名男子說：『你原本已經死了，但有人帶著你的遺體到這座山希望能將這詛咒轉嫁於你，讓你承擔這禁忌的詛咒，我便能解脫，終結我的生命。』

「『對你來說，這樣便足夠了嗎？』我問他。他說：『到了我這個階段，或許你也能理解我的麻木感。』男子補充說道：『但這不是毫無代價，你將無法和觸碰到雨，一旦如此，你將灰飛煙滅。』我問他為什麼會有所謂的代價呢？不死本身不就是詛咒了嗎？『那不是詛咒。』他說。『那是雨本身對你的排斥效應。』說完他起身，給我一抹微笑便走進了粉霧裡。『這粉霧就當作我送你的餞別禮吧。』

「我說我不懂何為排斥效應，轉瞬即逝的恬靜中沒有任何答覆。而我得到了無限的生命。不能再碰觸到雨確實很痛苦，但想到能用這純粹的時光來完成這場復仇就覺得痛快淋漓。至今我對那名男子的身份仍不清楚，他曾經是哪裡的貴族子弟嗎？抑或是徹底的神仙呢？不論是什麼，他已經成為我心底深處的意象，一個深沉的想像般的存在。本質上那就是我。我回到劉家時，發現我的叔叔康已不再有野心，失去所有令他六神無主，雖然弒親是很遺憾的決定，但我仍不得不殺了他。我認為我遲早會成為帶領這沒落家族的王，而這世界將如同命運般的指引，讓萬物回歸虛無，就像是天上看似永恆的星星或許早已黯淡死去，我們看見的終究只是幾萬年前的光而已。這都是命運使然噢。被註定的事總是那麼規律而不變。粉霧裡頭如神仙般的男子傳遞給我的便是那樣的神旨，也就是我給我自己的任務。」

「不變才不是這種東西。」我說。「那只是你的幻想。」

「是嗎？」

周遭的空氣產生劇烈的變化，克拉克，或是歐本，總之眼前的銀髮男子正要捲起災難級的旋風，我摸著口袋裡頭的鋼筆。

「咦？」

這時候還沒有鋼筆嗎？腦中一片空白，我該怎麼做才好？

「學姊。」席爾佛虛弱的聲音溜進我那膨脹而混亂的意識。「第三種視野，快，他沒辦法擅自進入其他人創造的夾縫裡，抓住她們的手，我的話自己有辦法。」

「雷牠們進得去嗎？」我疑問著。

「快，沒時間了！」他竭盡力氣地大喊。

眼前銳利的風鏟起了環繞著我們的樹。漆黑的夜空也不時閃爍著白光，一閃一閃滲出如汁液般的光投射在林蔭間。我緊緊抓住雷的貓掌、艾莉絲的左手，旋即切換第三種視野，也就是夾縫的視野。夾縫是隔絕一切的空間，會使得肉體在原本的空間完全消失，直到離開夾縫的那一刻肉體才又現形，甚至還會發生讓時光倒流的現象（但無法確定兩者的關聯性）。上一次和席爾佛的真切體驗讓我認知到這個事實。我不希望再讓時間的轉盤恣意變動，雖然本來便不是我能掌控的現象，我是被動的。橫掃過來的風只距離我的眼睛一點點的距離，我還能清晰看見碎屑和灰塵。

再來是一片更黑暗的漆黑。

靜謐中能感受到一片祥和流入體內，那是一股真誠的溫暖，我被那如此慰藉、如此灼熱的心跳般的餘溫喚醒。還有另一道足以令人清醒的聲音，清脆的雨聲。伴隨著舒服的涼風吹過，我注意到自己正佇立在這座潔白而不失莊嚴的王宮。我很清楚這裡不是廢墟裡頭的那座龜裂的王宮。等一下，也許是同一座，但時間點不一樣，抑或是不同空間裡頭存在的王宮。我身旁沒有任何人，明明我抓住了雷和艾莉絲的手，席爾佛應該也能自己抵達夾縫才對。我望著四周，一名穿著綠色樸素洋裝，戴著化妝舞會面具的女子向我走來。

「提娜？」我說。

「放心吧，妳的朋友們都沒事。他們只是到不了這裡，暫時被困在別處的空間。」

我放心地嘆了口氣。「太好了。」

提娜看見我誇張的吐氣動作不禁噗滋笑了一聲。我因此意外地望向她。她果斷拿下面具。「現在妳能夠看清楚我的臉了嗎？」

面具之下是十分姣好的臉蛋，白皙的皮膚和亮麗的五官，配上褐色的微彎捲髮及耳朵上的耳飾，所謂的絕世美女應該就是這樣子沒錯。

「第一次見到妳時確實看不清妳的臉，第二次妳戴上了面具，這又是為什麼呢？」

「我想是因應妳的心境吧，第一次妳仍對一切困惑著，眼前的一切像是迷霧。第二次妳則嘗試欺騙了自己。」

「嘗試欺騙自己？」

「妳無意識間想讓自己遠離這些光怪陸離的事，所以告訴自己眼前所接受到的訊息都是虛偽、不真實的，縱使妳本人沒發覺到，但總是能體會到那一點點的弔詭感吧？妳知道妳正排斥著。」

或許有吧，我承認。

那並不可恥，提娜輕聲細語地說完後優雅地步向雕刻出壁畫的牆前，她凝視著上頭像是歷史般的壁畫。

「我們都源自於歷史，也終將回歸歷史，所以深知掙扎是沒有意義的，想去竄改歷史這件事情的本質上就是有所衝突而矛盾，畢竟，已經成形的事實是沒辦法改變的。」她淡淡地說。「所以我戴上了面具，因為那時的妳沒辦法直視我，為什麼？我偶爾也會這麼思索著，我這麼做的用意到底是什麼？說來諷刺，恐怕我自己也不清楚。不過那倒是無關痛癢，因為現在妳沒問題了。」

「我不知道我到底還有沒有問題。但事實上我也沒什麼自信。保護我的鋼筆始終沒現形過。」

「那是妳的認知錯誤啊。」她說。「鋼筆不是保護妳的武器，而是維繫妳心靈強度的夥伴，並不是危機時它才會現形，而是要妳有充分的自信才能夠改變著它的型態。」

「妳怎麼好像很清楚鋼筆？」

「因為那是我父親打造的，曾是我的夥伴啊。」

「什麼？可是這是雨探們代代傳承的名器之一，怎麼會從，」話還沒說完我便像觸電般打通了思想，也許頭上還冒出了幾顆燈泡。「原來如此。」我說。「納雅家產生了分家，那些分家逆向從裂縫裡來到我們的城市一隅，而鋼筆也就這麼流到裂縫外了嗎？」

「沒錯。正如劉家是被雨帶到裂縫裡的，能夠操控雨的我們自然而然能選擇到裂縫外生活，沒有對錯。至於那些後人怎麼去擴展他們的血脈我就不清楚，甚至妳身上到底有沒有納雅家的血我也不確定。但至少鋼筆成為了妳我的聯繫媒介，它帶來了妳，希望能讓我再次感受那真實的肌膚。介意我摸摸妳嗎？」

我也許稍有猶豫：「我想，應該不介意。」雖然很怪，我笑著說。

提娜觸摸著我的手，她的手相當冰冷，有股說不上來的孤獨感隨著她纖細而無感情的手指傳遞了過來。

「妳不需要擔心，」提娜開口說。「妳的透明正逐漸減緩。」

「因為妳就是那個『虛假的真實』嗎？」我問。

提娜只是輕輕地給我一個微笑。「所謂的真實，便是這麼寒冷，其中蘊含著不少的孤單。妳必須不斷接觸著如此空虛的存在才能避免透明化，不覺得很痛苦嗎？」

「但痛苦的不是我，是妳對吧？看透人的心沒什麼，能夠理解別人的心才是最重要的能力。提娜，我可以接收妳的孤寂、理解妳心中的世界。再怎麼冰冷也沒關係，因為冬天會過去的，春天會來的。」

我不知道哪裡來的有感而發的情緒促使我這麼說。

「謝謝妳，鋼筆的持有人是妳真的太好了。」提娜語氣略帶哽咽地說。

我握住她的手，覺得此時自己輕飄飄的。

「我再告訴妳一件被徹底遮蔽起來的歷史吧。」提娜說。我點頭。

「康和我是相愛的。」

「咦？」我猝不及防地連一句正常的疑問字句都說不來，只拋出一個「咦」迴盪在王宮。

「那是在聽說已成為諷刺歷史的最後一次談話後發生的事了。我們兩家族為了自保而互相協助，本來關係就不差，畢竟締結公約的過程也是透過兩邊血脈的子嗣居中協調。我們很順利地存活了下來，我和康兩位代表間的情感也就萌生了。對於世人不理性的殘暴行動雖感到氣憤與沮喪，不過卻一點都不值得讓我們動手回擊，因為那太過愚蠢而浪費時間，即使隱姓埋名活著也無所謂。只要幸福就好。」

「然而那幸福卻被克拉克給摧毀了，對嗎？」

「是啊。我想或多或少是那樣。這男人在展開計畫時便決定捨棄歐本這個名字並化名為克拉克（Clock），意謂著分秒必爭的復仇。」提娜沉思一會。「我也失去了肉體，但靈魂卻無意間飄蕩在時空間裡頭。」

「妳說過妳在贖罪，現在也是嗎？」

提娜的眼神頓然間浮起間歇性的悲傷神情。我想究竟是犯了什麼樣的過錯才必須留在世間千年贖罪呢？

「我想，是的。」提娜說。

「妳一直居中在幫助我嗎？」

我想起小梓被綁架的那一次，在意識串流裡1號先生突然出現的場景；將我意識沉沉地傳遞過去的未來時間；席爾佛所接收到的來自史帝的指示（包括我能在被禁錮住的雨天從夾縫裡的指定坐標穿梭到裂縫裡的探查局），我都認為和提娜有關聯。

「我不知道。」她說。「我能做的只有當妳最後一次見到我時必須把妳該知道的事一一傳達給妳。」

「所以這是我們最後一次見嗎？」

「或許是。」她走了幾步後說：「只要妳們能阻止他，讓千年的錯誤及誤會劃下句點，我想我的靈魂也會隨之化為塵土吧。這是屬於我的命運噢。」提娜從口袋拿出鋼筆，沒看錯的話是我的那支。我睜大雙眼注視著鋼筆。

「原來在妳這邊。」

「從現在起它將是固定的形體，聽著，妳只有一次機會，對準克拉克的後頸，將鋼筆果決地刺下去。這支鋼筆是濃縮的雨，即使在城堡裡他也無法維持著這麼強大的衝擊，他會四分五裂。」

「濃縮的雨。」我想到1號先生的師父。

「去吧，翻起書，夢魘是不會大意的。」

身體開始恍惚，視野搖晃得十分厲害。

「謝謝妳。提娜。」我喊道。我想她聽到了，因為她嘴角逐漸上揚。

六・五、不到十秒的對話

褐色短髮的少女消失在眼前，原本歡愉的王宮又恢復了死寂，一片靜謐再次籠罩天空。雨持續下著，我讓雨下了千年卻還是聽不膩這簡單明亮的聲響。我想戴上面具然而手上的面具已經消失到不知哪去了。我無奈地笑著。

「沒關係嗎？不多說點什麼嗎？」

從柱子後方現身的高大男子身影，一副要躲藏起來卻又有點彆腳。

「不會的，只差一步了。倒是你，這麼辛苦到底是為了什麼呢？」

「和妳一樣，雖然沒到贖罪這麼浮誇，但就某方面來說，我確實是在彌補過錯。」他說。

「我真不懂你。這根本苦勞了自己。」

「我奢求的是心裡的安息。」

「是嗎？充其量只是偽裝不安吧？」

他不說話。只見他放空腦袋注視著外頭的雨。我嘆了氣便沉睡在未知的黑暗中，這樣就好，我想。

七、城堡和心和決戰

睜開眼昏暗的燈光伴隨著老舊木頭製的天花板及像在沉睡著、帶有死亡意味的吊燈映入眼簾，同時一股潮濕的木頭味竄入鼻腔。

「心，這是怎麼回事？」艾莉絲驚恐地說。「我們差點被那陣風掃走了。」

「我也不理解。妳在危急中牽起我的手，下一秒我們就出現在這裡，這裡是我們的目的地吧？」雷也滿臉疑惑著。

「其實我自己也不大清楚這裡是哪裡，但我想應該沒錯，就是這間書房了。」我說。

席爾佛如老鷹般的視線突然現身於黑暗一隅。

「別嚇我啊。」我說。

「你也及時逃走了嗎？」艾莉絲問。

「是啊。」席爾佛一臉驚魂未定的模樣說。「學姊，妳剛才應該去過夾縫了吧？」

「對，只有我。」我說。

「這當然，應該只有妳看得到。」

「這也是史帝的指示嗎？」

「某種程度上是這樣沒錯。從現在的情況來看，你在夾縫中度過的時間帶對現在來說只是一瞬之間而已，可能不到十秒。」席爾佛說。

「看來是這樣。」我說。

「你們不要淨說些我聽不懂的話啦。」雷不滿地抓著我的腿說。

我笑著摸了摸雷毛茸茸的頭，順道把我在夾縫和提娜的經歷告訴雷和艾莉絲。

「我到現在還是覺得不可思議，歷史人物竟然以那種方式存活下來。」艾莉絲說。「更有意思的是心身上還可能留有和我一樣的血液。我們或許也是血濃於水的親戚呢。」艾莉絲的笑容逐漸詭異了起來。

「不好說，畢竟我的鋼筆是1號先生給我的，總不可能我和他都是納雅家的血脈吧？不大合理。」我說。

「很難說，也許正如克拉克所述，都是命運的引導。不過歷史竟然以某種形式活生生地在眼前上演著，真諷刺。」雷說。

「我們現在能這麼悠哉地探討歷史嗎？克拉克的追兵很快就來了吧？」艾莉絲看向門的位置問。

「不用擔心。我們現在所處的這個空間被獨立開來了，那些傢伙進不來的。」席爾佛說。

「獨立開來？」

「史帝似乎已經將這個書房隔開了放進夾縫裡，就像是把文件放進資料夾一樣。」

「我們要怎麼相信你。」雷說。「你可是洩露了我們的位置，讓計畫走鐘。」

我看見雷的不滿及席爾佛的難為，他顯然不知道自己的眼睛竟然和克拉克有所連結。

「抱歉。」席爾佛說。「我知道你們一定無法信任於我，但我能保證現在的他沒辦法再侵入我的視野了。」

「怎麼說？」艾莉絲問。

「這件事也在史帝的意料之外，所以他問我要不要親手毀了這雙眼。」

「毀掉眼睛？」我大聲地說。

「不是物理上的弄瞎眼，而是讓我再也無法看見夾縫的世界，也就是失去第三種視野，這麼做意謂著汰換掉這雙眼睛的連結性，讓克拉克無法再透過我的眼睛監視著妳們的行動。」

「可是你現在還在這裡。」我不解地問他。

「我目前是憑藉著史帝給我的某種像是催化劑的藥來促進身體裡對於空間敏感性的血液濃度，讓我暫時看得到這些場景，一旦時效一過我就只是普通人了。所以剛才的轉移是我最後運用第三種視野的時機了，我的眼睛將不再具有那種靈性。」

「能相信你嗎？」雷瞇著眼說。

「我希望你們能相信我。」席爾佛說。

「我認為他可以信任。」我說。起碼他身上不再有那股不對勁的氣息了。

「我知道了。既然心相信你我也沒話說。在場直覺最準的就非她莫屬。」

「感謝你。」席爾佛說完便把頭撇向艾莉絲。

「克拉克不會想盡辦法闖進來阻止我們嗎？」艾莉絲對於席爾佛似乎沒有好惡的想法。

「他唯一沒辦法插手的就是夾縫空間。」

我安心地放鬆肩膀。「好累。」

「是啊。」艾莉絲漫無目的地繞了圈書房。書架和書上堆滿厚厚一層灰塵。我以為這間書房會很寬闊，但想不到僅跟我房間差不多的八坪大小左右。

席爾佛拭去書上的灰塵隨意地翻了幾頁，他的表情毫無變化地看著書裡的內容，完全不知道是懂還是不懂。

「看不懂。這不是我能理解的文字。」席爾佛說。

我想起了小丑仿造我的思維所創造的空間裡的圖書館，也盡是我無法閱讀的書。

雷接過那本書皺起眉頭說：

「我也不懂。」

「你不是裂縫裡的人嗎？」我問。

「這不代表我會讀千年前的字。」雷挑眉抗議著。「不要擅自認為我是文盲。」

「啊，抱歉。」

確實，這間書房沒意外的話保存著千年前的樣貌，泛黃且隨時都會掉頁的書比比皆是。如此深長的千年時光讓文字也有所變化。

找出《歷史》並不難，只要找到一個沒有泛黃、破損痕跡的書櫃，在清晰、簡易的比較下，很快便找到我們的目標書櫃。

「由下數來第三層的書架再抽出從左數來第七本，名為《歷史》的書，接著翻開那本書的第七十四頁，指向第十五行的『城堡』字眼，然後閉上眼睛就會置身在城堡了。」大田當初這麼說過。照著硬記在腦海中的順序順利地找到靜靜地被安插在架上的《歷史》一書，眾多書本裡只有這本書格外顯眼。沒有泛黃及破損，也沒什麼灰塵，保存地十分良好。

「對克拉克的棋子們來說，這本書是讓他們能更加接近理想，是本不能毀壞的書吧。」雷說。

「我反而認為這本書更應該燒掉。」我說。

「現在就做得到。我有打火機。」艾莉絲一臉雀躍的樣子說道。

「不行，我們還得去城堡。但回來之後再借我打火機，我一定會燒掉《歷史》。我想那是執拗而錯誤的過往。」

「首先我們先要確認到底讀不讀得懂。」雷說完便翻開《歷史》。

「如何？」我問。

「相當簡單的文字及語法結構。」

「裝模作樣的傢伙。」艾莉絲說。

「我才沒有。」雷揚起嘴角說道。「心，我想妳已經準備好了吧？」

我依序看向席爾佛、艾莉絲，最後是雷。他們的眼神堅毅且無畏。

濃縮的雨靜躺在口袋裡頭。沉甸甸的重量不只呈現出鋼的純度，還有希望的一點痕跡。正如席爾佛的處境，也許未來某一天我會無法再擁有雨探的眼睛，但我想屆時一旦看見了雨，我便能想起那懷舊的氣味還有我在「山腰雨點」的時光。

「是。我們趕快給克拉克還是歐本，嗯……怎樣都好，給他一個措手不及的突襲吧。」

過於流通的空氣讓一股混濁的味道像是附身般黏著在吸進去的氣裡頭。石牆的石頭間一聲不吭地釋放出地下室獨有的令人著迷的潮濕感，還能聽到水滴在地面的聲音，每滴落一滴便覺得靈魂又被分解成一點一點的，我並不討厭這樣的潮濕感。從一旁竄過的風聲或許正匯集到某一處，試著抓住那道風卻又覺得被抓碎的風正發出無聲的抗議。有形的、無形的那些如夢似幻般意象性質的感受正不斷掠過心裡頭。所謂的靈魂的深處是在如此深邃而遙遠的地方嗎？見識過意識串流之後反而覺得那樣的地方被虛假盤踞著，那是腦子仿效出某個理想型態而打造出的空泛且零碎的贗品。它是虛假的心，不該存在的錯誤。所以當試著去抓住什麼而抓空之後反而安心了下來。「我沒有抓到那種徒有外表的東西真是太好了。」會深深地這樣覺得。這倒不是對或錯的問題，就只是幸虧沒這樣做的一個單純的想法。

我隻身走在黑暗的走道中，我想我應該是在城堡沒錯，但在如此漆黑的空間裡我沒辦法做出任何保證。原先想嘗試喊出聲，然而又發覺不太好，萬一附近有克拉克的手下我豈不就自投羅網了？我可不想一開始就榮升身陷危機排行榜的首位。況且艾莉絲她們如果在我附近，我應該多少能察覺到，所以目前看起來我們是被硬生生拆散了。或許從《歷史》傳送到城堡的位置本來就不是固定的。我停下腳步側耳傾聽著周遭的聲音，除了水滴聲、風聲外，其他的一切至少是沉默的，毫不意外的寧靜。眼睛習慣黑暗後，走起路來也就沒那麼畏手畏腳，只是面對過一個轉角所面臨的未知恐懼感仍持續翻騰，「會不會這是陷阱」的念頭也跟著湧上心頭。如果我們被拆散是克拉克預料中的事，那他除掉我們更是易如反掌。

遠方傳來了腳步聲，每接近一步那踏到石地面間的回聲也就應聲揚起，看不見的音波正四處碰撞著。我屏息以待想趁那個人接近自己時看清楚對方是誰。黑暗中的空氣越來越稀薄，心跳聲也逐漸鼓噪了起來。這樣不行，太過緊張使得我很難不發出點聲音，眼看那個人越來越接近，我睜大雙眼想看出未知臉龐的端倪。然而前方的人像在確認什麼似的停下了腳步，這使得我全身上下的神經都豎起來似的，感官雷達無不發出警戒的訊號。我想眼前的這個人已經注意到我了。正當我思索著該如何解圍時，黑暗中的嘴巴張了開來。

「別看了心，是我。」說話的人正是席爾佛。

「天哪你別嚇我，我快心臟病發了。」我輕嘆了口氣。

「妳沒有心臟病吧？」

「總之快嚇死了。」

「我倒比較希望下雨，這樣或許輕鬆不少。」

「才不會比較輕鬆。」我說。

「心，我們都被送到不同的地方嗎？」席爾佛問。

「我想應該是這樣。你來的方向剛好跟我相反。」

城堡裡如墨水般的黑暗使我看不見他臉上的輪廓及表情，但大致上他給我的感覺應該也是像平常那樣臉上毫無變化。這學弟總是一副自以為成熟的模樣，看了就略有點火大。

「再來呢？該怎麼辦？」席爾佛說。

「先找人吧。」

「克拉克嗎？」

「雷和艾莉絲。」

「說的也是。」

我們持續往黑暗中前行，沿路沒有任何燈火著實令人不安，唯一能給予我指引方向的大概就剩風而已，我想風是最坦率且最準確的元素。不過就像被堵住似的風的聲音也消失了，彷彿要斷我後路般連唯一的線索也沒了。更不用談這時候要有一點火光就像是幻想物語般存在的可笑無稽之談。沉默在我和席爾佛之間膨脹擴大，我在猜他在想什麼，那他是否也在打定些什麼主意呢？時間一分一秒流逝，這樣下去只是在原地繞圈子，沒有任何方向及頭緒。

「席爾佛。」我打算打破這窘境。

「嗯？」席爾佛應答。

「三明治真不錯吃。」

「什麼？」

「寫點明信片吧。」

「嘿，心，我完全不懂妳在說什麼。」

「夠了，不要以為知道我的名字就可以一直喊一直喊，我都覺得噁心了。」

「什麼？」他啞口無言地說。「妳怎麼突然生氣了？」

「不是生氣。」我說。「你只知道表面而沒去深入那細節，便顯得滑稽。」

「我不懂。」他說。

「席爾佛從來沒有叫過我的名字，他都是叫我學姊，我曾經要他別這麼彆扭地叫但他還是改不掉，我想這是他心中某部分的自傲吧？另外，你可別說你對雷的貓咪地下術語完全沒有印象，你這個假貨。」

眼前這名陌生的男子不再說話，聲音和形體變得不固定而顫抖。

「你模仿的一點都不像啊，蠢蛋。」

我拿出鋼筆對準那晃動、不穩定的身體。鋼筆的墨水流洩出來，而我下意識地成為墨水的一部分，進入到眼前冒牌席爾佛的意識串流。

具連續性而不間斷的未知的圓被持續地劃出，身體還隨著那產生的餘波而有所震動著，一上一下既困惑又睡眼惺忪地看著眼前曲折的視野。我發現這裡不是意識串流，而是有別於那個空間的獨特性而單獨存在的世界，也就是第三種視野下的夾縫。照理說我應該是在那個冒牌貨的意識串流裡才對，如果我順著鋼筆的墨水進到他的腦中，最後卻來到夾縫裡頭就意謂著我所面對的不是人，而是一種像意念般的東西，用比較具體的言語來形容的話就是被濃縮的空間，但真的有這樣的存在嗎？雖然都有濃縮的雨了。事實上當這雙眼看得見雨中變化的城市開始，就淨是些超出我思考範圍外，甚至超越理想存在的事物登場。雨中多變的空間也好、1號先生那固執的個性也好、粉霧中的運行軌道也好，呼風喚雨的種族也好，所有事物都那麼怪奇，區區被濃縮的詭異空間相較之下便顯得平淡無奇。

我收回四散畫出墨花的墨水，試圖離開這個空間，然而夾縫突然地緊縮成一塊擠的我無法動彈。眼前一道一道閃爍而刺眼的光將視野切成好幾格，細緻、碎裂的分格，然後逐一化為粉塵。我能感受到身體正被拖移著但仍無法移動身體，就像是手術時的局部麻醉，僅能看見眼前的白光，其他部位都麻痺了，沒有反應，時間也沒有反應，我好像被獨留在孤獨的宇宙欣賞著混沌的光景。

「喂，醒醒噢學姊。」

當我一驚醒時發現身在明亮的石階上，這裡和剛才明顯是不同的地方，有了光源。同樣以石頭堆砌而成的石牆整齊且安靜地並排著。風的聲音十分清晰地吹往一致的方向。席爾佛在我眼前面無表情地看著我，一旁還有雷。

「我才不自傲。」席爾佛說。

「你怎麼知道我有偷罵你？」

「我不知道妳是睡迷糊了還是意識被帶到其他地方，總之妳應該到了某個空間去了吧？我能感知到學姊的身體雖然在這裡但心，」席爾佛指著自己胸部的位置。「心明顯的不在裡頭。」

「嘿，說點貓咪地下術語吧，席爾佛。雷你不要說話。」

雷詫異地看向我，隨後一臉理解的樣貌一言不發。

「呃……我詛咒妳？」席爾佛猶豫一下說後。

「多曬曬太陽。OK，你應該沒問題。」

「什麼鬼？」席爾佛依然滿臉疑惑。

「嘿，這是什麼默契遊戲嗎？可以不要把我拋向一旁自個玩嗎？我也想加入呀。」雷不滿地抱怨。

「我一醒來是在伸手不見五指的黑暗中，然後你出現了。因為那個你不知道在踆什麼而且是明顯的仿冒品，所以我就攻擊他，然後就如循環似的又再醒來一次了。」我解釋當時的情況。

「真的是挺離奇的體驗。難道克拉克連這種事都能干預嗎？」雷說。

「我想他可能正嘗試干擾我們，話說艾莉絲在哪？」席爾佛問。

經他一說確實沒看見艾莉絲，唯獨她不在這裡。但一談曹操曹操就到，艾莉絲自上方的階梯走了下來，老神在在地抽著菸。

「哎呀？你們都醒來了嗎？」

「妳最早醒來？」雷不可置信地說道。「明明以前和我合作時妳成天都在睡覺，我根本找不到妳。」

「妳先看過上方了？」席爾佛問她。

是啊，上面的瞭望台意外地有著湖邊景致呢，艾莉絲愉悅地說。我們一同走向她口中的瞭望台，步上螺旋狀的石階走到最頂層便能看見透著光的出口。邁出腳步走出來後是遼闊的瞭望台，確實居高臨下俯瞰著亮麗湖岸的美景有股痛快的舒暢感。

「上一次我就是在這裡受到重傷斷了手的。」艾莉絲說。

「真是煞風景的介紹。」我說。

「我只是覺得很不爽，這裡憑什麼擁有出如此具詩意的場景。」

上一次艾莉絲和1號先生來到城堡時是什麼樣的景致呢？我問艾莉絲。

「沒什麼特別的，我想是因為月亮是紅的吧？導致外頭的天空染上一片血色，不是滲出血來的那種，而是一層一層把那紅色給塗抹上去的感覺，很不自然。我想這才是最真實的克拉克的心境。」

復仇的心境，我想著。這樣說來眼前溫暖而生意盎然的景色便覺得有點超自然了。這是被殺戮給盤踞而有所限縮的心境所無法反映出來的風景，我想艾莉絲想表達的應該是這個。我大概能懂，但我真的不夠了解他。他所說的並非都是事實，他所看到、所見證到的歷史中有一件事情不大對勁，多麼弔詭我也說不上來。就像是有股不顯著的波瀾蘊藏在海平面之下，沒有任何徵兆顯示將會有波大浪揚起，但透過雲、透過浮上的一點泡沫或是些微的潮汐變化，就覺得好像有個潮漩自那平靜的海底慢慢湧上。呼嘯而來的大浪也隨之撲向上下搖晃的衝浪板，我能切身體會這樣的感覺。

總之有什麼地方是有缺陷而遺漏的，而且矛盾滿滿，這點我是確信的。

「好啦，這片景色等這裡即將毀滅時再來欣賞吧。現在該做的是找出他的心臟。妳們有打聽到什麼線索嗎？」

「很可惜，我所探聽到的最大資訊僅限於城堡的入口密碼，也就是《歷史》那本書的指引。」艾莉絲說。

「艾莉絲，妳能描述上一次和克拉克的對決情況嗎？」我問。

「當然可以，而且歷歷在目呢。當時克拉克把他的心臟分為四等份，結果迪亞靠著直覺找到其中兩個並摧毀，我想在那之後他才把剩下的心臟集中管理，他畢竟也很怕死呢，明明活得夠久了。」

「這意謂著他變得比之前薄弱嗎？」席爾佛問。

「或許吧，但也可能恢復了，起碼我看不出來他有什麼變化。」

「那個時候他把心臟藏在哪？」

「房間裡，相當隱蔽的房間。若不是倚靠迪亞的感應，我想我自己是找不到的。但我不認為他還會放在同樣地方就是了。」

「也就是說現在也得靠我的直覺。」

「別給自己太大的壓力，心，當時的迪亞在技術及心智上都相當成熟了，能力更不用說已經達到爐火純青的地步。妳沒必要讓自己擔起這份重擔，我們可以一起尋找。別忘了，我們是一起來的，沒必要單單仰賴一個人的力量。」雷說。

「是啊，我的話只是很單純地呈現事實，沒別的意思。」艾莉絲說。

「我知道啦。」我笑著說。雖然我心裡仍駐足著沉甸甸的期許。

「只怕克拉克不給我們任何時間思考，他應該正著急地尋找我們。」席爾佛說。

「其實我很好奇一件事。」我說。

所有人同時看向了我。

「為什麼克拉克會選擇席爾佛呢？照他的說法是你一出生的視野就被他監控著，這有什麼含義嗎？明明不能確定你往後會發生什麼。若要監視雨探明明可以選擇與我有密切接觸的人，為什麼選擇了是不久前還和我們八竿子打不著的你呢？」

「我的眼睛確實就被他監控過呢。」艾莉絲說。也就是我們初次見到克拉克的時候。

席爾佛仍直視著我，我不知道他腦中在想著什麼，但至少不會再那麼胸有成竹了。這或許是他逃避不想去思考的問題，然而卻切中核心。

「我不知道。」他說。「也許不是我碰巧才和學姊有所關聯，而是默默地被指引著也說不定。」

「一股看不到的力量正把你牽扯進來，你想說的是這樣嗎？」雷歪著頭露出一副不得其解的臉。

「不知道，反正這件事只好問本人了。」

席爾佛頷首。然而他低頭沉思半餉後又說：

城堡內部比先前看到的意象還要光亮許多，每步行約一定距離就會有一盞燈鑲在石牆上。這令我不禁懷疑讓我見到最初的城堡還有那個偽裝成席爾佛的人到底有什麼含義在裡頭。

「如果只是漫無目的地遊蕩在城堡裡遲早會被抓捕。」雷說。

「雖然說要先下手為強但實在沒有頭緒要從哪裡開始。」席爾佛說。「艾莉絲，妳有什麼盤算了對吧？」席爾佛問她。

「這當然。」艾莉絲說完從口袋拿出一粒膠囊藥丸。「這是濃縮的雨，等到和他對峙時我會想辦法讓他服下。」

「如果席爾佛的視野還連通著克拉克的眼睛，妳這招就沒效了。」雷說。

「他不是已經說沒問題了嗎？不要這麼膽怯好嗎，膽小貓。」艾莉絲嘖一聲後說。

只見席爾佛聳肩做出了無聲的抗議。

「等一下，濃縮的雨？」我有些後知後覺地驚呼。

「心，妳知道這個？」

「妳怎麼取得的？」

她好像看透了我露出了「啊！原來如此。」的笑臉。「這是迪亞給我的沒錯。我們在前次任務結束的分手之際，他親手交給了我。我一直保留著直到今天終於能派上用場了。」

「1號先生說資深的雨探都能夠製造出濃縮的雨，我一直以為那是不存在的如傳說般的東西。」但我確實持有著裝載著濃縮的雨的鋼筆。

「迪亞曾和我提過這件事。不過具體來說是怎麼製作出來他就說不清了。」雷說。

「首先要接近克拉克就很有難度了。他可是颶風。」席爾佛說。

水滴聲倒是持續響著，不知道是哪裡漏了水，明明這裡不可能下雨。潮濕的走廊走到盡頭後聯通著空曠的廚房，起碼就設計來說應該是廚房，只是沒有任何擺設，也沒有餐具，名副其實的空曠廚房。除了沒有使用痕跡的流理台跟爐子之外，什麼都沒有。對克拉克來說城堡裡的實用性或許根本不重要。

「先在這裡大略找看看吧。雖然可能沒什麼希望。」雷說。

我們把廚房能翻的東西都翻了一遍，確實什麼都沒有。霉臭味倒是很重。

「這裡會有地圖之類的嗎？」雷喃喃自語著。

「有的話會比較清楚方位吧？」我說。

「不一定，這裡是克拉克的空間，他想怎麼變我們也拿他沒轍。最壞的情況是他可能打算把我們永遠困在這裡，他的空間有無限變化性。即使這裡是夾縫，依然是他的可操作範圍。」艾莉絲說。

「那還真的挺難辦的。若真是如此，即使我們來到了城堡也於事無補。」雷說。

「不會的。」我說。我望向廚房往另一端的通道。「我知道他沒辦法把我們困在這裡。」

「這是直覺嗎？」艾莉絲說。

「我想是吧。我從剛才開始便能感受到一股焦慮和躁動。那是來自城堡本身，我想也代表著克拉克的情緒。他很清楚，我知道了他想隱瞞的事，還有一件充斥著異樣的既成事實，所以他不會放過我。」

「那是什麼？」雷說。

突然間一磚一瓦都開始震動著，一股更加強烈的不安從地板傳遞了上來。

「看吧，他果然很擔心。」我說。

「只怕妳單純地惹怒到他而已。」席爾佛潑了我一把冷水說道。

眼前的石牆崩塌並且磚磚瓦瓦凝聚成一團，形成一隻石頭鑄成的怪物。兩根火把插進眼睛部位的凹陷，怪物那真實而鮮明的火紅雙眼向我們瞪來。它一步一步緩慢地移動著，發出怒吼的聲音。地板此時傳來一陣一陣的震動聲，磚瓦的碎屑從天花板上撒下。

「這下可好了。」雷說。

「該不會這也要怪我吧？」我問。

「學姊，還是先逃再說。」

我們頭也不回地拔腿狂奔。沿路的石牆在我們經過時便一一脫落，同時凝聚著彼此。天知道它們又要形成什麼。

「到目前為止都不大順利呢。」艾莉絲一邊苦笑一邊拿出香菸。

「這時候還有心情抽菸？」我傻眼道。

「正是這種時候才需要來一根定心。」

「妳別跟這瘋女人認真。她遲早會吐血而死。」雷大喊。

「要死也是你先，哪輪的到我？」

話說到一半席爾佛緊急煞車停下腳步。雷和我踉蹌地跌倒在地。只見席爾佛呆若木雞地注視著前方，好像在看著什麼絕望似的存在。好吧，確實挺絕望的，眼前沒有路。通廊通往下一間巨大的房間。然而這房間是簍空、沒有地板的，下方是無底的洞。眼看著通道在不遠的另一端連接著，但在這裡卻沒有任何能讓腳著地的地方。

「喂，別鬧了。這種死法我可領受不起。」雷抱頭喊道。

「我才想說別鬧了吧，這根本和我的直覺相反。」我說。

「不，一模一樣。心，妳的直覺很準，只是克拉克想到一個不用見到面就能直接除掉我們的方法。」艾莉絲說。

我回頭遙望著正步步接近的石頭騷動聲以及低吼聲。每一個碰撞的聲響都讓恐懼更加膨脹。

「這裡到底算什麼空間？」我取出鋼筆。「這裡算意識串流嗎？」

「我想應該不是。」雷說。「這裡是很單純的夾縫，但既然鋼筆已經存在了就代表能發揮點作用吧？」

「希望如此。」我嘆了口氣。

我打開筆蓋並在腦中思索著墨水的形狀。一絲絲的墨隨著腦海裡頭的水墨畫而有了具現的跡象。我想像出四隻手，雖然這樣想的同時也令我想起半年後無人的街道及雲裡頭伸出的手。那是我不能再次前往的未來，那不是正確的道路。

呼應著想像，粗糙的地面浮出四隻墨水形成的手。濕潤的墨水意外地不會在衣服上沾染任何黑色的汁液。我讓那墨黑的手抓住我們幾個，並讓其無限延伸，帶著我們橫渡這深不見底的黑暗，順利抵達另一端的通道。鼓譟的聲音停滯了下來，死沉沉的呼喊也跟著消失。石頭組成的怪物恢復沒有生機的模樣，彷彿是藝術品般。我收起鋼筆，可以的話我不希望在尚未見到克拉克前就使用太多裡頭的力量，但這或許也是他的策略也不一定。

「原來不知不覺間妳能做到的事越來越多了。」雷安心地嘆口氣說。

「我也滿訝異的。」我說。

「看來妳成長了許多噢。」艾莉絲說。

我露出彆扭的神情。「妳夠了。」

「學姊，前方有什麼嗎？」

我注視那深邃的黑暗裡，然而什麼感覺都沒有。

「我想應該沒問題吧？」

「但有種很令人不安的氣息。」席爾佛皺著眉說。

「我們也沒有後路可走了。」我說。

「是沒錯，但……。」席爾佛欲言又止，這麼躊躇的他我還是第一次見到。

一道刺眼的光就這麼直射到瞳孔，我反射性地舉起手遮住眼睛，可是來不及了，一陣頭暈目眩籠罩著腦海。

「時空錯亂了。」雷說。「心！不要讓大家四散，使用墨水鞏固住大家。」

下一秒，雷的聲音如同稀釋般逐漸被抽離耳根。

「糟糕了。」我發出微弱而殘破的聲音。起身後發現自己隻身倒在書房，廢棄王宮裡的書房。老舊的氣味還有揚起的灰塵像是被封印住似的沒有任何變化，其實也不太可能有什麼變化。這個房間在之前被史帝抽出王宮的空間，爾後放進夾縫裡，所以沒有任何人能進來。然而外頭傳出喧騰的腳步聲，是又被放置回原本的空間了嗎？我輕輕地踏起腳步避免發出木地板討人厭的聲音，我坐在隱密的桌子下方靠著牆壁側耳傾聽，確認著外面的動靜。

「快點！」

「再慢的話等等就會被處決了！」

「有幾個人死了啊？」

「至少二十人。」

「二十？天哪，太瘋狂了。」

「噓！小聲點，等等被聽到怎麼辦？『耳朵』是無所不在的。」

此起彼落的談話聲不絕於耳，書房外似乎有什麼騷動產生。不少人死去了，這是我目前知道的訊息。外頭的人不外乎是克拉克的手下，那殺死他們的到底是誰？

有道視線正盯著我，我猛然回頭看見克拉克正盤腿坐著、一副感興趣的表情看著我。這當我深吸一口氣腦中一片空白時，克拉克對我露出微笑並以食指放在嘴唇前比出「噓」的手勢。仔細一瞧才發現眼前的克拉克哪裡怪怪的，好像年輕了一點。

「你在這裡偷懶嗎？」克拉克開口說。

「偷懶？」

「對啊，和我一樣，難得也有人跟我一樣討厭訓練。啊，抱歉忘了自我介紹，我是歐本。」

「歐本？」

「對啊，歐本。」男子以理所當然的口氣說。

眼前的男子自稱歐本。艾莉絲曾說過那是克拉克的本名。

「我的天。」我說。

「怎麼了嗎？」

「沒事。」

難道時空真的錯亂，我又被來歷不明的時間的手硬扯回到千年前了嗎？隱隱約約中，我能感受到這次著陸的地點或許是仍興盛的王宮裡。而出現在我眼前的，是更名為克拉克，往後將隱藏於黑暗千年的歐本。千年前的他似乎更像個「人」，眼神中不具備那種殺戮感。

「現在國王正大發雷霆，已經有不少無辜之人被處死了。」歐本低垂著頭，以右手撫摸著地面。

「為什麼？」

「還問為什麼？不就是因為家族又動亂了起來？聽聞那位素未謀面的納雅家代表正企圖慫恿其他家族的勢力把國王推翻。國王聞消息一氣之下，把那些他認為有問題的人都殺了，現在市中心亂成一團、人仰馬翻。『耳朵』倒是唯恐天下不亂，四處監聽著，搞得大家疑神疑鬼。」

「『耳朵』？」

「是啊，那些似人的獸。牠們會隱身在某處側耳傾聽著一字一句，然後報告給國王。」

聽起來很像是「失控獄卒」，畢竟都和克拉克有關係。也許「耳朵」的後代便是「失控獄卒」，只是我不確定他們過了千年是否成為了人，還是維持獸的模樣呢？

「那你為什麼會在納雅家所創建的國家裡呢？」我問。

「咦？這國家確實曾是納雅家創立的，但他們在多年前失去了權力，現在是由劉家的首席來擔任國王。現在納雅家則是在城外郊區將家族的勢力範圍擴大，也就是為此才有這樣的傳聞在沸騰。」

「那現在應該很混亂吧？」

「妳懂得。」歐本說。「可以的話我想永遠待在這裡不要離開。國王的手段很兇殘，我一點都不想去面對這些事情。」

「原來如此。」我說。

「劉家是目前所有家族裡唯一觸摸到王權核心的，所以其他家族無所不用其極地想把我們拉下，更不用說還有一些來自家族之外的勢力。」

「大家都巴不得想取代你們。」

「所謂的權勢不就是骯髒卻又令人渴望嗎？」歐本露出白皙的牙齒，冷笑著說。

究竟是經歷了哪些事，讓眼前這個膽小怕事的男人變得如此冷酷而瘋狂呢？或許我已經快接近答案了。

「所以妳是誰啊？」歐本露出疑惑的神情說道。「總感覺妳不屬於這裡。」

「那位納雅家代表你是不是認識？」

歐本瞪大了雙眼看著我。他的嘴唇抽動了幾下之後點了頭。

「你身上有著她的氣味，而且是相當貼身而接近的氣味，我想這才是你不願意戰鬥的原因吧？」

我和他之間的空氣彷彿是裝滿冰塊的水，無縫隙且冰寒。沉默隨著冰塊融化也漸漸化解。

「我們是在郊區的花園認識的。」他一臉認輸的模樣。「礙於身份不能於光天化日見面，否則會引起軒然大波，甚至我會難逃一死。現在外頭風聲鶴唳，國王這一齣我看很難挨過。我叔叔也要我小心一點，我感覺他也察覺到了。」

「是嗎？」我無意識地問。

「妳到底是什麼人啊？這件事應該沒什麼人知道才對。」歐本定睛望向我。他的眼神充斥著一點希望和光輝。

我想我找到那不對勁之處了。

從歐本奪目耀眼的雙瞳中我看見了一點黑色的粉塵正化成一團混濁色的雪。雪累積成了暴雪，正刻不容緩地侵蝕著脆弱的心靈。正因為歐本曾相信美好的承諾，所以在絕望之際才會變得什麼都無法相信。

他被背叛了。或者說，他認為他被背叛了。

詳細的情形即使沒親眼見證也大致能猜到。所有錯綜複雜的線終於被解開，依序照著一道一道的程序去抽絲剝繭，每條線間彼此地順著而鬆了開來。那一直令我感到不對勁的異樣感也不再作祟。只是我反而有點同情眼前的這個男人。現在的他還是單純的，他沒有想過接下來的人生會發生如此慘烈的劇變，對於他、對於提娜都是。也許他們兩人都生在錯誤的時代。可是對於被四分五裂而沉澱在時空末端的死去的心已經不再重要了。

這段過往到底是誰想讓我端視的已經很清楚了。不是「他」，也不是「她」，而是在我面前短暫現身如今卻跟著書房一同化為烏有的「他」。歐本在千年之間將靈魂寄宿在名為克拉克的意識軀殼裡，並試圖影響城堡裡的錯亂時空，也帶我回到過往，理解這被隱蔽的回憶。我想這下子謎團是解開了，但還差一件事。

我回到了我們純樸的城市。雨停了。是因為雨停的緣故我才回來的嗎？眼前強而有力的風不等我思索出答案，狂風肆虐著眼前車水馬龍的馬路，人們驚恐地呼喊著，有人圍觀拿出手機錄影。強風不給任何僥倖的機會，像是失控的手一般將房屋、車子捏成碎屑。

這是克拉克所創造的風，他已經展開了計畫嗎？

我切換第二還有第三種視野，不過和預想的一樣什麼都看不到，唯一不同的是口袋裡的鋼筆仍具體地存在著。

我感受到強大的惡意在竄動著。天空上的烏雲正被四處翻攪，好像很不過癮似的。我憑藉著直覺步步逼近那不穩定的氣勢流體，沿路的狂風讓我寸步難行，那些彷彿具有自我意識的風正刻不容緩地阻礙著我。視野有些不一樣，我很快便察覺出不同之處。曾和1號先生見證過的高聳的塔突兀地被安插在商務大樓旁，大樓裡的管理員正被眼前的怪誕景象嚇著了連忙躲在管理室裡頭，看都不看我一眼。我看向塔的頂處，或許電波正在發射著。

我偷偷潛入塔的建築物，要說潛入好像不太適合。事實上沒有人阻止我，入口處空蕩蕩的，如同末日一般（眼前的景致也確實是末日吧）。稍微撇過內部裝潢，顯然地不屬於我們這一端，而是裂縫裡的風格。多年前的塔為什麼在現在這個莫名的時刻以如此浩瀚的形式出現呢？我爬著一層又一層的階梯反覆咀嚼著，但可惜的是想破頭也依然沒有答案。

這不是一段多舒服的旅程，爬升階梯令我滿頭大汗，沿路的風持續拍打著外層窗戶的玻璃，好像窗戶隨時都會破掉（不過沒有）。終於抵達最頂層，我打開戶外陽台的玻璃門，一開始還因為強風的壓力有點推不開。

四周捲起的狂風很有默契地匯集在大樓頂端，雲硬生生地被捲了進去。

「喂，你太誇張了吧？」我說。

「畢竟這場精采好戲的高潮正要上演哪。」攪動著的風中央浮現出一張人臉，克拉克的聲音從風的叫囂間發出。

「艾莉絲她們呢？你到底做了什麼？」

「我才想問妳呢，妳為什麼忽然消失了，直到半年後的現在才出現？」

「我消失了半年？」

伴隨著殺戮的戰慄，暴風中一隻腳緩緩地現形。光只是克拉克的現身就讓空氣稀薄了不少。風仍在激烈狂吼著。克拉克仍是梳成銀色的油頭，穿著銀色的西裝外套，黑色的花雕皮鞋還有爽朗的笑容。

「當我知道妳們侵入城堡時，確實花了不少精力提防。但我萬萬沒想到會因為妳剎那間的消失，導致城堡毀了個大半。我的計畫也受到了阻礙。」克拉克說。

我以眼神和他對峙。他說出來的話究竟又有幾分是真，幾分是假呢？

「無法相信嗎？總之妳的夥伴躲藏到哪裡我不知道，妳的氣息倒是在這半年間毫無疑問地消失無蹤，我完全無法感知。只不過托妳的福，也足以讓我迅速地重振旗鼓，重新展開了計劃。那麼問題來了，妳現在又突然『現形』，到底是為了什麼呢？」

這是我最想知道的事情，我想。

「我看見了你的過往。」

我沒有看錯。克拉克的表情瞬間垮了下來。他是否也在猜測我說的是真是假呢？然而很快地又恢復那無死角的笑容。一旁的風馳騁到他身上，周遭的荒誕場景也隨之消去，沉寂的世界鋪蓋而來，呼吸也能更順暢了些。他緩緩地走到水塔旁邊的突出水泥坐了下來，並以「妳不坐嗎？」的臉望向我。當然我沒有打算坐到他旁邊，也不打算改變現在的姿勢。

「我的過往是指千年前的事嗎？」克拉克說。

「你覺得呢？」

「就是不知道才問妳，我可沒那麼厲害。」

「在我看來你挺厲害的。」

「這種沒意義的吹捧就不必了。是關於歐本這個名字的過往，對吧？」

我頷首以示同意。

克拉克忍不住笑了出來。「這麼可笑的事竟然讓妳看到了，我還真受不了他。」

「他就是你吧？」

「可以這麼說，也不能這麼說。事過境遷了我早就沒興趣去區分。」

「但提娜似乎認為是自己造成的錯誤。」

克拉克先是坦露出深具遺憾而無奈的面容，爾後說：

「野心這種東西是不會輕易被情感操弄的。我想她知道那種想法充其量只是一種慰藉，好讓自己承擔起更沉重的枷鎖，但都只是難堪的自作多情而已。我渴望的才不是如此單薄而脆弱的要素，而是更加強大、更有壓迫性的力量。」

「擁有這樣的力量然後摧毀掉一切嗎？」

「是她告訴妳我的計畫的嗎？難怪妳們的行動比我想像中來得快，原來是她在搞鬼啊。」克拉克兩手一攤。「她本人並不認為自己犯了錯。她歸咎於我，我再清楚不過了。」他眺望遠方亂成一團的烏雲。

「不是這樣的。」我以低沉的口氣說。

「妳打算怎麼衡量誰對誰錯呢？」

「我投降，我可不是法官，也不是什麼哲學家。並不想糾結在所謂的正反論。」

「但妳知道終究得劃下個結尾。」克拉克深吸一口氣。

四周的風像火山的蒸氣般滾起，灰塵和砂石混濁在一塊讓視線變得凌亂。塔頂成為暴風的中心點，方圓幾公里外被密度極高的風纏繞著。霧和雲皆為之散去。克拉克起身走到邊緣處的欄杆，俐落地仰躺於空中，和這放蕩不羈的狂風融為一塊、撲向我來。我掏出鋼筆想在一瞬之間決出勝負，但一眨眼的下一個視野卻來到了靜謐的巷口。剛才的惡意還有強勢的風都失去了蹤影。我回頭一看艾莉絲正抓著我的身體。她大力地吸了口氣，再緩慢吐出。緊接著像是靜置於一旁的瀝乾抹布持續喘氣著，表露出相當疲累的樣子。

「還好來得及，但每次進行時空的轉移我都覺得自己快被一分為二了。」艾莉絲一面喘著一面看著我。

「艾莉絲？」我驚呼。

「幸虧妳沒事，心。我都快擔心死了。」

「到底怎麼回事？」我問。

「聽我說，時間確實有點混亂，總之妳在城堡消失了。那股釋放出來的力量甚至讓城堡造成重損。」

「這部分我知道，克拉克有說。」

「對，再來應該是他不知道的部分了。妳眼前的我不是『現在』這個時間帶的我，而是當時那個時間帶的真切存在的我。」

「等一下，什麼這個妳、那個妳的，我完全狀況外。」

「要怎麼解釋呢？總之我們三個在當下被史帝救了。不對，或者說是被提娜救了。我們暫時被留在特殊形成的夾縫等待著時機。」艾莉絲依然氣喘吁吁地說。

「時機？」

「沒錯，妳再次出現的時機。沒有人知道妳去了哪，被轉移到哪個時間點。提娜告訴我們戰勝克拉克的關鍵在於妳的鋼筆。」

「因為這是濃縮的雨。」我指著鋼筆說。

艾莉絲看了之後面露難色，下一秒又恢復原本的神情說：

「是啊，這正是唯一的希望，所以我們只能等待妳出現。」

「我消失了多久？」

「我想大概五個月左右吧？其實因為夾縫的時間過得比較快的緣故，所以我們好像只待機了幾天而已噢。不過也可能我們一直在時空中穿梭吧？頭已經有點神智不清了。」艾莉絲說。

「沒想到一來到五個月後的世界，卻變得如此狼狽。」雷說。牠和席爾佛從巷口裡的陰暗角落默默地出現。

「克拉克的計畫已經展開了啊，還好才剛開始。」席爾佛說。

我一把抱住雷那溫暖的身軀。

「席爾佛、雷，還好你們也沒事。」

「別擔心好嗎？而且妳說的話正是我想要說的。」

雷的鼻子挺濕潤的，我原本以為牠哽咽了，但發現貓的鼻子好像本來就這樣。

「你是不是很羨慕？」艾莉絲對著席爾佛說。

「並沒有。」席爾佛搖頭笑著說。

「別鬧了艾莉絲。妳們應該擬定了什麼計畫了吧？」我說。

「是啊，但到底能實行多少也是未知數。」艾莉絲說。
「畢竟對手是那傢伙嗎？」
一陣風又揚起，那股惡意從相當遠的地方急速接近。
「要來了！」我喊。
「照計畫走吧。」雷說。
「計畫？我什麼都還不知道啊。」我慌亂地大喊著。
「聽好，我們現在要逃跑。」艾莉絲說。
「逃跑？」
艾莉絲抓住我的手腕。「我真的很不想做這種事。」
一陣暈眩感瞬間地刺激著大腦。那是相當痛苦且折磨的體驗。下一刻來到了吹拂著輕快涼風的海島上，炙熱的沙灘及清澈的海水一覽無遺。頭被一股如拷問般的抽痛佔據著，正如艾莉絲所說的：快一分為二的感覺。
「這是？」
「妳對這裡有印象吧？」
我搜尋著腦中的記憶，唯一的印象大概就是從小丑面前的那道門穿越的颱風天的海島，他說過那是仿照我內心所打造出的視野。但這裡和那裡不大一樣。哪裡不同呢我也說不上來。
「這裡其實是妳腦中所構築的想像。這是妳理想中的夢幻島吧？」艾莉絲以相當認真的臉在揣摩我心中那既不真實也不虛幻的理想。

原來艾莉絲談及的印象是指這部份。難道從小丑的那扇門看見的景致真的是我腦中真真確確的一隅，而不是山寨的嗎？

「聽起來好火大。」我說。「這裡是某個遙遠的空間嗎？」

「簡單來說，有人藉由妳的思想模擬出這個空間。」

「小丑。」我打斷艾莉絲說。

「或者是其他具有更強大空間創造能力的人所仿造出來的假性質空間。總之，空間創造出來後就被放置著，無人看管。」艾莉絲解釋。

「然後某種程度上和我產生聯繫，讓妳能帶我來這裡。」我說。

艾莉絲抬頭仰望澈藍無雲的天空。「這裡是很棒的地方噢。心，妳算是很有品味了。如果是我腦中的世界大概會有幾隻翼手龍在天空翱翔吧？」

「妳是認真的嗎？」

「一半一半。但我真的很喜歡這裡。裂縫裡或許沒有這樣純潔的淨土。」

「這只是普通的海灘。」

「也許對妳來說是這樣沒錯，但實際上的意義卻遠大於此。」

「這裡克拉克闖得進來嗎？」

「可以的，而且很快。」艾莉絲說。

「難道我們要一直逃下去？」我說。

「當然不是，這裡是最後了。我不知道雷和席爾佛能擋住他多久。」

「他們是擋箭牌嗎？」我凝視著湧上的浪花。

「恐怕只是玻璃。」

我忍不住笑了。艾莉絲也笑了。明明身陷險境。

「所以呢？接下來的計劃。」

「千年來克拉克一直隱藏著自己的力量不讓任何人察覺，因為他得花費足夠的日子去醞釀能終結一切的力量。好不容易正要崛起之時卻又被迪亞毀掉了部分心臟。克拉克不得已只好又躲藏到暗處恢復他的力量。他迫切地需要時間來復甦他的野心。這一次他認為應該沒問題了，想不到妳出現了。有了前車之鑑，他應該特別關注身為迪亞繼承人的妳的力量，還有妳的存在性。」

「存在性？」我問。

「也就是這一前一後妳的存在必要性，也就是抹滅妳的存在。」

「讓我的出生無效化嗎？」

「是啊。但他後來發現他做不到。因為妳或許留有一點點殘存的劉家的血，所以他的時空干擾便失效了。既然沒辦法對妳下手於是他決定往回去改變可能會影響妳甚至能夠監視妳的周遭事物。」

「妳是指……席爾佛嗎？」

「是啊，所以席爾佛可以說是克拉克一手創造的人類，不對，這樣說不太正確，應該說他親手改變命運的人類。如果不是這樣，那麼今天的席爾佛或許天生不會是銀髮，也只是個單純的男孩子而已。」

「不是早就埋伏設下，而是視情況臨時添加的陷阱？」我說。

「沒錯。」

「席爾佛知道這件事嗎？」

艾莉絲點頭。「他外表故作堅強，但我想還是受到了動搖吧。因為被否定的是從他出生所認定的事實。」

「但這些事情跟計畫有什麼關係嗎？」

「現在的克拉克非常虛弱。」艾莉絲說。

我回以不大能理解其中思緒的表情看著艾莉絲。她淡淡地說：

「要改變過去需要耗費不少的力量，而改變未來也是。」

「改變未來？」

「我剛才在那個巷口也說了吧？我們在夾縫等待的時間也不至於到現實時間的五個月。」

「然後雷說來到五個月後的未來。」現在想想那個說法確實挺怪的。

「沒錯，我們並不是呆愣地過了五個月，而是幾乎被以轉移的形式抵達五個月後的未來。克拉克也是，他基於某些因素急於穿梭時空前往未來的原因妳認為是什麼？」

「他等不及了嗎？」

「其實我不知道。」艾莉絲拿出一根菸說。她優雅地點起火，往清澈的空氣裡吐了一口混濁的煙。

「事實就是克拉克不是無敵的。他一步一步畏懼著，隨時都會崩解似的。每穿梭一次錯亂的時間帶就讓自己更加虛弱。現在的他已經沒有你第一次見到時強韌了。他不斷地吞食自己人，讓身邊能保護自己的棋子越來越少，如今的他連心都快失去了。心，我們從來就不需要奢求比他來得強大，只要我們的心夠堅定就不會敗下陣來，這也是妳所懷抱的理論，不是嗎？」

也許吧，我說。不過我說的很不肯定。艾莉絲也不再說什麼繼續抽著菸和我一起坐在沙灘上看著永無止盡的海浪，直到我再次開口：

「這些經歷對我來說會不會太過於龐大，始終是我腦中解不出的謎。我有時候也會突然忘了自己為何是雨探，而這個角色又意謂著什麼呢？我沒辦法說我搞得清楚。」

「以現在來說已經走了鐘，妳簡直是為了要斬斷這復仇的血脈而存在的。」

「確實，我潛意識中也許默認和妳還有克拉克都源自同一個祖先，縱使沒有一致的答案，但內心確實有這樣的預兆。所謂冥冥之中的引導就是這樣的感覺嗎？」

「但這引導究竟是順應著命運還是人為操控也不得而知了。」艾莉絲的眼神迷茫地看向遠方。

「不論哪個，都是緣分。」我說。艾莉絲微微轉過頭撇向我露出再次的嫣然一笑。「我不後悔遇到任何人。」我說，我想我很享受她這抹溫柔而沉穩的笑容。

「因為迪亞也在這一個命運裡嗎？」艾莉絲賊笑地說。

「才不是。」

艾莉絲站起身。「他要來了。」

「我感受到了。」

原先平靜而和緩躺成一直線的海平面忽然抽動了起來，我想那不是海市蜃樓之類的光學現象，不是光的折射能描述的尋常現象。海跟著騷動了起來，頓時間繁多的汽笛聲作響，甚至從皮膚就能感應到正逐步逼近的惡意。

「聽好，心。接下來不管發生什麼事都不要驚慌，也不要氣餒，要記得相信這裡。」

她指著心臟的位置。

艾莉絲手上握著什麼，我猜應該就是「濃縮的雨」。一陣轟雷巨響，天空風雲變色，狂風呼嘯而過。克拉克怒吼著，以風的姿態向我們撲來。沙灘的沙被捲起成了粗糙的沙塵，整座島像被貫穿似的遭到颶風侵襲。樹木慘遭連根拔起。碎石和浪花像是考完聯考，被學生拆解的教科書紙張散成一團。光透不進來，烏雲層層包覆住剛才舒適晴朗的天氣，所有風光都在轉瞬之間毀於一旦。

我想清楚掌握艾莉絲的位置，然而眼前的沙塵阻礙著我的視線。我伸出手想去抓住那遙不可及的真實感卻撲了個空，當我意識到時已經在深不見底的黑暗海底了。

我發現我在海水中能夠順暢呼吸，這是一個象徵性的海嗎？不具有難以下嚥的梗住的感覺。下層那蠢動而波折的水雖然沒有往上竄的意思，但確實驚慌感沒有散退的跡象。

我想艾莉絲所說的情境是指現在這樣嗎？

我奮力地划著手游上水面，隻身在沒有任何日光的海顯得孤獨，恐懼感也不由得油然而生。意識被零碎地拼湊起來又被打個粉碎，很難確保自己是否還保有一絲對於正確性的渴望。我也不知道這雙手到底能不能觸摸到溫暖的空氣。水底冰冷而寂寥，我不想永遠待在這裡，也沒人想吧。我不自覺地想起1號先生。他是否也曾待過這麼荒誕的虛無海底呢？伸手不見五指，看不見真實的自己就像是被人拿著刀架著脖子，抑或是被槍頂著肚子的那種金屬的冰冷蔓延全身。他到底過的是什麼樣的日子，才導致最終對自己的身份認同感到麻痺了呢？他真的厭惡自己的眼睛嗎？我什麼都不知道。

我真的什麼都不知道。

正因為什麼都不知道才想什麼都追尋，事情沒辦法總是如意，而且總是摻了點傷心的元素。但每雙握住、留有餘溫的手都有其價值存在，那一點一點佔據我心中地位的溫度也會團聚在一塊成為穩固而令人安心的力量吧。

破碎的光透了進來。我可以抓得到光，我這樣想著。當然結果是抓不到，但至少浮出水面了。我還搞不太清楚方才發生了什麼，但環極目所見似乎什麼也沒有，是一片遼闊無垠的海中央。以落難者來說沒什麼可以比眼前這副光景還來得更糟了。溼漉漉的頭髮緊貼著側臉龐，從額頭滑落的海水間歇地流入口中，鹹鹹的味道在嘴裡化開蘊出了緊湊而多層次的口感。

好安靜。

尤其在喉嚨乾渴的時刻格外覺得這股安靜特別具掌握性。持續擴張的沉重也正吞噬掉不久前滿溢出來的安心感，快被吃得一滴不剩了。海水正退潮。原本在頸部的海水以驚人的速度從胸部、腰部直到淹到腳踝才停了下來。身上的水彷彿很緊張似地被蒸發殆盡，空氣變得燥熱。

克拉克站在不遠處無神地看著我，一和我對到視線，他立刻給我一個熱情而虛假的笑容。我向他走近。他則雙手插著口袋，皮鞋一動也不動。

「現在該用哪個名字稱呼你呢？」我鄭重其事而帶點諷刺的口氣說道。

「隨妳便。」他那招牌笑容沒有一絲妥協。

「這個表情還是算了吧？」我說。

「妳認為這是裝的嗎？」克拉克說。

「至少真誠不到哪去。」

「太令人難過了。我很認真的。我只是不斷地、不斷地把千年前就失去的快樂重新拾起。那是在我當時未綻放的笑容，但真的很遺憾。」

「是啊，我們是回不去過往的。縱使你總是在試圖穿越時空去改變這個世界，然而你卻沒辦法去阻止那件令你最遺憾的事，不是嗎？」

「只不過是我不想改變罷了。」克拉克不屑地說道。

「為什麼呢？因為他們是相愛、無法拆散的，所以你不想改變這段過往嗎？不對，不是這樣的，正好相反，你無數個夜晚都想要阻止那天所發生的事，想到快瘋了對吧？但你卻做不到，為什麼你做不到呢？你那累積千年的力量真的做不到嗎？不對，其實你早就知道這件事和你本身的錯誤沒有任何關係，而是根本上的事實，所以完全沒有你能夠插手的縫隙。」

「我不懂你的意思。」克拉克的笑容像是沉入壯闊山岳的夕陽慢慢淡去，揚起的嘴角和緩了起來。他的眼球照映出我的臉，除此之外沒有別的了。

「因為一旦改變了那段歷史，就違背了你存在的意義。」

克拉克搖搖頭。他蹲下來綁緊皮鞋的鞋帶。

「妳說的沒錯。一旦我改變了這個歷史，『我』這個存在便會殘酷地消失。我有這樣的預感。」克拉克說。

「也許她內心還是希望能讓你的意識延續下去。」

「或許吧。」克拉克冰冷的眼神就像是黑洞般無止盡。周遭起了些微變化，水又退了一些。

「你只是純粹想把復仇拿來掩飾你那弱小的心靈而已。」我說。

「夠了，不要再裝作自己很懂了。妳怎麼會理解千年來我所承受的痛苦？」克拉克稍微加強了他的語氣。

「那你又何必總是掩藏起自己的心呢？因為你怕被看透，對吧？」

「簡直無稽之談。」

克拉克手一揮，原先平靜的水面上捲起劇烈攪動的風。風好像說不出話來的有生命的形體，雖然有些魯鈍但還是無情地向我襲擊而來。強勁的風迎面呼嘯而過，如果重心不穩就很有可能被捲走。風揚起的好像不只我濕潤的頭髮，還有一些破碎的東西。克拉克早就放棄心了。與其被摸透、被理解，他寧願捨棄掉自己的弱點，成為貨真價實的無感情的存在，這也是他復仇的最後一幕：對自己復仇。也許他真正憎恨的正是他自己。

即使知道了這種程度的事也不能代表我能夠阻止他，我還是無能為力。這片乾涸的汪洋也是我心裡所構築出來的存在嗎？沒有規律的走向是否也是順應著我的理想呢？風讓水面泛起了連續的漣漪，一圈一圈地劃起。這是我的世界的中心，我卻被自己那未知的情感一步步吞噬。我越害怕就越沉默，越沉默就越無知。

然而風仍吹拂著，克拉克不顧我的沉淪逕自捲起了海浪，他連海水都能操控了。水位急速上升到腰部的位置，並且持續累加中。很快地我就滅頂。原先還能踩到地板的腳突然滯空，我猛烈地游回水面。只不過等待著我的是如野獸般的滔天巨浪。浪遮著天空、俯視著我，下一刻撲襲而來，所有混亂的風和海水都攪成一團，那不給我任何喘息機會的力道應聲把我拉入海面下，直線下墜。

我感受不到任何希望。冰冷的海水裡頭，一絲有情感的標示都不存在。呼吸確實地不怎麼順暢，相當難耐。此時克拉克像是揮散不去的夢魘現身在我眼前。我打算拿出鋼筆，但鋼筆並沒有現形，和初次遭遇克拉克時雷同的情況。他做了什麼吧。我暗自思索著，卻毫無還手的餘地，任其宰割似的和他四目相望。他迅速地靠近我，我甚至沒什麼反應的時間，他便一手掐住我的脖子。我立刻吐出一些氣，但並沒有吸進海水，水的實體本身彷彿不存在，僅化作壓抑的象徵。

「很辛苦吧？雨探，必須面對如此殘酷的結局。」克拉克說。

我說不出任何一個字。只能惡狠狠地瞪著他。我沒有任何方法能應對。孤寂的情感理所當然孤零零地沉到海底的黑暗中，不發一語。

克拉克又消失了。但我渾身的不自在感卻沒有消失。所有沉甸甸的想法集中在我一身，讓我如失重般也跟隨著情感下墜。

可謂極度的不舒服。

克拉克去哪了呢？他打算對我怎麼樣？為什麼不是直接殺了我，而是讓我沒有頭緒、沒有方向地隨著時間被逐漸吞噬，被膨脹的孤單吞噬。

「這樣才是最痛快的。」黑暗中疑似這樣的聲音傳來。

我放棄似地兩手一攤，閉上眼緩緩地思考。怎麼做是正確，怎麼做是錯誤。可惜我腦袋此刻一片空白。也聽不見任何聲音。

不對，隱隱約約中有道聲音正積極地傳遞過來。我仔細聆聽，不願放過任何細節。聲音很模糊、不清，但確實有聲音。傳遞者還沒有放棄，重複一遍又一遍，只有我聽得到的聲音。

「我……你。」

聲音相當零碎而失真。

「我詛咒你。」

我逐漸聽出成形的聲音，但我仍抱有懷疑的情緒。

熟悉的聲音流進耳底。我找尋著聲音的源頭，我想很近了。於是我大喊：

「我詛咒你。」

「多囉囉太陽！」

聲音迴盪在黑暗的海水中。透過水的波動，我能感受到克拉克察覺到不對勁。但來不及了，我又再次重複：

「多囉囉太陽！」

突然間，眼前產生小小的漩渦，漩渦的另一頭連接到哪裡去我不清楚，但一隻手從裡頭伸了出來，遞給我鋼筆。

「怎麼會在你這？席爾佛。」我對著著牛仔外套、伸出來的手說。

「感謝史帝吧，他早就預料到克拉克的手段，並還以顏色了。快點，時間有限。」

我接下鋼筆，旋即漩渦消失。克拉克的怒吼聲連同水波的震動一同搖晃著，具深長的警示意味。

我將筆蓋打開，準備瞄向克拉克。但我遲遲無法鎖定他，因為他化作水中的颶風讓視野變得狹窄。

當我意識到時，他已經繞到我背後。克拉克一把抓住鋼筆，隨後用力地捏碎。墨水在水中化開、墨花遮住克拉克的臉，再搭配上一點點照映進來光，那像是藝術般的圖景在末日之際便顯得無比諷刺。此時我終於理解為什麼艾莉絲說的我是唯一能對付克拉克的希望了。他沒辦法用意象或是空間的力量對付我，因為我是游移在那之間的存在。他只能憑藉著自己的肉身親手將我消滅殆盡，我反而才是令他揮之不去的夢魘。他發了瘋似的想伸出手抓住我，然而他那如死屍般的手指卻觸摸不到我，破裂的鋼筆所溢出來的墨水正好發揮了功效，「濃縮的雨」像是跑馬燈般讓眼前浮現許多場景及回憶，但那不是我的、也不是克拉克的，而是1號先生的視角。

在藍滲著綠的水中，克拉克佈滿了血絲的眼睛透出清晰的紅光，甚至連墨水都遮擋不住。他怒視著我，像是要釋放力量似地大吼一聲，緊接著他的身體彷彿充氣般壯大，兩手剎那間便覆蓋住我所有的視線，簡直是海中的巨人。他毫無預警地再次伸出那巨大的手。我不確定克拉克所膨脹的手是不是我在未來所觀測到的從雲裡伸出、如徵兆般的大手。明明速度很緩慢但周遭的水卻隨著那龐大的體積而產生搖晃的波動。水被推移過來使我被擠向更深處，那隻大的可以抓住鯨魚的手已經在我眼前，顯然地我隨時都會被捏碎。

只不過克拉克碰到墨水的下一瞬間便真的如氣球般洩了氣。水像是被抽乾似的往墨水的方向飄流著，鋼筆裡的墨汁讓清澈的海水變得漆黑。

「竟然是讓血濃縮的雨嗎？連妳也背叛了祖先，讓我們的血液蒙羞嗎？」克拉克的語氣已經不再強韌。

我一語不發地看著逐漸弱小的他。

「為什麼？」克拉克大喊著。「難道我漏看了《歷史》嗎？我始終認為我即將要觸及到核心。但最後，正確的歷史總是和我漸行漸遠了。」

「我不知道。」我大喊。「但或許是因為你沒有去正視它。你也遺漏了你的心，你沒有保護它而是捨棄掉了，你自以為的弱點其實只不過是個早已喪失的存在而已。」

「真是太可笑了。」克拉克無奈地苦笑。「妳以為妳劃出的圓已經包圍住我了，但卻沒有。我會透過『防護機制』去直面未來的。」

他那失去生機的聲音迴盪在黑暗之中，然後消失不見。「濃縮的雨」仍相當不穩定，震動著擾人的音波。墨水的效力還沒有結束，還有些東西正龜裂著。一道強勁的光在海底閃爍，越來越往那黑暗中的光源墜落的我好像被什麼東西包裹著，那是不讓人輕易睡著、相當少見的溫暖。那像是親人的慈愛、愛人的撫愛，又或者是對於弱勢的關愛。總之它以一種奪目而不霸道的方式觸摸著我，是能讓任何人露出燦笑的溫柔。我想我挺享受這熟悉的擁抱般的光。

那道光就在我眼前，觸手可及的距離。在這片瀚海之下，世界以如此渺小的形式進行了一次崩壞和重組。我能清楚地感受到一股海流正試圖影響我。我伸出手觸摸這道光並向那積極的海流道別。四處有好多帶有光點的魚就像是海中的螢火蟲輕快地暢遊。鯨魚晃動著尾巴向我打招呼（這部分我認為是我自作多情）。這一刻我覺得我和牠們是一體的，我是海，也是魚。牠們是我，也是海，所有的一切都融於同樣的澈藍，我想這道光正是催化劑，讓我能成為那平凡卻感人的其中一環。我想我至今都難以忘懷這壯麗的海底光景。我知道那海景並非真實的存在，只是我心裡的投射。然而在那道溫暖的光面前連一點殘渣碎片都談不上的塵埃卻也如此美麗，我又何必計較這被溫存的景色是真是假呢？

只是，兜了一大圈，我以為事情結束了，但似乎還沒有。

睜開眼我便醒在杳無人煙的車站。我起身後環視著四周，這裡是原隸屬於這座城市，正常的C車站，從我家騎車的話大概十分鐘左右的距離。一旁是閃著巨幅LED燈的大型百貨公司。為了集結人潮，百貨公司被設計成和車站相連的混合式商圈，將所有熱絡的商家聚集在一塊。也因此，這裡是這座城市的市民們假日少數可去的「景點」。既然連百貨公司都能被稱作「景點」，便知道城市的建設有多匱乏了。揚長延續的高架車站靜靜地佇立著。我吐了口白霧，這讓我確鑿了自己身處在寒冷的冬季。我稍微走到能仰望天空的月台黃線，天空中伸出的大手仍高掛在雲朵裡頭，證明了這片孤寂的世界不是如海市蜃樓般的錯覺，而是令人難以下嚥的事實。

我失敗了嗎？不禁這樣想。如果這是一年後沒有人類氣息的荒涼城市，那我被送到這裡來肯定有什麼意義吧？我是如此冀望著。至少，我得找出什麼線索吧，就像之前被大雨禁錮時那樣。我沮喪地朝月台的某一側信步走著。

我聽到有人呼喊我的名字，我猛然抬起頭。我想，頓時間我的呼吸快停滯了。風的聲音、雲的聲音、天空的聲音都被抽乾。我聽不到任何聲音。我的意識被迫性地專注在眼前。

小梓正佇立在車站月台上，她露出淡淡的柑橘般的微笑凝視著我。

八、小梓和防護機制和冰箱

起初我講不出任何一句話。語言消失了。我啞口無言地看著小梓，直到她主動地向我走來。

「小梓？這是怎麼回事？」我終於如想起似地開口問。

「以妳的聰明才智應該瞬間就判斷出來了吧？」小梓說。

「不，我完全不知道是怎麼回事。」我說。

「咦？是這樣嗎？我以為很明顯的說。」

「完全搞不懂。」我再次強調。

事實上，我正咀嚼著現況。

「坐下吧，很多空位置呢。」小梓示意著我，隨後她如蝴蝶翩翩飛舞般輕盈地坐在月台的座椅上。

我猶疑地坐在她旁邊，她是小梓沒有錯，這一點千真萬確。

「為什麼一年後的妳可以安然地在這裡呢？」我問。

「而不是成為如白球般的靈魂嗎？」她反問。

我頷首以示同意。

「當妳這樣問的同時妳不就已經猜出答案了嗎？」小梓回答。

「不，我不知道啊。」

「我指的是，妳知道這裡的我是一年後的我這件事。」

「不知道才奇怪吧，起碼一年前和一年後的妳我還是能輕易分辨出的。」

「心，妳是小梓系的嗎？」她歪著頭，笑著以玩笑的口吻問。

「別鬧我了，小梓。到底發生了什麼呢？」我同時指出的還有這一年下來，對於眼前的小梓來說，究竟度過了什麼樣的時光。

小梓搖搖頭。「放心吧，一年前的我還是什麼都不清楚、單純的我唷，我並沒有隱瞞著妳什麼，當然，我是指一年前的我。」

「意思是現在的妳隱瞞了些什麼不能對我說。」

小梓微微地嘴角上揚。

「那是因為錯誤的未來路線導致產生現在的我，該怎麼說呢，我想我是繼承妳力量的後續而存在於此的，但細節我沒辦法告訴妳，準確地說是我也不太清楚怎麼述說。」

「但我確實打敗了克拉克才對。」我說。

冷風拂過，那一丁點的不和諧感正慢慢浮現，如墨花於水中般擴散。即使睜開眼，那既藍又綠的海底所浮起的臉卻揮散不去。

「他說過『防護機制』！」我激動地喊道。

小梓流露出相比剛才顯得有點僵硬的笑容：「我現在，正面對這個『防護機制』。」

要命，我說。什麼是防護機制？我問她。小梓跳下月台，跨越過鐵軌，她輕輕地觸碰高架鐵軌上的圍欄，冰冷的鋼鐵像是融化的軟糖凹陷下來，小梓回頭看我道：「跟我來吧。」

我也跟著跳下月台，這對我來說是個新鮮的體驗。但小梓在高架鐵軌上究竟要讓我見證什麼呢？只見她默默地「走上」空氣，嗯……該怎麼說呢？總之她走在天上，但不是天空的雲朵上，而是單純踏在空無一無的空氣上，我認為我現在給出了很愚昧的形容。

「妳也可以的，」小梓說。「我腳踏著的是由我架空所創造出來的階梯，妳就隨意地踩吧。」

「僅僅一年，不對，依照我消失的時間點來說應該是半年，半年妳就辦得到這種事嗎？」我目瞪口呆地問。

「別忘了，這裡沒有別人，只有妳和我，甚至在今天之前我都是這座城市唯一的市民，於是這種力量便從枯乏的想像力中誕生了。」

「我無法想像這種境界。」

「我建議妳不要嚮往比較好噢。」小梓語重心長地告誡我。

我也踏上了不存在的階梯，第一步我畏畏縮縮地扶著軟掉的圍欄邊伸出腳嘗試著，當我確定是真的有物體讓我施力往上行走時，我得承認，那種感覺令人雞皮疙瘩且有一點點感動。

「長達半年的時間都是一個人嗎？」我問。

「沒有，我想大概是五個月又十七天。」小梓回應。

「真是詳細的大概。」我說。

「畢竟是大概程度的無聊。」

我們穿越著幾棟老舊公寓。

「所以『防護機制』是什麼？」我切入核心。

「妳也知道的，妳已經看過兩次了。」

「果然是那隻大手嗎？」我想起了昏暗深水中克拉克膨脹的巨大的手。而當視線擺脫出叢林水泥後，我仰望天空便能清楚看見如不祥預兆般從雲裡頭伸出的大手。

「我不確定那究竟是什麼，也不清楚妳們所經歷的事件，我就像是一半才被緊急徵召、半路冒出來的演員，對劇情完全一頭霧水。即使經過了五個月，我仍然不清楚這世界的變化以及未來性，原因很簡單，能告訴我這些事情的人已經不存在了。」

「妳忘了說還有十七天。」

「對，五個月又十七天。」

「但妳還是沒有放棄地持續成長著。」

「因為想死也死不了。」

「使命的緣故嗎？」

「那是詛咒噢。」

「連妳也難逃和克拉克相同根源成分的命運了嗎？」

「但我想，今天就會結束了，令人難忍受的五個月又十七天。」小梓沉默半餉後，以穩重的口氣說。

我們邁著腳步越走越高，直到距離大手僅有咫尺之距的高空。下方的街景彷彿和我來自不同世界，遙遠得令人畏懼、陌生。上頭的風相當刺骨且旺盛，我想應該是我這滄桑一世中最接近天空的一刻（我沒搭過飛機）。小梓的表情十分沉著冷靜，很難想像她是我所認識的那位熱誠、可愛而和這些離奇事件沒有任何瓜葛（好像也不是完全沒有）的咖啡店女服務生。我對這五個月又十七天所造就的變化感到不可思議。眼前的大手染著淡藍色的色調，簡直是空中精緻的藝術品。移動急促的雲被風無情掃過，被吹散在手的周遭。我的頭髮也被風吹亂了。

「接了我電話的是妳本人對吧？」

「是的。」

「妳那時候就知道我是來自過去的我嗎？」

「隱隱約約，畢竟以現在的時間點來說，妳已經不在了。但很抱歉我當時只能裝傻矇騙妳，因為冥冥之中有個聲音告訴我必須這樣。」

「我能理解。」我說。「或許妳沒意料到，妳的聲音在當下可以說是適時地拯救了受挫的我。」

「心，不如這樣說好了，與其說是我鼓舞到妳，不如反過來說那通電話對我來說也是一股挹注進來的力量。因為我是真正需要被鼓勵的。」

「這倒是，因為妳沒有想像中堅強。」我笑著說。

「囉唆。」小梓也笑了。「我的任務應該就到這裡了，接下來就交給他們了。」

「他們？」

「心。」小梓叫我。

「嗯？」

「我一直都相信妳可以拯救我們，加油。」

說完小梓便瞬間性地失去意識，如荒唐戲劇般華麗地倒在空中。彷彿橫躺在密佈烏雲上的隱形沙發的她露出熟睡著的安穩側臉，我尚未反應過來，後方便有人開口了。

「放心吧，她沒事。」

我回過頭，冰箱正和我對視著。牠是觀察者查理的夥伴，皮毛柔軟舒服的灰貓。

「查理呢？」我問。

「他有別的要事要處理。」

「別‧的‧要事。」

「所謂的『防護機制』，便是歐本的最深層意識。妳見過吧，他膨脹的力量本質，那其實就是某種程度的延伸，也是他千年下來所累積力量的最後釋放。」

「我很好奇。」我說。

「什麼呢？」冰箱說。

「觀察者不是不會出手的嗎？」

冰箱露出燦笑說：「查理才是觀察者，我本身是自由之身噢。不過也不能算是自由就是了，我不是說過，我在贖罪嗎？」

「原來如此。」我說。「不是透過觀察者的地位，而是透過妳的身份出手嗎？」

「我想，我是最有資格的吧。」冰箱說。

「妳並沒有錯。」我義正辭嚴地表示。

「謝謝，但我承認，對於赤裸裸的過往實在不是能簡單坦誠的事，即使跨越了千年，即使只剩下靈魂的碎片，即使受到了詛咒。」

「即使想流淚，但眼淚卻像哽住一樣嗎？」

「我想，是的。」冰箱聳肩說。

「接下來呢？」我問。

「就交給我吧，是妳讓小梓錯誤路線的旅程終結的，接下來要讓妳們回到正確的路線。」

我看著冰箱，她對我點了頭後就堅毅地如輕盈氣球般飄向巨大的藍色大手，我想，這次應該要結束了。濃縮的空氣靜置在每一處，我傾聽著風的聲音。沒一會時間，冰箱伸出小小的貓掌觸碰到「防護機制」，破裂的一聲巨響響徹雲霄，大手硬生生從中間的一點，也就是冰箱觸碰到的所在位置開始，龜裂的痕跡幾乎速率相同地均衡蔓延開來。我注視著冰箱，她沒注視著我。

緊接著我和小梓被無中生有的黑暗吞噬。

我正漫步在街上。

至於為何在這裡，又正在做什麼，我完全沒有頭緒。一道說不上涼快卻也不至於不舒服的風拂起我的頭髮。我的頭髮到底要被吹亂幾次呢？天空正下著悶熱的雨，皮膚能感受到一股熱氣湧上，是很黏膩的夏季。拭去了那奇形怪狀的風之後，街道倒沒有任何的不對勁及異樣感萌生，有的只是平凡的城鎮。這裡是我大學附近的鬧區，路上也不時能瞥見來覓食的學生。不過我想時近考完期末考的暑假，同時也有不少人已經在準備收拾行李回家鄉去。城鎮上留有一股喧囂過後的餘韻，那股餘韻以某種溫度殘存在不少人的心中卻也不知不覺地被遺留在城市的一角。而孤寂的情緒則被逐漸放大而隱藏在柏油路之下。我看著這些學生們的臉不禁想起我這消失的五個月該如何是好。正當我感到困擾之時，眼睛正好瞅見電器行外牆的展示電視播放的新聞。

「不對，搞錯了。」我不自覺地開口說。

一看到新聞上的年月份我便知道現在的時間帶和我認知的有誤。

我回到了三年前左右。

不確定是什麼因素但我的時間又錯亂了。當然，和回到千年前相比起來，三年倒是近多了。這一次的時間倒回可能和我本身有著極大的關係，我沒來由地這樣想，所謂的直覺正隱隱釋放出某種波長滲透著我。

天空下起了雨。這次我能夠清楚看見切換後的視角。三年前混濁的城市對我來說一點熟悉感都沒有。雖然習慣了那如轉盤般變化的速度及更迭的模樣，但對於那細節的記憶點還是薄弱了些。我手遮著頭跑去便利商店買了一隻傘後，徒步邁向大學。距離不算遠，我也沒打算逛裂縫裡的城市，這次的目的很清楚。

「妳是哪一年的心啊？」

靴貓默默地走在我一旁。那是三年前的雷。

「你怎麼知道我不屬於這裡？」

「這很簡單哪，因為我剛剛才和心她們分手。就算是妳也不可能在短時間內改變氣質和味道這麼多。讓我猜猜，妳至少來自三到四年後，我感覺妳的氣息變強了許多，而且更會打扮自己了。」

「三年後，真是精準，副局長。」

「我現在還只是普通的基層噢，妳真是帶來了一個不錯的消息。」雷樂不可支地說。

「之後會不會被拔官就不確定了。」

「天哪，當我沒說。」雷用小巧的貓掌作勢遮住嘴巴。

我開玩笑地逗了牠一下。好啦，關於拔官這件事其實我沒什麼把握。

「還有，你對我的打扮有什麼意見嗎？」

「我只是陳述客觀事實而已。」

「算了，不跟你計較。話說你剛才說她們，是吧？」我說。

「正是嗅。」

那就不會錯了，我心想。

「我不知道妳想做什麼，這不是我能猜到的部分。我也覺得我不要對未來干涉太多才好。相對的，妳也不要干涉過去太多，不論對這個妳還有那個妳都沒有好處。」

「我知道，你放心吧。」

濡濕的道路上滲著街燈的光，車子呼嘯而過濺出骯髒的水花。柏油路上一塊又一塊的凹陷形成好幾片的水窪，就像是心靈上的坑洞永遠補不完。時間接近傍晚，雨水透出霓虹燈的光，紅綠燈由紅轉綠，行人們無不抬起疲累的頸部往家的方向走去。每一步都是沉重的步伐，雷的綠靴子沾上不少的污水。我的鞋子則早就浸了水。

「未來的妳不會再那麼躊躇了吧？」雷開口說。

「就我來看沒什麼改變。」我說。

「是嗎?那就是現在的妳太不果決了。畢竟妳聽完我的話仍毫不猶豫地想接觸到核心不是嗎?」

「你倒是沒什麼變,一副看透人心的樣子。」

「我希望能解釋成這是我的初心。一隻貓為什麼要學人說話呢?才不是學人說話,而是我們本來就是人,只是我們的樣貌比較可愛而已,我常常這樣解釋著,解釋到後面我已經不確定我是人還是貓了。」雷打趣地說。我想裂縫裡的貓似乎都不確定自己是人還是貓。

「你在我心中就是那樣,不會變。」我感觸地說。

「謝嘍。」雷直視著前方。

「為什麼你會有不具存在權限的地方呢?」

「我覺得妳現在對我的疑問應該是針對三年後的我才對,這樣比較有連貫性,還有一致性。算了,我告訴妳吧。所謂融合的城市其實不是指兩座城市真正的『融合』,而是一個概念性的『同處在一個空間裡』,這是我們口中的融合,也是妳們雨探的眼睛能發揮作用的原因。正因為有所融合,妳才看得見我這樣的存在。如果是本質上不屬於這兩者的空間的話,妳看不見我,我也沒辦法看見妳,便意謂著我對妳來說不具備存在的權限;相反的也是一樣,妳對我來說也不具備存在的權限。我不確定我在未來是碰到什麼樣的情況才會不具權限,但那就代表那個區域是不存在於裂縫裡外的,這樣妳能理解嗎?」

「可以。」我說。「這樣清楚多了。」

「萬幸,妳也變聰明了,信不信現在的妳聽完肯定一頭霧水。」

「我知道你想稱讚我,但透過貶低以前的我實在聽了叫人火大。」

「我是在貶低妳沒錯。」雷笑著說。「好啦,大學到啦,再來就端看妳自身了,我的散步時間也差不多了。妳要怎麼做由妳自己決定，但要記得若會影響到妳自己的存在就得收手。」

「放心吧，我想活到一百歲。」我強調著。

「那也不錯，我們最長壽能活到兩百歲左右，也就是你們所謂的妖貓對吧？到時候妳無聊時我也能來陪伴妳。」

「那真的不錯。」我說。

我以為雷已經沒話說了，但牠仍心事重重地看向我。

「怎麼了嗎？」

「聽我說，使命和決心是兩回事。有時候我們只是單純地接收著名為使命的一塊匾額，但我們不會因此做起事來更加流暢、有力。真正能影響我們的是覺悟，也是決心。一旦具備這兩個被動及主動的要素我們才能夠更強大，也能更果決地面對那些纏人的網。記住，讓我們躊躇不決的不是使命的合理性，而是決心的程度。」

「我不懂這和我現在有什麼關係？」

「妳在使命和情感間游移了不是嗎？妳對於雨探的存在意義產生了遲疑，我說的沒錯吧？雖然我不知道未來發生了什麼事，也不宜追問，但眼前的這個妳毫無疑問地正被困擾著不是嗎？相信我，迪亞是完全信任妳、認同妳才把重擔都交給了妳。那絕不是逃避或是一種隨便的心態，妳也認識他，他是固執且鑽牛角尖的生活白痴。」

「你這根本是藉機罵他吧。」我的嘴角止不住上揚開懷地笑。

眼前的雷，是不是已經知道未來會發生什麼了呢？從牠語重心長的口吻中，好像正掩藏著什麼我所不知道的事實，但這非現在的我所需要知道的。

「我對他偶爾真的挺不滿的，總是不受控還拖我下水。」雷抱怨著。

「謝謝你，三年前的雷。」

「可以的話你就不要強調年份這個敏感詞彙了，好像顯得以後的我很刻薄似的。」

「我說過了，你從未改變。」

「妳是說過沒錯，我還挺喜歡這句話的。『Never Change』不覺得很適合作為一首歌的歌名嗎？」

「這感覺很菜市場的歌名。」我笑著說。

「是嗎？看來大家都挺希望自己能保持初衷。」

若要談及三年前的校園和現在有何不同，我還真的不知道。學生們無不無所事事地閒晃，就是焦急地趕往教學樓上暑修的課，剩下的就是一群忙碌地搞著宿營活動的系會人了吧。三年多前的這一天，照雷的說法我是在校區附近的。以月份來說，如果我沒記錯我應該在探視學校環境。學運浪潮就像是隨著復古風的流行也在二十多年後重現在社會氛圍，我想這時候正好是那股復甦的氣息達到巔峰的時候。然而暑假的校園總是和平了許多，沒有人在意著正論或反論，純粹享受在湧浪與群山的包圍，享受那股悶熱的薰陶。

走遍了校園每一角，把我所認為的地點都巡了一遍，可惜，就是沒辦法和三年前的自己撞個正著，還是說這本來就是種定律呢？注定沒辦法和自己相遇。畢竟我也從沒有見過未來的自己的印象，這種奇妙的時間悖論持續盤踞在腦中，連我自己都覺得無聊。我坐在看得到海的岸邊上，眺望著下著冷雨時所捲起的浪，那翻湧的浪好像隨時都能吞掉我，像是克拉克所捲起的浪，將我重重地壓進海裡、攪動著的浪。我深深凝視著那海浪，總覺得那其中連結了好多事物，我不大能清楚說明。

我切換了第二種視角。

海浪仍在、校園仍在，只是周遭飄著一團粉霧。原來三年前就曾出現過粉霧嗎？一股熟悉感莫名萌生，縱使我絲毫沒有印象就是了。消波塊沉甸甸地靜躺著，任浪無情沖刷。雨打在傘上的聲音規律而助眠，我感覺頭昏沉沉的。

忽然間，遠方的褐色短髮女子朝著我的方位走過來，身旁還有一位男子。真的有這種巧合嗎？我撐著傘注視著正沿著提防散步的1號先生和我，那時候究竟在聊些什麼呢？瞧我一臉笑容可掬的嘴臉真是怪噁心的。1號先生和我最後見到他的樣子沒有任何改變，我想不久後他就會消失。我們兩個坐在堤防邊有說有笑，手還不知道在指著什麼。現在想想，真不知道當時1號先生的心裡頭在想著什麼，是不是覺得和我相處挺累人的，畢竟我相當任性，也總是不按牌理出牌。選擇我作為搭檔真的沒問題嗎？

不過現在我只想問問他到底為什麼要消失，為什麼非得向煙一樣徹底地消失不可，這是我心中迫切知曉答案的問題。我至始至終都不知道他到底在想些什麼。不過不知道是正常的，因為我只是噼哩啪啦地講述著自己的事，從來沒有好好地傾聽過他的心聲，所以我什麼都不知道。我覺得當時的自己真是愚蠢至極，不對，不論當時還是現在都差不多，都好不到哪去。

我嘆了口氣。他就在我眼前，已經扎實地消失的人卻活生生佇立在我眼前，錯過了就沒有下一次了，我有這樣的預感。千頭萬緒複雜地交織著，我以為我能夠比我想像地更勇敢，但卻沒辦法。

我默默地離開堤防、走向校園。不知不覺間眼睫毛濕成一片，熱熱的淚滴滿溢出眼眶直流到臉頰。

我望著路邊車子的車窗，眼淚和鼻涕混成一團讓濕潤的鼻子還有人中顯得晶瑩。簡直遜斃了。為什麼會哭呢？我也不清楚。但當我一看到1號先生和三年前的我那開心而不虛假的笑容，所有念頭及意識便煙消雲散。

我沒辦法讓一個消失的人回來，我沒辦法改變什麼，我相當清楚。也許正因為知道自己的懦弱所以只能夾著尾巴落荒而逃。

不過至少我已經和內心的自己做個決斷了。我很感謝自己能如此果決，就像雷所說的那樣。

「你在期待著什麼嗎？」

查理和我坐在瀰漫著粉霧的校園穿堂石椅上。粉霧中只有我和他。

「觀察者是能夠穿越時空的嗎？」我問。

「只要天時地利人和，我便能在適當的時間點出現在適當的時空。」查理雙手插口袋，以毫無溫度的語調說。

「是噢？那我呢？我又是為何能穿越時空呢？」

查理一言不發地沉默著。他基於某個理由，無法回答這問題嗎？

強勢的海風捲著雨水襲來，氣候轉變得稍微涼爽一些了。查理穿著樸素的短袖白色上衣以及短牛仔褲，似乎夏天對查理來說是活動性十足的季節。

「所以妳已經放棄了嗎？難得回到三年前。」

「我已經什麼都不打算做了。」

「我想，這也是個選擇。」

「這是正確答案嗎？」我說。

「可以說是，也可以說不完全是。」查理說。

我想我懂他的意思。

「關於冰箱的事，你全都知道嗎？」

「當然，畢竟這也是我觀察的一環。」

「你跟冰箱也共事很久了吧？不會捨不得嗎？」

「可以說很久，也可以說是短暫的一刻，畢竟我們的工作總是需要超越時間的維度。雖然由自己說出口很怪，但我想我已經在長時間的任職中失去了情感，就像是個機器人吧。所以你所謂的不捨的感情是不存在的。」

「聽起來有點諷刺。」我給了個不留情面的評論。

「確實。」查理說。

「你為什麼也在學校？」我擤著鼻涕說。

「我擔心妳啊。」

我驚訝地看向他。「你什麼時候會開這種玩笑了？」

「哼。」查理不悅地嘖了一聲。我聽得出來這也是玩笑（應該）。「這基本上是冰箱最後的託付。」

「你應該擔心現在的我才對，雖然我也很笨但現在的她更蠢。」

「不管是哪個妳不都是妳自己嗎？」查理說。

「我就傻。」我說。

查理忽視我的自暴自棄，從石椅上起身。「如果妳已經認為沒問題了，那就沒問題吧。」

「我是很乾脆地放棄沒錯啦，但總覺得有道聲音會從心底深處隱隱約約地質疑著我，你懂那種感受嗎？」

「我才不懂，我的心臟不會發出那種細微的震動或是波長。」

「我不是那個意思，你很難溝通。」

查理露出惡作劇後的笑容，我真的已經搞不懂他說出口的話的真意為何。

「另外，有一件好消息。」查理直視著我說。「算是好消息吧？」

「什麼？『算是』這種說法已經讓你的好意打了折扣。」

「妳真的很難搞。」查理埋怨著。

「真意外，看來你也學會幽默了。」我笑著說。

「我只想趕快把要說的話傳達出去而已。」查理聳肩。「簡單來說，妳並沒有再持續透明了。」

「果然這一切都和克拉克的存在有所牴觸嗎？」

「不太能說是牴觸，就我的觀點是妳們在意識上各自為政、自行其是，然而在另一端，雨探的能量卻疑似被克拉克周遭的氣場吞噬。我說的是周遭，也就是非他的本意。一旦能量逐漸耗弱，妳也會邁向透明這個局面。所以我現在也不確定究竟是不是和克拉克有關係，甚至可能是有外人作祟著，導致氣場的混亂。」

「不是冰箱？」

「牠沒辦法，縱使牠有能耐改變一些空間、時間的要素，但我所描述的是更詭譎的變化，不是那麼直接的。」

「我越聽越糊塗，總之我已經背離那種窘境了吧。」

「暫時性的。」

「我的天。」我也起身離開石椅。「那有關那本你不讓我看的書呢？安插著書籤的那本。」

「我不是要妳忘記嗎？」查理說。「這完全不是件值得掛心的事吧？」查理毫不掩飾對我行徑的傻眼表情。

「沒辦法，我真的很在意。」

查理困擾地抓了抓頭。這樣捉弄他還挺有趣的。「那是《歷史》的抄本，也就是仿製品。」

「我以為世上只剩一本《歷史》。」

「所以我才說那是仿製品，不能算是真正的《歷史》。」

「為什麼當時的我不能讀呢？」我問。這是在潛意識間應該蠢動著的疑問。

「說實在的，現在的妳也不行。《歷史》為什麼只剩下一本呢？因為它是禁書，所以被銷毀得很徹底。納雅家的後裔沒有告訴妳是因為那本書背後有著許多令人墮落、浮濫甚至能讓心靈粉碎的寓意和內容，縱使妳可能看不懂上頭的文字，但那確實會破壞妳身上的能量。」

「可能會加速我的透明？」

「正是如此。」

我思索著那些漂浮在我腦海的言論，拼圖也漸漸接近完成的狀態。我想，所有疑惑的結也都正被一一解開。雖然我對《歷史》的抄本充滿興趣，但我實在不想再和透明化這件事有所掛勾了，每天為此煩憂著可不是什麼上上選。

「時間差不多了，做好準備了嗎？」

「應該。」

原本想對查理說聲再見卻又覺得沒那麼必要，但當我覺得還是該說些什麼之時，我眼前的視野已經離開了充斥粉霧的校園，來到了遼闊而寂寥的王宮。提娜正在不遠處。

「又見面了。」提娜以不具抑揚的口吻說。

「那些粉霧是什麼？」我問她。我對我急遽變化的處境已經習以為常了。以往常駐的慌張感很乾脆地蕩然無存，這是件好事。

提娜正輕挑地趴在王宮的矮窗前眺望著外頭的景緻。我緩慢地步向她的所在，在和她保持一段必要的距離後，我停下腳步。

「那是我用來侵入妳意識感官的媒介。」

「為什麼要做那種事呢？」

「別誤會，我只是想透過這種方式讓妳能儘早察覺身邊的危險。」

「但三年前的校園也瀰漫著粉霧。當時很危險嗎？」

「並沒有。那只是讓妳能順利抵達這裡的一種手段，粉霧的另一端確實地連結到我這裡。這是為了當下不屬於那個時間帶的妳所設置，所以沒有人注意到是正常的。」提娜說。

「那小丑所創造的粉霧該怎麼說，那也是源自於克拉克對吧？」

「來源一致。因為那個粉霧裡的神仙，將那象徵命運的粉霧繼承給克拉克，也繼承給我。」

「這是代價？」我問。

「對，代價，我和他共同承擔，如果能這麼順利的話。」

但事與願違，這應該是提娜沒說出口的話。

我沉默不語地走向那矮窗前和提娜共享眼前的風景。一片片蓊鬱的叢林包圍著王宮，簡直就像是蒂卡爾遺跡般的晨霧飄散在每一處，露水凝聚在王宮斑駁的漆上，或許也滿布在茂盛的枝葉上。這裡的王宮和裂縫裡真實存在的廢墟以如同平行世界般的方式被獨立保存下來。同樣經過千年，這座王宮卻仍然保有那凜然而具莊嚴的氣氛。我不禁懷疑艾莉絲從克拉克身上感受到的神聖氣質，是不是多少和這裡有連結所導致的。

沒有任何人存在的世界是這麼的安靜且奇妙嗎？我問提娜。

「我想這個問題不大適合問我這個待在這裡千年的人吧？我已經忘記怎麼和人相處了。」提娜看著我露出不可思議的面容說道。確實，我說。

雖然她說在這裡生活了千年，但顯然地這裡的時間是停滯的，所有的一切都是止住腳步的。我不知道她發覺了沒有，但這裡確實是依據某人心裡所構築的思想打造而成的。因為太過於靜謐了。

「我的任務已經完成了，克拉克已經消失在這世界了。雖然很遺憾到最後都沒辦法和真正的他見上一面，但已足夠了。」

「妳其實也知道歐本早就死了，真正的死去，對吧？」

「早在千年前就知道了，所以我是來贖罪的。因為我所做的事是違背常理的。」

「不，妳沒有錯。雖然不能說妳所做的完全是正確的，但也無可奈何，畢竟妳們活在那樣的時代。」

「我不會讓我的子孫們去更改《歷史》的，那本書會隨著我而消滅。歷史是不容更改的，所有的醜陋都應該無畏地攤在陽光下，接受世人的指教及批評。他們搞錯歷史的意義了，與其被後人修改成虛偽的結局，不如打從一開始便不存在比較好。」

「這樣比較好。」我說。

「我以為上次在空中就是最後一次見面了，結果看來不是呢。」提娜說。

「但這次沒意外了吧？」

提娜點了頭，她的身體似乎變得透明了一些。「記得幫我跟查理打個招呼。」

「如果我遇得到他的話。」

「願永遠的沉睡能繼續觀望著妳的笑容。」她笑著說。

「要睡還是安穩地睡比較好，看著我妳只會心驚膽顫而已。」

終章

這次睜開眼應該不會再來到什麼奇怪的年代了吧，我想。窗外仍維持一貫的雨天，對於這種套路我不禁擔心緊張了起來。然而方才眺望的雨簡直像是錯覺般地消逝、停滯了，或許打從一起床就沒下雨。手機靜躺在枕頭旁，時間是沒有問題的那一天，也就是學校宿舍上被刻上字的那天。現在是早上八點，也就是說那件事終究沒發生。我為學校少了個不可思議事件感到遺憾。

「你為什麼在我房間？」我問盤腿坐在房門附近的席爾佛。

「我也不知道，學姊。」他伸了個大懶腰，打了個深長的哈欠說道。

「啥？」

「開玩笑的。是大家把昏睡的妳拖回房間，然後雨就停了，她們消失了，但我實在太累了也在這睡著了。」

「我的天哪。雖然多虧你當時幫助我，給我鋼筆，我才能對付克拉克，但你怎麼能這麼隨意地在女孩子的房間睡著呢？」我嘆了口氣說。

我起身先狠狠地往席爾佛的臉蛋揍了一拳後再去浴室盥洗。將洗面乳擠在手上的同時想到可以暫時告別這混亂的一切是挺讓人放心的，但誰知道下一次又會發生什麼呢。雷說使命只是其中一個要素，還要有足夠的覺悟，我不確定我是否兩者兼具，但似乎還有很長的一段路要走。

「從那之後我再也沒接收到史帝的訊息了。」席爾佛說。
「原來你還期待著嗎？那你認為是你接收不到了，還是他已經沒必要再發送訊息了呢？」我問他。
我泡了兩杯即溶咖啡放在具有懷舊木頭味的桌子上，我在這一頭，席爾佛在另一頭。
「我不知道。但我想我和妳眼中的世界應該不會再有交流了吧？最大的證據是早上把妳送到房間的時候，我看雷的身影是越來越模糊了。應該說，越看就越發現，牠只是隻普通的貓。」席爾佛的口氣中帶了點落寞。看來他正為了這短暫情誼的淡逝而感到悲傷。
「至少你還看得見艾莉絲。」
「容我婉拒，學姊。」他依然面無表情地說。
「我那時候是怎麼打贏克拉克的？」
「我也不是很清楚，是艾莉絲拖著昏倒的妳回來的。她只說妳手中濃縮的雨確實地毀滅掉他的身軀了。」
「也許是吧。」我說。
席爾佛沉默不語地直盯著我的眼睛。「怎麼了？」我問。
「感覺妳身上又多了許多混亂的因子呢，妳又穿梭了時空嗎？」
「不然沒辦法把這些混沌的交集劃下句點。最近總是被時間的手任意使喚著。」
「看見了什麼嗎？」
「不能說。」

「真無趣。」席爾佛說。
「我總是要保有自己的秘密。」我笑著說。
「聽起來真可疑呢。」
「你說我身上有混亂的因子，你還看得到？」我問。
「不是的。我只是用感覺的。感覺這種東西就和習慣一樣，很難改。」席爾佛站起身喝完咖啡。「學姊，既然我們可能不會再有這樣離奇的交集了，之後也請多多找我喝咖啡，我也很想知道那邊的後續。」
「我會找艾莉絲來的。」我賊笑著說。
「嘿，她就算了吧，我挺討厭她的菸味還有那逗我玩的語氣。」
「我怎麼覺得後面那個才是重點。」
我送席爾佛到門口，他以一抹輕笑掩蓋那無神的面容。他微微地向我揮手道別。
「我詛咒你。」我說。
「多曬曬太陽。」席爾佛回應。
我想之後還是會有事沒事地把他牽扯進去吧。

＊＊＊

二月底，凜冽的海風仍持續吹拂著的月份，春天的腳步也逐漸接近了。也剛好正值開學的時節，校園內無不流露出一股輕鬆而開懷的氣息，有種「一切都剛開始」的特別氛圍。風無情地穿透進冷清的學生餐廳，只套上連帽外套及大衣的我當然冷得直打哆嗦。

「剛開學的感覺真不錯。」小安抱著鈍重的原文書凝視著遠方的海。

「是不錯，但很快的這種愉悅的氣氛就會煙飛雲散了。」

「好討厭的說法。」小安歪著頭不滿地滴咕著。

「寒假過得怎麼樣？」

「就那樣嘍，趁著還能領紅包的時候多多珍惜啊。」

「原來妳指的是這個啊……。」

「妳呢，心？和學弟有什麼進展嗎？」

「話說我都還沒有找妳算帳呢，亂留我的手機號碼。」

「到現在還在記仇？」

「那當然。」我說。

海風像是帶著某種濃郁的鄉愁般拂了上來，落葉被捲了起來四散成一片，凌亂的光景叫人不知道該輕聲嘆息還是細細品嚐才好。對我來說現在可能是最平凡卻最珍貴的時光。好一段時間不必為了潛藏在黑暗中的惡意而搞得緊張兮兮，太過於神經質的事果然不適合我。上課鐘聲響亮地迴盪在校園每一處。

「該上課了。」小安說。

「走吧。」我說。

小安竟然默默地轉移了話題。

***

「那我有一個疑問。」小梓說。「在那無人的城市中為什麼我會接到妳的電話呢?理應我也是漂浮的白色靈魂才對。」

「這件事我也不知道,我那時候覺得很神奇,但又沒想太多。」我裝傻說道,我這樣算是回擊了未來的小梓嗎?

「下雨的城市可是有無限的可能性的噢,對我們來說是停雨就是了。」雷搖晃著杯中的威士忌。

「你喝酒沒問題嗎?」

「牠只是想要裝裝成熟罷了。」艾莉絲抽著Salem牌的菸,表情迷茫地說道。看來她酒也沒少喝。

「或許已經沒意義了吧?畢竟以現在來說那不是正確的未來及存在。」老大邊擦拭著咖啡杯邊說。

「這倒是。」小梓失望地說。

「在那之後裂縫裡有發生什麼事嗎?」我問雷。

「簡單來說,什麼事都沒發生。」

「什麼事都沒發生?」

「妳消失的那半年造就了『第一次的既成事實』,就結果來說確實是大逆轉,但我想沒必要著墨在上頭太多。總之穿梭時間的我們成功地改寫了第一次的事實,也讓第二次所發生的一切成為了正確的歷史。在克拉克展開他的計畫之前,他就已經消失無蹤了,所以在探查局裡的內鬼也突然間失去了方向,紛紛離開或是投案。縱使坦這個女人仍打算做些什麼,在沒有凝聚力的集團中仍起不了什麼作用,很快地黑便鎮壓住了。看來失去老大對他們來說打擊過大。」

「真是複雜。」我深吸一口氣。「反正結果是好的就好。」

「好到不像話。」雷說。牠繼續喝著威士忌。「妳也別擔心克敏還有納雅家的後裔，他們在當下就脫離了風險，因為克拉克急於穿梭時空去追捕妳。那天的事都跟沒發生一樣，大家也都喪失了記憶，除了當下被史帝送往夾縫待機的我們。」

「也就是說，對他們來說，確實有渡過這半年的事實，只是在我們打倒克拉克後，時間再次回溯。」

「與其說是時間回朔，我倒是認為是我們脫離了『誤闖進的錯誤時間帶』，回到原本正常的時間。或許那個錯誤的世界正延續著自己的使命。」

「聽起來真不詳。那城堡呢？」我問。「克拉克死去了，照理說城堡也會消失吧？當初我們不是推斷城堡是造成裂縫產生的主因嗎？」

「首先，那只是我們的推測，沒有任何根據，也無從證實了。再來，城堡並沒有消失。」艾莉絲吞雲吐霧著一邊說。

「沒有消失？」我無法理解似的重複一次。

「本來克拉克就已經修復過受損的城堡了，現在那座具連結性的惡意本質如同某種執拗的覺悟似的，堅毅不拔地穩固在夾縫中。如果真像我們所想的那樣，城堡現在就像是發電機的存在。就只是那樣。」艾莉絲說。

我皺眉著點點頭。「我該開心嗎？」我問艾莉絲。

「妳該加油。」艾莉絲笑著對我說。

「至少城堡的主人已經不在了，它只是一座空城。」雷說。

我想《歷史》被提娜抹消也是一個主因。雖然我沒辦法去證實這件事，在那之後我也沒機會接觸到大田還有納雅家的長老。真希望還能再見見查理。畢竟《歷史》的抄本或許因此還具有存在的意義。更何況我還得幫冰箱傳話。

「我還是得說，是心打敗克拉克的，我們可沒做什麼。」艾莉絲說。

「看來不知不覺間妳已經超越了迪亞了。」老大有感而發地說。

「太浮誇了老大。」我搖頭說道。

「畢竟是他也打不贏的對手啊。」老大說。

我聳肩表示：「我才沒那麼厲害，都要多虧在座的大家，還有席爾佛。」

「確實，心已經成為這座城市不可或缺的雨探了呢。」艾莉絲莞爾一笑。

「我還是很想知道為什麼我會接到電話。」小梓嘟著嘴說。

「有時候在錯亂的歷史中什麼都會發生。」雷淡淡地說，牠看著艾莉絲吐出的團團煙霧。

「我想這件事現在便讓它石沉大海，忘卻掉吧。」我說。很刻意地說。

「真令人沮喪。」小梓真的垂頭喪氣地拖著地板。

「不過小梓小姐，妳身上的氣味確實很特別。」雷似乎想吐露出什麼似的說。

「喂，你是貓吧？搭訕人類幹嘛？笨貓。」艾莉絲嘴角一歪對著雷挑釁說道。

「妳才是蠢蛋，我的鼻子很靈的，正因為在味道上有點頭緒才能往前去抓住那關鍵性。」

艾莉絲和雷開始無止盡的爭辯，小梓苦笑地對著我說：「妳的這些裂縫裡的朋友真是有趣。」

「是真的有趣，但妳和老大都能清楚看見雷也確實相當驚人。」老大說。
「也許在妳還有迪亞身旁待久了，我們的氣息也不同了。」
「那迪亞呢？妳對於他的蹤跡有什麼頭緒嗎？」小梓問。
「沒有，我想我再也見不到他了吧。我有這樣強烈的直覺。」
「妳還記得我們第一次進入串流空間時的事嗎？」雷放棄和艾莉絲唇槍舌戰，轉過頭說。
「救出小梓那次對吧？」我說。
小梓疑惑地看著我們。
「那次是他現身意識串流裡解救我們的，妳有印象嗎？」
「我知道，但潛意識又總是告訴我那可能是錯覺罷了。我知道那是真實的記憶，但卻無法真誠地去直視它。」
「那非常真實，只是他似乎想隱藏什麼。」
我趴在桌上思索著所有關於1號先生的線索，關於這點始終沒頭緒。
「妳的直覺向來很準。」老大手托著腮看向我。「因為妳總是能遭遇到我所無法想像的大事。」
看著仍凌亂的大雨正澆淋著溼潤的馬路，那流動快速的水流匯集到一處便囤積成一灘水窪。我想時間也是一樣，分秒流失的時間也正聚集到某處，形成我珍貴的回憶一隅，我並不想遺忘。關於1號先生也好、小梓也好、老大也好、雷也好、艾莉絲也好、席爾佛也好、小安也好、甚至查理和冰箱，那些我所珍惜的微不足道的回憶我都不想遺忘。心是寬大而能融入這些記憶的，也許是以卡帶、相片、晶片或是什麼更具科技性的形式呈現，但結果都一樣。對於曾經真切存在的故事，至始至終都以同樣的模式繞轉著，直到遭遇到另一件不可思議的事，然後又是嶄新的開端。但不論堆積多少記憶，我還是希望能從中探尋到一點關於他的事。只要我仍是雨探，追尋和推理都不會停滯。

於是我決定好好享受雨天，縱使再怎麼無可奈何。我望著「山腰雨點」那快斷成兩半的門。

「我想沒什麼人能和我一樣有這麼詭異的際遇了。」

大雨仍下著。

《雨探》完。

釀奇幻67　PG2712

雨探

作　　者　Eckes
責任編輯　楊岱晴
圖文排版　陳彥妏
封面設計　蔡瑋筠

出版策劃　釀出版
製作發行　秀威資訊科技股份有限公司
114 台北市內湖區瑞光路76巷65號1樓
電話：+886-2-2796-3638　傳真：+886-2-2796-1377
服務信箱：service@showwe.com.tw
http://www.showwe.com.tw
郵政劃撥　19563868　戶名：秀威資訊科技股份有限公司
展售門市　國家書店【松江門市】
104 台北市中山區松江路209號1樓
電話：+886-2-2518-0207　傳真：+886-2-2518-0778
網路訂購　秀威網路書店：https://store.showwe.tw
國家網路書店：https://www.govbooks.com.tw
法律顧問　毛國樑　律師
總 經 銷　聯合發行股份有限公司
231新北市新店區寶橋路235巷6弄6號4F
電話：+886-2-2917-8022　傳真：+886-2-2915-6275

出版日期　2022年4月　BOD一版
定　　價　450元

讀者回函卡

Printed in Taiwan

國家圖書館出版品預行編目

雨探/Eckes著. -- 一版. -- 臺北市：釀出版,
2022.04
面；　公分
BOD版
ISBN 978-986-445-637-6(平裝)

863.57　　111002760